THE BUTCHER BOY
PATRICK McCABE

ブッチャー・ボーイ

パトリック・マッケイブ
矢口誠 訳

国書刊行会

目次

読者の皆様へ

本書は一九六〇年代のアイルランドの町を舞台にした小説作品で、文中に屠畜業への明らかな職業差別的表現、精神疾患に関する差別表現が使用されています。そうした記述は、差別や偏見に基づく制度や表現を考えることが少ない時代・環境において、差別意識が非常に根深いものであったことを示す流れで存在しています。これらは本書のテーマと深く関係するものであり、文学作品の表現を尊重する立場から正確に翻訳して出版することにいたしました。読者の皆様においては何卒ご賢察の上ご理解くださいますようお願い申し上げます。

国書刊行会

ブッチャー・ボーイ

マッケイブ家のブライアン、ユージーン、メアリー、ディムプナにいまから二十年か三十年か四十年くらいまえ、ぼくがまだほんの子供だったときのこと、小さな田舎町に住んでいたぼくはミセス・ニュージェントにやったことが原因で町のやつらに追われていた。ぼくは川のほとりにぎっしり生い茂った茨の陰の穴に身を隠していた。ぼくとジョーでつくった隠れ家だ。ここに入ったやつらには死を、とぼくらは唱えた。だけどもちろんぼくらふたりだけはべつだった。

外からだとこっちは見えないけど穴のなかからは外の景色がはっきり見わたせる。雑草や流木なんかがアーチ型をした橋の下を下流へと流れていく。世界の果て《ティンブクトゥ》まで旅してくんだろう。元気でな、雑草ども、とぼくは声をかけた。

それから鼻を突き出して外の様子をうかがってみた。ポツン――なんてこった、雨じゃないか！

でもぼくは不平をいいたかったんじゃない。雨は好きだ。雨が音を立てて空から降ってくると地面が柔らかくなって色鮮やかな緑の草木がわっとばかりに芽吹いていく。これこそ自然の命ってもんだ。ぼくはそこにすわったまま葉っぱの先についた雨粒を見つめた。しずくになって下へ落ちるかどうか決めかねて雨粒はぐずぐずしていた。かまうことなんかない――こっちはべつに急いじゃいない。ゆっくり考えな、とぼくは声をかけた――時間ならいくらでもあるんだから。世界中の時間がぼくらのものなんだから。

どこか遠くから飛行機の低いエンジン音が聞こえてきた。そういえばいつだったか建ち並んだ家の陰になって日の差さない小道に立っていたときにジョーがいった。あの飛行機が見えるかいフランシー。見えるよとぼくは答えた。それははるか遠い彼方を飛ぶ小さな銀色の鳥だった。いつも不思議に思うんだけどさ、とジョーはいった。あんな小さなもんにどうやって人を押しこむんだろう？　知るもんか、とぼくは答えた。あの頃のぼくは飛行機のことなんかほとんどなにも知らなかったのだ。

それからぼくは、その場に突っ立ったまま激しく泣いていたミセス・ニュージェントのことを考えた。もちろんぼくがはっきりいってやったのはいうまでもない。いまごろ泣いたって無駄ですよミセス・ニュージェント面倒を引き起こしたのはぜんぶあんたじゃないですかもしあんたがいろんなことに鼻を突っ込んだりしてこなければなにもかもうまくいってたはずなんだ。これは嘘でもなんでもない。どうしてぼくがあの女の息子をいじめたりするはずがある？――ぼくはフィリップのことが好きなのに。あいつがはじめて学校にきた日にジョーはぼくのところへ飛んできてこんどきた転校生見たかいと訊いた。フィリップ・ニュージェントって名前らしいぜ。へぇー、とぼくは答えた。そいつはぼくも見てこなくっちゃな。フィリップはそれまで私立の学校に通ってたってことで胸ポケットに金モールの紋章の入ったブレザーを着ていた。それにバッジのついたネイビーブルーの帽子とグレイのソックス。どう思うとジョーは訊く。へぇー、あれがフィリップ・ニュージェントか、とぼくはいった。こちらが新しく転校してきたフィリップ・ニュージェント君だ、と先生はいった。フィリップ君はこれまでロンドンに住んでいたんだがご両親はこの町の出身でね、こんど故郷に戻ってこられたというわけなんだ。みんな仲よくしてあげてほしい、いいね？　フィリップはコミックの『ダンディ』に出てくるウィンカー・ワトスンそっくりの格好をしていた。ただしウィンカーはいつもいたずらばかりしてるけどフィリップはその正反対だった。いつ見かけても石をひっくり返して虫を観察したり鼻たれのアホを相手に水の沸点について説明してたりする。ぼくとジョーはよくあいつにそれまで通ってた学校のことを訊いたもんだ。秘密の会合とか合い言葉のことを教えてくれよ、お菓子屋のこととかさ――なあ、フィリップ。でもあいつはぼくたちがなんの話をしてるのかてんでわかっちゃいなかった。あいつの唯一の取り柄はコミックブックをたくさん持ってたことだ。ほんと、信じられないくらいなんだぜ、とジョーはいった。あんなにたくさんのコミック、見たこともないよ。フィリップはコミックをシャツの箱に入れて大事にしまっていた。どれも皺ひとつついてないしページの隅が折れたりもしていない。本屋で買ってから一度も開いたことがないんじゃないかって思えるくらいだった。コミックのことならなんでも知ってると思いこんでたジョーやぼくが生まれてこのかた一度も見たことがないようなやつまであった。いまではどれも値打ちものだから傷をつけたりしないでね、とミセス・ニュージェントはいった。ぼくとジョーは声をそろえた。**もちろんですよ！**――でもしばらくしてからジョーがいった。フランシー、なんとかしてあのコミックを手に入れようぜ。わかってもらえると思うけど、最初に考えたのはぼくじゃなくてジョーなんだ。長いこと話し合った末にぼくらは決心を固めた。

あのコミックを手に入れよう。それで決まりだった。

ぼくとジョーはフィリップの家に行ってあいつとコミックの取り替えっこをした。

ぼくらはフィリップのコミックをすっかり巻きあげた。それは認めなくちゃならない。でもあれはほんの冗談だったんだ。返してほしいといってくれれば返すつもりだった。あいつはただこういうだけでよかったんだ。なあ、やっぱりあのコミック返してくれないか。そしたらぼくらは、わかったよ、フィル、と答えていただろう。

けれどもちろんミセス・ニュージェントはそれまで待つことなどできなかった。それはともかくぼくとジョーは山積みになったクズ同然のコミックに囲まれたフィリップをその場に残したまま隠れ家へ行って涙が溢れるまで笑い合った。まあちょっと聞けよとジョーがいう。ノミが友だちのノミにいったとさ。歩きで行くかい、それとも犬に乗ってくかい？　ジョーがそういったジョークを声に出して読みつづけるんでぼくは笑いがとまらず、息ができないくらいだった。しまいにぼくは拳で草を叩いて頼むからもうやめてくれよと叫んだ。だけどつぎの日ミセス・ニュージェントが行動を開始したとき、ぼくらは笑ってなんかいられなかった。

ジョーがダイヤモンド広場の向こうから走ってきてぼくにいった。気をつけたほうがいいぜフランシー、ミセス・ニュージェントと戦争のはじまりだ。もうおれの家にはきたからつぎはおまえんちだぞ。ジョーのいうとおり、ぼくが二階のベッドで横になってると玄関のドアをノックする音がした。母さんが鼻歌をうたいながらスリッパを引きずってリノリウムの床を歩いていくのが聞こえた。あらニュージェントさんじゃありませんかお入りになりませんと母さんはいったけどミセス・ニュージェントはあらいらっしゃいお入りになりませんというような気分じゃなかったらしく、コミックブックの件で母さんを激しく責め立てはじめた。母さんが**ええ、ええ、わかってます、もちろんですとも！**というのが聞こえたんで、ぼくは母さんがものすごい勢いで階段をのぼってきてぼくの耳をつかみミセス・ニュージェントの待ってる玄関の前に引きずりだすのを待った。ミセス・ニュージェントがブタなんて口走らなかったら母さんは実際にそうしていただろう。ミセス・ニュージェントはまくしたてた。イングランドに行くずっとまえからあんたたちのような人種のことはわかってたのよおたくみたいな家の子にうちの息子を近づけたのが間違いだったわ、父親が朝から晩までパブにいりびたってて家に帰ってこないっていうんですからなにをいっても無駄でしょうけどね、ほんとおたくのご主人なんかよりブタのほうがよっぽどましよ。この家でなにが起こってるか知るはずないなんて思わないでくださいよちゃんと知ってるんですから！　ただしおたくの子がいつも粗末な格好で町を走りまわってるのだけはいささか理解に苦しみますけどね子供の服くらい高いもんじゃなしまったくかわいそうにあの子に罪はありませんけどでもいいですかあの子がまたうちのフィリップに近づこうものならただじゃすみませんからね。よく憶えておいてください、ただじゃすみませんよ！

それを聞いた母さんはぼくの味方をしてやり返した。最後に聞こえたのはミセス・ニュージェントが小道を立ち去りながらわめきたてた捨てぜりふだった。**あんたらはブタよ――町の人たちはみんなそういってるわ！**

母さんはぼくを二階から引きずりおろして激しく鞭打ちはじめたけどその手は風に吹かれた木の葉のように震えていたから苦しかったのはぼくじゃなくて母さんのほうだったにちがいない。母さんは鞭を投げだすとキッチンで気持ちを落ちつかせながらごめんねと何度も何度もくりかえした。あたしにとってこの世で誰よりも大切なのはおまえなのよといって母さんはぼくを抱きしめた。あたしが神経を病んでるからいけないのよすべてはそのせいなの。あたしだって父さんだって昔はこんなじゃなかったのよ。それから母さんはぼくの目をじっとのぞきこんでいった。フランシー――もうこれからは母さんを落ちこませたりしないって約束してくれる？

要するに母さんがいいたいのはおまえは父さんみたいにあたしを落ちこませないでくれるわよねってことなのはわかっていたんでぼくは何億年たとうが母さんにいくら鞭打たれようがけっして落ちこませたりするもんかといった。すると母さんは、さっきはあんなことしてごめんね、もう死ぬまでぜったいにあんなことはしないわといった。

この世には他人を落ちこませる人間がかならずいるものなの。イングランドに行くまえのミセス・ニュージェントはほんとにいい人だったのに。毎日ふたりして町へ出かけたものよ。そういうと母さんは泣きだしてここはなんてひどいところなんだろうと罵《ののし》りながらエプロンのポケットからティッシュを取りだしてまぶたに押し当てた。だけどティッシュはすぐにぼろぼろにちぎれてしまいなんの役にも立たなかった。

午後の光が窓から斜めに差しこんでいて表の小道からは子供たちの声が響いてくる。小石をお金にみたててお店ごっこをしているのだ。粉せっけんの空箱やビーンズの空缶がいくつも道に並べてある。ちがうだろ——こんどはぼくの番だぞと誰かがいった。グラウス・アームストロングが耳をかきながら甲高い声を上げ、子供たちのあいだを走りまわっていた。

母さんのいうとおりだとぼくは思った——ミセス・ニュージェントはいつも笑顔を浮かべていて道でぼくらに会うと奥さんもフランシスくんも元気にしていらっしゃいますこと？　なんて話しかけてくる。けれど信じられないことにほんとは心のなかでこういっていたのだ。**あらこんにちはブタの奥さんごきげんいかが、ほらフィリップご覧なさい——ブタの親子よ！**

しかしそんなことぼくと母さんにとっちゃたいした問題じゃなかったミセス・ニュージェントとの一件以来ぼくたちは友だちみたいにすごく仲良くなったんでぼくは町へ行くときにはかならず母さんになにか用事はないか訊くようにした用事はあるときもあったしないときもあったけどとにかく訊いてみるのだけは忘れなかった。母さんはぼくに夕ごはんを出しながらいう。フランシーいつの日か恋人ができたらいつもほんとうのことだけを話すのよ絶対にその子を落ちこませたりしたらだめよ。

もちろんだよとぼくが答えるとそうよねあたしにはよくわかってると母さんがいいそれからぼくらはそのまま何時間も椅子にすわって暖炉の火格子を見つめたまま言葉もかわさないときさえあるただし暖炉には一度として火が入っていたことがなかった母さんは面倒くさがってそんなことはしなかったしぼくのほうはといえばどうやって火を起こすのかよくわからなかったからだ。火なんて必要ありゃしない、すわって灰を見つめてるだけでじゅうぶん楽しいじゃないか、とぼくはいった。


いつだったかはよく憶えていないけどたしか地元のサッカーチームが優勝した日の夜のことじゃないかと思う。しばらく家を空けていた父さんが鉄道職員のひとりに運ばれてきて玄関の前にドサッと投げだされた。ぼくは階段の踊り場にいたんで聞こえてきたのはくぐもった話し声と床に硬貨が落ちた音だけだった。部屋に戻りかけたときになにかものが壊れる音がした。よくはわからないけどガラスが割れる音みたいだった。それから父さんがこの町とこの町に住んでる人たちに向かって悪態をつくのが聞こえたおれはちょっとした有名人になれてたはずなんだなんたってエディ・カルヴァートに会ったことがあるんだからなこの町にエディ・カルヴァートと会ったことのあるやつなんているかエディ・カルヴァートなんぞ知りもしないだろ？　え、知ってんなら誰だかいってみろ。さあ誰だ？　父さんは母さんに怒鳴りつけた。おまえはおれの話を聞いてんのか？

母さんはなにも答えなかったらしくて父さんはそのままわめきつづけた親父はおれが七歳のとき

に家を出ていっちまったし誰もおれのことなんぞ理解してくれなかったおまえだってとうの昔におれの音楽に興味をなくして気にもかけなくなってるじゃないかおまえがそんなふうになったのはおれのせいじゃないぞもともとそうだったのさマギー家の人間はみんな頭がイカレてるんだ、結婚したその日から家んなかのことで嘘ばっかりまきちらしておきながら自分じゃ仕事なんぞなにひとつしないときやがるおれがパブに行くのはおまえがぜんぜん夕飯をつくらないからだろうが！

こんどは陶器かなんかが割れる音がして母さんが泣きだした——ほんとうの自分を見つめるのが恐いからってあたしに当たることはないでしょあなたは機会があればいつだって飲んでばかりじゃない！

いさかいはいつまでたっても終わらずぼくはその場に立ったままずっと話を聞いていた下に降りていくべきなのはわかっていたけど降りていったところでもうなにがどうなるものでもないから結局は行かずじまいだった。ぼくはニュータウン・ロードを走りすぎていく車の音に耳をすませながら自分にいいきかせた——台所からはなにも聞こえてこないんだからたぶん喧嘩はもう終わったんだ。

だけどほんとは終わってなんかいなくて車の音から注意をそらしたとたん父さんの声が聞こえてきた——おまえにはじめて出会ったのは神に呪われた日だったんだ！

地元のサッカー・チームが優勝したせいでつぎの日は授業が早めに終わりになったんでぼくがい

つもより早い時間に裏口から家に入っていくとそれを見た母さんはすっかりあわててしまい急に冗談やなんかをまくしたてた。それから窓のところへ行って財布を手にとると、ほらフランシー、六ペンスあげるわ――メアリーのお菓子屋へ行って飴でも買っておいでといった。飴なんかやだよ、フラッシュ・バーを二本とマコロン・バーじゃだめかい？　もちろんいいわよ、さあ行っておいで行っておいで。そばには火なんかないのに、母さんの顔は火にあたって熱くてたまらないときみたいに赤くほてっていた。あいにくメアリーの店は閉まっていたんでぼくは母さんにそれを報告するために家へ戻らなきゃならなかった。もらった六ペンスを返さずにとっておいていいか聞いておきたかったのだ。だけどドアを開けようとすると鍵がかかってる。窓をコンコン叩いてみたけどシーンと静まり返ったままだ。たぶん母さんは二階に行ってるんだろうと思ってぼくは口笛を吹きながら手に握った六ペンス硬貨を転がして考えた。やっぱりフラッシュ・バーを買うべきかそれともブラック・タフィーを六つにすべきか。そのとき家のなかでなにか物音がしたんで窓から家に入って様子をみたほうがいいぞとぼくは思ったもしかしたらこのあいだみたいにグラウス・アームストロングが忍びこんでソーセージを盗もうとしているのかもしれないからだ。でもキッチンへ行ってみるとそこにいたのは母さんでテーブルの上には椅子がおいてあった。そんなことしていったいどうしたんだい？　母さんの目の前には父さんのヒューズ用の針金がぶらさがっていたけど母さんはそれがなんなのかも自分がなにをしていたかも説明しないでその場に突っ立ったまま爪をいじっているばかりで口を開きかけたもののまたすぐにつぐんでしまった。メアリーの店が閉まっていた話をして六ペンスはこのままもらっていいか訊いてみると母さんはいいよというんでぼくは**やった**！と叫んで町のはずれにあるお菓子屋へ一目散に駆けていってブラック・タフィーを六つ買おうと思ったんだけどいざ店に行ってみるとなぜかついフラッシュ・バーを二本とマコロン・バーを一本くださいといってしまった。家に帰ると母さんは冷えきった暖炉の前の椅子で体をふたつに折り曲げているんで寒くて震えているんだろうかと考えていると母さんはぼくに目を向けていった――知ってるかいフランシーおまえは生まれたときたった二千三百グラムしかなかったんだよ。

そんなことがあってからしばらくして母さんは修理工場に連れてかれてしまった。フランシーこれからちょっと町まで行ってくるわよアロおじさんのクリスマス・パーティーに出すケーキを焼く準備をしなくちゃならないからね、と母さんはいった。いいとも、ここでテレビでも見てるよ、とぼくが答えると母さんは出かけてしまいミセス・コノリーが父さんと何人かの奥さん連を引きつれて玄関から入ってくるまでぼくは時間のたつのも忘れていた。ミセス・コノリーの話だと母さんは釣り道具屋のウインドーをのぞきこんだまま二時間以上もそこに立ちつくしていたってことで足元に置いた買物袋からビーンズの缶詰が歩道に転げ落ちてゴロゴロいってるのにも気づいてないようだったという。その話を聞いた父さんは顔を赤らめ奥さん連が寝巻を探してこなきゃというとさらに赤くなった。ミセス・コノリーはだいじょうぶよベニーあたしにぜんぶまかせといてといって母親みたいな態度で父さんの肩をぽんとたたくとスカートの裾を持ちあげて鼻歌をうたいながら二階に上がっていった。父さんが台所に入っていってコートに隠し持っていたウィスキーをごくごく飲む音が聞こえてきた。父さんはミセス・コノリーたちが大きな声で呼ぶまでそこから出てこなかった。**動くな！　その場にじっとしてるんだ。ウィスキーのグラスをゆっくり下に置け。おかしな真似はするんじゃないぞ！**　さらに何人かの女の人がやってきて暖炉の前でひそひそ話をはじめた。ミセス・コノリーは部屋着のジッパーを上げたり下げたりしながらほんとにたいへんなことになったわねとかいってたけどぼくは聞いちゃいなかった。**この牛たちを連れて、ミズーリへ出発だ！イーッ、ハーッ！**と馬上のジョン・ウェインが叫んで蹄《ひづめ》の音をとどろかせて去っていく。奥さん連は家のなかをうろつき、父さんに聞かせようとあれこれ話をしていた。町のバンドのことから政府のやり方がいかにこの国をだめにしているかまで話の内容はいろいろだったけど楽しんでいるのは奥さん連ばかりで父さんはさして興味がなさそうだった。ふんふんうなずいてはいたもののなにを話されてもおなじようにうなずいていたにちがいない。ダイヤモンド広場でミセス・レイヴァリーさんとこの娘さんがオオカミに食べられたんですって怖いですわよねえと話しかけられてもいやまったくほんとですなどと答えていたことだろう。ミセス・コノリーがあたしたちもうおいとまさせていただいたほうがいいんじゃないといった。夕食はあたしが料理してコンロの上に用意しておいたわ男の人ときたらきちんと面倒をみてあげなくちゃなんにもできないんだから。まあ、あなたなんかまだいいほうよ、とほかの奥さんたちがミセス・コノリーをつついた。すくなくともおたくのご主人はあなたの料理を食べるわけでしょ。うちの主人なんかわたしの出すものなんかぜったい食べないわよ。とにかく男ってほんと厄介よね、男さえいなければ世の中もっとよくなるのに。ジョン・ウェインは土煙を巻きあげて去ってしまいあとには蹄の跡だけが残された。おれはちょっと用事があるんだが、おまえはひとりでもだいじょうぶだよなといって、父さんはぼくに五ペンス硬貨を二枚くれると用事をすませるために出かけてしまった用事っていうのはもちろんタワー酒場のことだ。母さんがいったいどうなったのかぼくにはさっぱりわからなかったけどジョーが説明してくれた。ミセス・コノリーは神経衰弱《ブレイクダウン》とかいってたけど、いったいなんのことだろうと訊くと、故障《ブレイクダウン》っていったら行き先は修理工場に決まってるさ、トラックがきて引っぱってくんだ、と教えてくれたのだ。コートを着た母さんが通りを引っぱってかれたと思うと胸が躍った。あれは誰だい、と道行く人たちがいう。おお、ミセス・ブレイディーじゃないか。彼女、修理工場へ連れてかれるんだぜ。

この町には故障してる人間が何人もいるんだってジョーがいってたけどほんとにそのとおりだと思う。ちょいとスパナを取ってくれないかミセス・ブレイディーのくるぶしのネジがゆるんでるみたいなんだ。まったく、おかしいったらありゃしない。

あの頃はおかしくて大笑いしてしまうことがたくさんあった。川岸にかじりつき、ジョーと水面に鼻先をつっこんでたときもそうだ。ダーツの的みたいな目をした魚たちが**いったいぼくになにをしてほしいんですか**って顔をして泳いでた。おいサカナ、とジョーがいう。おまえなんかに用はないぜ！　いったいなんの用があると思ったんだ？

それからぼくらは旅をつづけた。

だけどすべてがうまくいってたのもテレビがオシャカになってしまうまでだった。ブツッ！

まったくのお手上げだった。灰色の画面が見つめ返してくるだけなのだ。あれこれいじくってはみたものの画面には吹雪が吹き荒れるばかりなんでしかたなくテレビの前にすわってなにかが映るのをあてどもなく待ったけどなにも起こらず父さんが帰ってきたときも状況はまったく変わっていなかった。いったいどうしちまったんだと訊かれたのでぼくは事情を説明した。ただすわって見てたら――いきなり電球みたいに切れちゃったんだ。父さんは厚地のコートを脱いで床に落とした。よし、わかった、いまちょいと見てやろう。そういって父さんはひどく幸せそうに鼻歌をうたいはじめた。テレビの中身なんてやつはミッキー・トレイナーがいってるほど複雑なんかじゃありゃしないのさ。父さんはこのテレビをミッキー・トレイナーっていう聖なるテレビ屋から買ったのだ。**聖なる**なんて呼ばれてるのはミッキーが副業で宗教画を売っているからだった。父さんはしばらくあっちこっちいじくりまわしていたもののどうにもならないと見るとこいつは電波のせいかもしれんといってテレビを窓のそばまで引きずっていったけど画面の映りはさらに悪くなっただけだった。そこで父さんが力まかせに殴りつけるとこんどはさっきまでの吹雪さえ消えてしまった。父さんはミッキーの悪口をわめきちらした。トレイナーみたいなやつを信用したおれがバカだったんだ、あいつにもあいつの宗教画とやらにももう二度と騙されたりするもんか。おれにイカレたテレビを売りつけてただですむと思ったら大間違いだぞ。このベニー・ブレイディーを悪どいペテンにかけようもんなら目にものを見せてやる。ミッキー・トレイナーみたいなやつらをどうあつかったらいいのかこっちはきちんと心得てるんだ。父さんはテレビをぴしゃりと叩いて叫んだ。**映れ！**　まったくなんてこった──こいつがまともなテレビじゃないことなんかとっくに気づいてて当然だったん

だ。映れ！ こいつを買ったのはいつだと思う？　たったの六カ月前だぞ。こっちは汗水流して働いて稼いだ金をつぎこんだんだ。しかしこれだけは憶えとけ――払った金は一ペニー残らず耳をそろえて返してもらうからな。そうとも一ペニー残らず耳をそろえてだ！

父さんはブーツで画面を何度も何度も蹴りつけ、砕けたガラスがあたりに飛び散った。おれはこいつを修理してやる。すべてきちんと元どおりにな。

そう叫ぶと父さんはソファに横になってブーツを片方ぶらぶらさせたまま眠ってしまった。

ぼくにできることなどなにもなかったし庭の塀の上をちょこちょこ跳びはねている鳥を眺めているのにも飽きてしまったので外へ出かけることにした。これでジョン・ウェインともお別れだ。ガラスの割れたテレビはあそこにほっとかれたまま誰も修理になんかこないだろう。まあいいさ、ジョーに訊きさえすればどんな話だったかはいつだって教えてもらえる。そう考えていると向こうからフィリップとミセス・ニュージェントがやってくるのが目に入った。自分たちふたりの姿を見たらぼくがきびすを返して逃げるはずだとミセス・ニュージェントが思ってるのはわかっていた。ミ

セス・ニュージェントはフィリップのほうに身をかがめると耳もとでなにやらささやいた。なにをいっているかは聞くまでもないけどぼくが話の内容を知ってるなんて向こうは思ってもいないはずだ。ミセス・ニュージェントは鼻にしわをよせて押し殺した声でささやいた。**父親が母親になにをしようがあの子は階段の踊り場に突っ立ったまま止めようともしないのよ。おまえなら止めに入るはずよね、フィリップ？　おまえはいつだってお母さんの味方ですものね。**

フィリップはうなずいて笑みを浮かべた。ミセス・ニュージェントは嬉しそうに微笑んだかと思うとちょっと顔をしかめてまた口に手をあてた。**あの子のお母さんが針金でなにをしようとしてたのか、おまえならわかるでしょう、フィリップ？**

ミセス・ニュージェントはぼくが顔を真っ赤にして逃げるとでも思ってたんだろうがどっこいおあいにくさまだった。ぼくはそのまま歩きつづけた。ニヤニヤ笑いを浮かべながらおやおやニュージェントさんじゃありませんかと声をかける。やあフィリップ。ミセス・ニュージェントが投げてよこした視線はこっちが縮みあがって死んでしまうくらい鋭かったけどぼくはさらに大きな笑みを浮かべて歩道のまんなかに立ちはだかった。ミセス・ニュージェントは帽子に手をあてて反対の手でフィリップの手を引くとそこを通してくれるかしらといった。

まさかそうはいきませんよ通りたいんだったらお金を払ってもらわないとね、とぼくはいった。ミセス・ニュージェントは血管が切れたのかと思うくらい鼻の頭を真っ赤にして髪の生え際まで眉毛をつりあげるとどういうことよいったいなんのつもりなのといった。フィリップは例のごとくミスター・プロフェッサーみたいな表情を浮かべて眉をひそめている。事態がどれほど深刻か見極めてプロジェクトを組んで調査研究する価値があるかどうか考えているんだろう。いくら考えてようがお金さえ払ってもらえればこっちはぜんぜんかまわない。ブタ通行税ですよ、ミセス・ニュージェント。ぼくの脇を通り抜けたいんなら一回につき一シリング払っていただきます。ミセス・ニュージェントの唇がきつく引き結ばれて鉛筆で書いた線みたいになり額の皮がつっぱってなかから骨が飛びだしそうになった。けれど実際には飛びだしてこなかったんでぼくはフィリップにまあおまえは半額にしといてやるよといった。ミセス・ヌージは一シリング、フィリップのほうは二ペンス半、それでいかがです？　自分でもなぜ彼女のことをミセス・ヌージなんて呼んだのかわからない。ただその名前がふと頭に浮かんだのだ。けっこう気がきいてると思ったんだけどミセス・ニュージェントのほうはどうやらそう感じなかったらしく、顔がみるみるうちに真っ赤になった。ぼくは西部劇に出てくる老人みたいにズボン吊りに親指をひっかけ、その場に立ちはだかったまま催促した。そうともさ、きちんと払ってくれねえと困るぜ、ミセス・ヌージ。ミセス・ニュージェントはふつふつと怒りをたぎらせていたっていうかほんとに神経を逆撫でされて身をよじらんばかりだった。フィリップはいったいどうしていいかわからずブタ通行税に関する調査研究はあきらめたようでいまはただここから立ち去りたい一心らしいがブタ通行税を払うまでは行かせてなるものか。ブタの国ではそういう決まりになってるんですとぼくはふたりにいってやった。それから税金を徴収する役人みたいな口調でいった。申しわけないんですけどねえ、そりゃあちょいと法外な金額だとは思いますよ。しかしお気の毒ですけどこいつは規則なんだ。税金を集めないわけにはいかんでしょう？　**となれば誰かがその仕事をしないとねハハハ。**ミセス・ニュージェントは強引に脇を通りすぎようとしたけどぼくがコートの袖をつかんで放さなかったんでぶざまな格好をさらす羽目になった。自分がなんで前に進めないのかもわかっていないらしい。斜にかぶった帽子のつばにはレモンの形をした房飾りがぶらさがっている。ミセス・ニュージェントはやみくもに立ち去ろうとしたけどぼくががっしり袖をつかんでいるせいで思うにまかせなかった。

たしかに税金なんてやつは、一般市民を苦しめるためにあるようなもんですけどね。そういってまた顔をのぞきこむとミセス・ニュージェントは目に涙を浮かべていたものの残念ながらほんとに泣きだしはしなかった。それを見てぼくはつかんだ袖を放して微笑みかけた。いいでしょう、でもこれだけはいっときますよ。今回だけは大目に見てあげますけどつぎからはそうはいきませんからね――ブタ通行税をちゃんと払えるようにお金を用意しておいてください。ぼくはそこに立ったままふたりが去っていくのを見つめた。ミセス・ニュージェントは帽子のレモンの位置をなおしながらフィリップの先にたって早くいらっしゃいとせきたてている。ふたりが映画館の前を通りすぎたところでぼくは大声で叫んだ。ぼくは騙されたりしませんからね、ミセス・ヌージ！　でも、聞こえたかどうかは怪しいもんだ。最後にフィリップがこちらをふりむくのが見えたけどミセス・ニュージェントは息子の手を引っぱってずんずん歩いていってしまった。

男の人が通りかかったんでぼくは誰も税金を払わなくなったら世も末ですよねと話しかけた。きみは誰だい。ブレイディーです。

男の人は黒い自転車に乗っていた。ハンドルにはコートがかけてある。彼は自転車をとめてポールにたてかけるとズボンのポケットの奥に手をつっこんでパイプと煙草の缶をとりだした。ブレイディーだって？　もしかして集合住宅のブレイディーかい？　ええ、そうですけどとぼくは答えた。ほう、そうかそうか。なにがそうかそうかなんです？　きみのお父さんは昔ちょっとした有名人だったんだよ。この町でも指折りのミュージシャンでね。たしかエディ・カルヴァートにも会ったことがあるはずだ。エディ・カルヴァートの名前なんて二度と聞きたくありませんねとぼくはいった。音楽は嫌いってわけか。この町のチームはこんどの土曜の試合にも勝てると思うかい？　サッカーの話もまっぴらごめんです。地元のチームが優勝してもすごいと思わないのか？　ぜんぜん、とぼくはいった。試合に勝っちゃったりしてかわいそうなくらいですよ。ほう、なるほどね。そういえばさっき税金がどうとかいってたな。きみが興味をそそられるのは税金の話ってわけだ。男は政府のことや国民が追いこまれた状況に関する議論をしようと意気込んだ。泥炭の燃える匂いとバターミルクの香りを漂わせ、男はパイプの火皿をとんとんと腿にたたきつけた。で、どの税金のことをいってるんだい？

男が考えていたのは政府が国民に課している言語道断な税金のことだったらしくあんな税金はいますぐ廃止しなければこの国は滅びるよなどといいだしたんでぼくはあわててさえぎっていやちがうんです政府なんてぜんぜん関係ありゃしませんといった。この税金はぼくが発明したんですから、ぼくに払えといわれた人間以外は払う義務なんてないんです。

そういうきみは誰なんだ？

収税吏フランシー・ピッグですと答えると、男は首を横に振ってまたパイプの火皿をとんとんやりはじめた。ほう、こいつは笑わせてくれるじゃないか。

笑わせてくれる？　いったいどこがそんなにおかしいっていうんです？　男はチチチと舌を鳴らし、ほんとにきみはおかしなやつだなといってパイプをふかしはじめた。ブタ通行税ねえ。そんなもんはじめて聞いたな。男はパイプの茶色い柄をくわえて口をぱくぱくやっている。まるで魚が煙草を吸ってるみたいだ。あなたがそんなことで頭を悩ます必要はありませんよとぼくはいってやった。あなたにはぜんぜん関係ないことですからね。正式にはブタ通行税じゃなくて〈ミセス・ニュージェント以外は誰も払う必要なんかない税〉って名前なんだと教えてやろうかとも思ったけどやめておいた。わかったよと男はいった。そういうことならわたしは行かせてもらうことにしよう。

男は人差し指を額にあてて敬礼の真似をするとじゃあなといってカタカタと車輪の音を響かせながら自転車を押して町のほうへと去っていった。

ぼくは店のなかに入っていった。ベーコン・スライサーのブーンという鈍い音が響くなか店員の女の子がちびた鉛筆の芯をなめながら紙袋の裏に書きつけたぐらつく数字の塔に目を走らせていた。コーンフレークのコーナーの前にはおばさんが何人か陣取って最近はほんとに物価が高くてやってられないわよねなどと話している。まったく生活してくのがやっとですものええほんとにそうよねこのあいだそこの店でピーターの靴を買ったんだけどいったいいくらだったと思う？　ぼくが近づいていくとおばさんたちはいっせいに口をつぐんだ。なかのひとりなんかあとずさろうとして陳列棚にぶつかってしまったくらいだ。これはこれはみなさんおそろいでと声をかけるとおばさんたちはかかとに重心をかけていっせいに後ろへぐっと身を引いた。なんだいこりゃ？　三つ首女か？　でもぼくが声をかけたときのおばさんたちの反応はまあ褒めてあげてもいいだろう。一瞬ひるんだものの——すぐに全員が笑みを浮かべたのだ。あらフランシー、とおばさんたちはいった。ええぼくですとも、と答えると、おばさんたちはこっちに顔を寄せて重大機密でもささやくみたいにお母さんはどうしてるのと訊いた。ああ、母さんなら修理工場の上を飛びまわってますけどもうすぐ家に帰ってくるはずです。修理工場でしっかり整備してもらってますからね。おいマイク、そこのスパナをとってくれないか！　てなもんですよ。おばさんたちはハハハと笑い、それはよかったわねといった。そうなんです、アロおじさんのためにパーティーを開くんで母さんは早いとこ帰ってきてケーキを焼かなきゃならないんです。まあアロおじさんが帰ってくるの？　クリスマスイブにね。はるばるロンドンから出てくるんです。ミセス・コノリーがさも嬉しそうに身震いしてまあそれならほんとにほんとなのね、といった。で、どのくらい滞在なさるの？　二週間です、とぼくは答えた。まあ二週間といってミセス・コノリーが笑みを浮かべたんでぼくの話が信用できないとでもいうんですかミセス・コノリーといってやろうかと思ったけどやめておいたミセス・ニュージェントのことで手いっぱいでミセス・コノリーの相手までしている暇なんかなかったからだ。そのときべつのおばさんが口をはさんできた。アロおじさんはロンドンでたいそうな出世をなさってるらしいじゃないの、フランシー。すると全員がいっせいにさえずりはじめた。そりゃもうたいへんなものなのよ、出世どころのさわぎじゃないわ、でも運もあったんじゃないかしらロンドンみたいに大きな街であれほどの成功をつかむなんてそうそうできることじゃないもの。ほんとよ！　とミセス・コノリーがいい、べつの誰かがおなじ言葉をくりかえした。まるで『アロの生涯』ってタイトルのラジオ番組でも聴いてるかのようだ。だけどぼくは気にしなかった。ほんと話がつきないみたいですねとぼくがいうと、ミセス・コノリーがいった――あたしはあの人がこのあいだ故郷に帰ってきたときにお見かけしたわ、とってもすてきな青いスーツを着て胸には洒落た赤いポケットチーフをあしらってた。

あの人のことならあたしも見たことがあるのよ、まるで政府のお役人かなんかみたいだった。

ほんとよね。ブレイディー一族の誇りだわ。

いつだってそうでしたよ、とぼくはいった。

フランシー、あなたも将来は偉くならないとね。

アロおじさんが帰ってきたら、おばさんたちに会いに行くようにいってみますよ。そうすればロンドンの話やなんかもできるでしょう？

まあぜひお願いするわ、フランシー、とおばさんたちはいった。ええ約束しますよ、とぼくは答えた。じゃあ申しわけないんですけどもう行かなくちゃ。これからまた旅に出なきゃならないんです。

おやまあ切符は持ってるの？

通行税のことでちょっと仕事があるんで町に行くんです。

通行税ですって？　聞いたことないけど、それっていったいなんなの？

ああ、ぼくが発明したんです。でも思ったとおりニュージェントは払いませんでしたけどね。石から血を絞りとろうとするようなもんですよ。

ニュージェントって、ミセス・ニュージェントのこと？　とミセス・コノリーが訊いた。

ええとぼくは答えた。でもそれでどんな目にあおうが当人の責任ですからね。このつぎは通りすぎようったってそう簡単には通しゃしませんよ。

ミセス・ニュージェントの話だと知ったとたんおばさんたちは興味津々になった。

通りすぎる？　通りすぎるってどこを？　おばさんたちはさらにしつこく訊いてきた。

もちろん歩道ですよ。いったいどこだと思ったんです？　通りすぎるっていったら、歩道以外にないじゃないですか。

歩道？

ええ、とぼくはくりかえした。**歩道です**。いきなり体に障害でもきたしたのか、おばさんたちは突然ぼくのほうに目を向けられなくなってしまった。

ミセス・コノリーはブローチをいじくりまわしながら唇を動かさずになにやらぼそぼそとつぶやいている。

それからいった——これだけは間違いないわねフランシー、あなたってほんとに変わってる！

あとのふたりはミセス・コノリーの後ろに隠れている。たぶんぼくから税金をふんだくられるんじゃないかと不安なんだろう。

じゃあこれでといってぼくは店を出た。去りぎわに窓からなかをのぞくとなにやらまくしたてているミセス・コノリーの話を聞きながらあとのふたりがしきりにうなずき天を仰ぐのが見えた。

ぼくはダイヤモンド広場に立っていた。肥やしを積んだ運搬車を引いたトラクターが山奥の家を目指してプスプスと屁をしながら通りすぎていく。そこへやってきたのは誰あろうドミニク神父だ。神父はシュッシュッと衣擦れの音をたてて磨きあげた靴をキュッキュッと鳴らして近づいてきた。やあフランシスきょうも元気にしてるかね、ペチャクチャペチャクチャ。いやもうきょうはほんとに冷えますね神父さんと答えてぼくは田舎もんみたいに両手をこすりあわせた。フム、まったくだな。きみは誰かを待っているのかな？

いいえ、ちょっとばかりやらなきゃならない仕事があるんです。

仕事？　いったいなんの仕事だね？

ブタ通行税のことを話したら神父さんがなんていうかはわかっていた。通行税かフムフムそいつは面白いじゃないか料金所を設置できるか調べないといかんなとかいいだすに決まってるからぼくはなにもいわずにジョー・パーセルを待ってるんですと答えたけどほんとは嘘だった。ジョーは親戚のおじさんの家に行っていたからだ。

ほうそうか、とドム神父はいった。小人みたいな二本の親指が小さな黒いボタンを相手に流行遅れのワルツを踊っている。

お父さんはどうしてらっしゃるね？

これ以上ないってくらい元気ですよ。

そいつはよかった。お母さんももうすぐ帰ってくるんだろう？

ええ、クリスマスまでには戻ってくるはずです。

クリスマスに？　そりゃよかったじゃないか。

ええ。アロおじさんが帰ってくるんですよ。

神父はおじさんの話を詳しく聞きたがった。

アロおじさんのことは、きみも鼻が高いだろう。

ええ、とぼくは答えた。

クリスマスイブにいらっしゃるわけだな？

そうです。

うまくいけばお会いできるかもしれんな。アロおじさんはこの町の誇りだ。きみのお母さんからかねがねお噂はうかがってるよ。ロンドンでたいへん立派な仕事をなさってるってことじゃないか。部下が十人もいるんです、とぼくはいった。神父は微笑んでぼくのことを上から下まで眺めまわした。去りぎわに神父がこちらに身を乗りだしたので鼻の穴の奥にマットレスの中身みたいに太くて茶色い鼻毛が生えているのが見えた。さあいい子だからもう急いで家に帰りなさいフランシス、いいね？

　いわれたとおりにすればお駄賃をやるぞとでもいうかのような口ぶりだった。ええもちろんそうしますよ神父さん〈家に帰る税〉を五シリング払っていただけるんでしたらねとでもいってやるべきだったんだろう。でもいわなかった。ええわかりましたよ神父さんもう帰りますとぼくはいった。

でも帰らなかった。通りを家のほうへ向かうふりをして神父が司祭館のなかに消えるのを見届けるとニュータウン・ロードを抜けてホップ・ステップでもとの通りへ戻った。タワー酒場の入口に酔っ払った男が寝転がっていた。身にまとっているのはぼろぼろのコートで酒壜のなかに向かって**いまごろ彼女は誰とキスをしてるやら**と歌っている。しばらくすると男は歌うのをやめア**ァ！　ア**ァ！と声を上げて車の窓にぶらさがってる布の人形みたいに首をうなずかせはじめた。男はぼくに向かって叫んだ。**おまえ、おれのことを知ってるか？　なあ、知ってるかよ。**ぼくはただ突っ立ったまま男のことを見ていた。家には帰りたくなかったけどかといってそこにずっと立っていたかったわけじゃない。男はかっと見開いた目をぎらつかせておれのことを知ってるか？　とくりかえし叫んでいる。あたりはもう暗くなっていてふと見上げるとひらひら舞い落ちてくるものが目に入った。うっかりすると見逃してしまいそうだったけど薄汚れた初雪が降りはじめたのだ。今年はいつもよりちょいと早いけどそのほうがずっといいだろうと雪がいう。ああそうともといってぼくは舌を突きだし雪をなめた。

うるさいぞアホ。ジョーはそいつに面と向かっていった。相手は玩具屋のウインドーでガンガン太鼓を叩いてる下顎のばかでっかいサルだった。農夫たちは**ママ**と声を出す金髪の人形をトラックの屋根にくくりつけて山奥へと帰っていった。通りにはタイヤの泥の跡が蜘蛛の巣のように走っていてタワー酒場の二階からは一晩じゅう音楽が鳴り響いていた。ぼこぼこに殴られて死にかけたナット・キング・コールみたいな声で誰かが歌い窒息しそうな喘ぎ声でアコーディオンが**助けてくれ！**と叫んでいる。白く雪のつもった野原には子供たちや犬の姿が見える。町のバンドは通りをもう四周も行進している。全員が一度も間違えずに曲を演奏できるまで永遠にさまよいつづけるように運命づけられてでもいるかのようだ。町はすっかり粉雪に覆われ、凍るように冷たい川では氷がひょこひょこと浮き沈みしていた。

おいサカナたち、どうしてる？　とジョーが呼びかけた。もうくたばっちまったか？

ぼくたちは川面に鼻先をつっこんでみたけどダーツの的みたいな目はどこにも見当たらなかった。すみません、出かけています――サカナ拝。ぼくとジョーのおそろいの釣り竿にはここ何日かっていうものなにひとつかかっていなかった。

修理工場から帰ってきた母さんはいっときたりともじっとしていなかった。とてつもない早口でしゃべりつづけててここにいたかと思えばまたあちら、床からなにからどこを見ても顔が映るくらいぴかぴかに磨きあげた。二階にいたかと思うとつぎの瞬間にはすぐ隣でしゃべっているのにまたつぎの瞬間にはどこかに消えてしまっているのだ。この町を離れられなくてもあたしたちはもう二度とへこたれたりしませんからねあいつらに負けてなんかいないところを見せつけてやるのよ。母さんはぼくの目をのぞきこんでいった。ニュージェント家の人たちみたいになるのはごめんだわ。いいいえニュージェント家の人たちだけじゃない、ほかのどんな人たちだっておなじことよ！　いいこと、フランシー、あの人たちに見せつけてやるの。みんなあたしたちを羨むわ！　あたしたちはブレイディー家の人間なんですもの。そうでしょう、フランシー？　忘れてはだめよ！

もちろんさとぼくは答えた。ぼくはすっかり大得意だった。すべてがまた新しいスタートを切ってこんどはなにもかもがうまくいく気がした。さあさあ見てちょうだい買ってきたものがあるのレコードよ世界で最高のレコードなの。こんなにいいレコードはおまえも聞いたことがないはずよフランシー。なんて曲なんだいと訊くと母さんはいった〈肉屋の小僧《ブッチャー・ボーイ》〉っていうのよさあこっちにきていっしょに踊りましょ。母さんがレコードをプレイヤーにかけるとパチパチという雑音につづいて曲が流れてきた。ウィーッと声を上げてぼくたちは部屋をぐるぐるまわりはじめた。母さんは歌詞をすっかりそらんじていた。歌い進めるにつれて母さんの顔はどんどん赤くなっていった。もうこれくらいにしておこうよ母さんといってはみたもののぼくたちはさらにもう一度踊った。

もしもあたしの赤ちゃんが生まれてさえいたら
その子があの人の膝の上で笑ってさえいたら
あたしは哀れな小娘で、ずっと昔に死んでいて
いまでは草葉の陰に埋まっている

若者は二階に行ってドアを壊し
ロープからぶらさがっている彼女を見つけ
ナイフでロープを切って下におろすと
ポケットのなかに遺書を見つけた

ああ、あたしを大きな深い穴に埋めてほしい
頭と足の上には大理石をおいて
そのまんなかに雉鳩をそなえてほしい
あたしが愛ゆえに死んだ証しに

いい歌だとは思ったけど歌詞の意味はさっぱりわからなかった。レコードが終わると母さんはぼくにどう思うフランシーと訊いた――**男は二階へ行くとドアを壊して女がロープからぶらさがっているのを見つけたのよ！**　そんなに頭がよくなかったのねだから肉屋なんかで働いていたんだわ。母さんはさらにいろいろまくしたてたけどぼくはもう聞きたくなんかなかった。すると母さんは弾丸みたいにビューンと姿を消してこんどは台所でなにかべつの歌をうたいはじめた。あいにくだけどあの人たちの時代は終わったのよとっくの昔にね。アニー・ブレイディーを落ちこませようたって誰にもそんなことできっこないのよフランシー！

母さんがレコードをかけずにいたのはほんのちょっとのあいだだけでしばらくすると部屋に入っていってまたかけはじめた。ぼくが学校やどこかから帰ってくるといつもレコードがかかっているようになった。母さんはいつも台所で大声を張りあげて歌をうたっていた。

その一件があってからの母さんはビューン母さんと改名したほうがいいんじゃないかと思えるく

らいだった。ミセス・コノリーが新しいすてきなコートを着てるのを見かけたって話をしていたかと思うとこっちがなにか答えるより先にきょうは断水でもしてるのかしらとかさもなきゃぼくが生まれたときに病院であったことなんかを話しはじめてる。ところがつぎの瞬間にはまたもやペストリーの生地をこねはじめてそこいらじゅうのトレイにバタフライケーキを積み重ねているのだ。

　家じゅうがケーキであふれかえっていた。

　アロおじさんのためにケーキをたっぷり用意しないとね、とぼくはいった。

　そうなのよと母さんはいう。アロおじさんはケーキに目がないの。アロおじさんの大好きなものといったら、もうぜったいにケーキね。

　普通のケーキだけじゃなくて、バタフライケーキもでしょ？

　よくわかってるじゃない。さてもう少しつくっておこうかしら。

　そんなこんなでしまいには家に入るのにケーキをかきわけてトンネルを掘らなくちゃならないようなありさまだった。父さんは何度も**そのイカレた歌をうたうのはやめろ！**と叫びそうになったけど、母さんがまたビューンと修理工場へ行ってしまうといけないので黙っていた。代わりに父さんはタワー酒場に行って閉店時間をすぎるまで帰ってこなかった。

　ぼくは鰐革の楽譜ケースを手にしたフィリップ・ニュージェントが音楽教室へ行くところに出くわした。フィリップはパン屋の前に立ったまましばらく誰かを待っていた。やがて店からミセス・

ニュージェントが出てきてぼくのほうを見た。彼女はケーキを入れるのに使う白いボール紙の箱をフィリップに手渡した。それもすごくゆっくりとだ。ニュージェントのおばさんも気の毒に――ぼくが自分に関心を持ってると本気で思ってるんだ。まったく笑っちまうったらない。ケーキなんかうちに帰れば一個連隊がきても食べきれないくらいあるんだからな！

ミセス・ニュージェントに関心があったのなんてもう何年も何年もまえのことにしか思えなかった。ぼくはふたりのそばへ行くのさえ面倒くさかったので、その場できびすを返すとそのまま声を上げて笑いながら歩み去った。あんたみたいな人間のことでぼくが悩むところが見たいんだったらせいぜい気長に待つんですね、ミセス・ニュージェント。

おじさんには十人も部下がいるんだ、とぼくはジョーにいった。

ジョーはヒューと口笛を吹き、平たい小石を投げて川面を走らせた。

十人とはそりゃまたびっくりだな。ちょいとしたもんじゃないかフランシー。

夜はうちでパーティーをするんだ。

アロ・パーティーってわけか、とジョー。

誰も見たことないくらいのすっごいパーティーになるはずさ。

ウィーッ、ホー！　とジョーが叫んだ。太陽の光の矢が木々の切れ目からつぎつぎに降ってきて

ぼくらは目をつぶった。

アロおじさんがくるまでの何日かぼくはおじさんのことを考えて一睡もできなかった。ぼくとおじさんがふたりで道を歩いているとミセス・ニュージェントがやってくる。ミセス・ニュージェントはぼくたちに話しかけられたくて気も狂わんばかりになっている。するとアロおじさんがあの女の人は誰だいと英国風のアクセントで訊く。ミセス・ニュージェントのほうはずっとこっちの様子をうかがっている。知らないよ、とぼくは答える。あんなひと生まれてはじめて見た。ぼくとアロおじさんはそのまま歩きつづけファーマナー通りに立つミセス・ニュージェントはただのちっぽけな点になってしまう。するとここではじめっからもう一度おなじことがくりかえされてぼくとアロおじさんがまたダイヤモンド広場を歩きはじめるとこんどこそとばかりにミセス・ニュージェントはこっちの気を引こうとする。お願いよフランシー、ほしいものがあればなんでもあげるからとミセス・ニュージェントはいう。悪いですけど、そんなことといったってもう遅いですよ。ぼくはそれだけ答えて顔をそむけ、こういうのだ。なんの話をしてたんだっけ、アロおじさん？

バーが看板になってしまうと町はすっかり静かになる。聞こえてくるのはグラウス・アームストロングが吠えたてる声だけだ。

あいつがなんていってるのかわかるかい、とジョーが訊く。

いいや、とぼくは答える。なんていってるんだい？

わかるはずないだろおれだって犬の言葉なんか知らないからな。

声が聞こえてきた。隠れ家の外に誰かいる。山からバッツィーが下りてきたのだ。哀れなバッツィーはミセス・ニュージェントの兄さんで、怒りのあまり頭に血をのぼらせていた。顔がそばかすだらけなうえにニンジンみたいに赤い髪を目もとまで垂らしているんで『アフリカ』誌の表紙の宣教師みたいに見える。お願いです病院の建設にご協力いただけませんか。けれどいまのバッツィーの頭にあるのはぼくを送りこむ病院のことだけだった。バッツィーは大声で**ブレイディー**と叫びつづけ、それから紙巻き煙草に火をつけた。ここからでも手が震えているのがわかる。その横ではデヴリンがしきりに話しかけている——心配すんなよバッツィーぜったい見つかるさそんなに遠くまで逃げられるわけないんだから。デヴリンは頭が痛いらしく目をこすってばかりいる。あわてることないとデヴリンはいう。じきに捕まるってそしたらおまえの好きなように痛めつけてやりゃあいい。町じゅうの人間があの小僧を痛い目にあわせてやりたがってんだからな。もし警察のやつらより先にあの小僧を捕まえたらどうしてやるかはもう考えてあるんだ。川に頭をつっこんで窒息死させるってのはどうだ、バッツィー？　しかしバッツィーはデヴリンなんかよりずっと現実的で、自分たちが時間を無駄にしているだけなのを知っていた。ここまで探してだめなら自分たちにしろ警察にしろもう見つけられっこないとわかっているのだ。バッツィーは川辺に腰をおろして膝に肘をついていた。紙巻き煙草の先が一インチほど灰になっている。あのクソガキ、このへんに隠れてるにちがいないと毒づき、デヴリンが棒切れで藪をつつきはじめた。**やい、ブレイディー！**とデヴリンは叫んだ。**藪んなかに隠れてるんなら出てきたほうが身のためだぞ。**声が山にこだましてデヴリンが三人いるみたいに聞こえた。けれどいくら大声を上げても無駄だと悟ってふたりは町へ帰っていった。

ふたりが去ってしまうとぼくは隠れ家から這いだして川面に顔をつっこんだ。よおサカナたち、そこにいるんだろ？　ヤッホー！

クソったれどもめ、出てきやがれ！

椅子という椅子の上にはケーキが塔みたいに積みあげられていた。洋服簞笥や洗濯機の上もケーキに占拠されている。砂糖衣のついているものもあればついていないものもあったけど、どのケーキもぜんぶいろんな形をした何百何千のマジパンで飾られていた。ぼくはハエを追い払うので大忙しだった。丸めた新聞を手にひたすら攻撃をつづけた。おまえら、あっちへ行け！　やつらが砂糖衣の上にとまるのだけはなんとしても阻止しなくちゃならなかった。さもないとハエを叩きつぶしたらケーキまでつぶれてしまう。フランシーもうひときれケーキを食べる？　台所から母さんの声がした。もうほしくなんかなかった。すでに八つも食べていたからだ。ぼくは町に行って誰かれかまわずアロおじさんの話をした。それからまた家にとって返し、おじさんはまだこないかいと訊いてからまたビューンと町へ飛んでいく。町はいつになく活気づいていた。クリスマス用の包装紙にくるんだ焼きたてのパンが載ったトレイをかかえてパン屋が店のなかへとスキップしていく。噴水の水が凍ってできた巨大な白いクロッカスの花に子供たちが小石を投げつけ、硬い澄んだ音をたてて落ちてくるのを眺めている。ラジオからはあなたの小さな寄付が多くの人たちを助けますという声が流れてくる。ぼくが家に帰ると母さんは小麦粉を白い手袋みたいに手にくっつけてペストリーをまるめながら数が足らなくなったら困ると思ってねといった。するとそのとき外で車の停まる音がしてみんなが家に入ってきた。お菓子屋のメアリーをはじめとする面々がそろって襟から雪を払い落としコルクの栓を抜きはじめる。ぼくはアロおじさんから目を離すことができなかった。話に聞いていたとおり胸のポケットには赤いハンカチが差してあるしピンストライプの青いスーツのズボンにはピシッと折り目がついていてさわったら手が切れてしまいそうだ。灰色の髪はきちんと櫛でなでつけられていて両耳の後ろがいかした羽根みたいに跳ねあがっている。おじさんがいかにも誇らしげに暖炉のわきに立つのを見てぼくは心のなかで思った。ニュージェントだって？　笑わせないでくれ！　ニュージェント家にはおじさんみたいな人なんか**ひとりも**いやしないじゃないか。ぼくは嬉しくってたまらなかった。ケーキの家へようこそと母さんの声がした。母さんは両手をエプロンで拭きながら、これからはあなたもここをそう呼んでちょうだいといった。義姉《ねえ》さんがなんと呼ぼうとかまわないけどぼくは愛しのわが家って呼んでますよといってアロおじさんは大きく微笑んで母さんをぎゅっと抱きしめた。父さんの帰りは遅れていたけどそんなことにはおかまいなくパーティーがはじめられた。さあクリスマスの乾杯をしましょう、この部屋にいるみなさんの健康を祝して！　おじさんが笑顔でウィスキーのグラスをさしあげた。

　そうこられたら、こっちも返さなきゃならんな、とみんながいう。それからもちろん、アロ・ブレイディーその人の健康を祝して！

これはこれは、ありがとうございます。アロおじさんはウィスキーのグラスを揺らしながら答えた。

まったく月日のたつのは早いねえ。いったいぜんたい、時間ってやつはどこに行っちまうんだろうな。

カムデン・タウンで迎える冬も今年で二十回目になるっていうんだからね。ほんとにびっくりさ。もうこっちには二度と帰ってこないんだろう、アロ？

帰ってくるって？　帰ってくる必要なんかあるもんか。なあ、そうだろう、アロ？　あっちの暮らしのほうがずっといいに決まってるものな。

部下が十人もいるんですからね、と台所から母さんが叫ぶ。

ここにいるみなさんに神のお恵みがありますように、とアロおじさんはグラスを掲げた。みなさんの健康と発展を祈って。

ぼくはまだおじさんから目が離せずにいた。金のタイピンに手入れの行き届いた爪、それに英国風のしゃべり方。ニュージェントのしゃべり方なんてたかだか半分英国風ってだけだ。考えてみればみるほどニュージェントのことなんか話題にする価値さえないってことがますますはっきりしてくる。ええ、ほんとうに、とアロおじさんはつづけた。ロンドンのユーストン駅に着いたときのことはけっして忘れられないでしょうね！

あそこはすごいとこなんだろアロ。この町からはるばる旅してってたわけだ。コートとスーツケースしか持たずにね。自分で自分にいったもんですよ。なんてことをしでかしちまったんだろうって。

ピカデリー街ってとこもすごいんだって話じゃないか、アロ！

おっしゃるとおりです。一度ＹＭＣＡに泊まってみるといいですよ。わたしの話を聞いたりするんじゃなくてね！

世界中、行ったことのない場所はないって聞いたぞ！

そんなことはいってませんよ。

あら白状しなさいよ。

まあまあ、みなさん。

もう二十年になるっていうんだからな！

なにはともあれ、こうしてここにきてくれたんだからな、あんたの健康を祝させてくれ。もちろん、ここにいる全員の健康もだ。

乾杯とみんなが声を合わせたちょうどそのときドアがカチリと閉まる音がして玄関の前に父さんが立っていたけどほとんど誰も気づいていなかった。父さんの目はボールベアリングの鉄球みたいに小さかった。父さんは無言のまま部屋の端を歩いていって飲み物を手にとった。しばらくするとみんなもやあベニーと声をかけたもののまたすぐに昔話をはじめた。

ああ、ピートが生きていればなあ。

哀れなピート、この町でいちばんいいやつといってもよかったのに。

ピートといえば音楽よね。知らない歌なんてひとつもなかったじゃない。

〈ぼく以外の誰かとリンゴの木の下にすわらないで〉！

あいつの十八番だったな！

ほんと早すぎたよ、みんなまさかと思ったもんだ。

いまごろは天国で幸せに暮らしてるさ。おれたちのことだって、ひとりとして忘れちゃいないって！

それにビング・クロスビーだ！　あいつはビングの歌がうまかったろ？〈なつかしき仲間〉とかさ！

最高だった！

神よ、彼の魂の安らかならんことを！

アロおじさんが目をきらきらと輝かせて歌でもどうですといったのでぼくらは全員居間に場所をうつした。おじさんはピアノに寄りかかって肘をつき、ぼくらはみんなで〈ホワイト・クリスマス〉を歌った。心をこめて歌うおじさんの声が誰の声よりも大きくていちばんよく通った。音程の高いところでは熱唱のあまり額の血管が浮きだすくらいだった。歌が終わるとみんなはしんと黙りこんで目もとをぬぐった。

これまでで最高の演奏だったんじゃないか、メアリー、とみんながいった。

あらやだわ、とメアリーがいった。もう何年も弾いてなかったのよ。

アロがこの町からいなくなっちまったからな、とみんなが笑った。

まああんまり冷やかさないで。さもないと彼女、もう弾いてくれませんよ。

おじさんはつづけて〈緑深きティローン〉を歌った。背中の汗がシャツに染みをつくっている。歌い終えるとおじさんはグラスを掲げ、大きくお辞儀をした。

昔のまんまだな、アロ、とみんなの声が上がった。こんなにすばらしい〈緑深きティローン〉は、あんたにだってそうそう歌えるもんじゃないぞ！

おいおい顎にクリームがついてるぞ。髭でも剃るつもりか？

つづいてこんどは朗読会がはじまった。北極の大地を犬橇《いぬぞり》で旅するデンジャラス・ダン・マクグルーとサム・マクギーの話だ。

こりゃたいしたもんだ、芝居なんかよりずっといい！

これを聞けばウエストエンドの劇場へ行く必要なんぞありゃしない！　え、そうじゃないか、アロ？

そういってくれるのはあなたくらいのもんですよ！　アロおじさんは笑ってそう答えた。

バタフライケーキのお城が載った皿と銀のティーポットを持って母さんが部屋に入ってきた。お城の小塔はどれもいまにも崩れ落ちそうだ。

バタフライケーキはいかが？　それとも普通のケーキのほうがいいかしら。もしそうならすぐに取ってくるわ。いくらでもあるから。

いやもうすっかりご馳走になりましたからここにすわってすこしゆっくりしてくださいわたしたちのことはもうおかまいなく！

まったくおれたちときたらすっかり騒いじまって！

アロおじさんはメアリーの後ろに立って彼女の肩に手をのせ〈きみが花の十六歳だったとき〉を歌った。

みんなの拍手がまるまる一分以上もつづいたのでメアリーはどこに目を向けたらいいのかわからなくなってしまった。

もうその手をどけてくださいなと彼女はいった。

アロおじさんの顔は真っ赤で目は爛々と輝いている。おじさんは笑い声を上げると、腰をかがめて足を踏みしめ、深い淵を飛び越す姿勢をとった。それから部屋じゅうのみんなの顔を見まわしてすべてよしと見て取るや、いきなりうなり声を上げてメアリーの腕をさっとつかんだ。メアリーはすっかりびっくりしてしまい、もうすこしでスツールから転げ落ちるところだった。

なんでどけなきゃならないんだいダーリン？

おじさんはメアリーの膝の上にポンとすわって両脚を宙に振りあげた。

母さんが歓声を上げ、ほかのみんなは喝采を送った。

神父さんを呼んでこい！　と誰かがどなった。

一瞬ぼくはメアリーがアロおじさんの胸に顔を埋めて泣きはじめるんじゃないかと思った。転んでしまった子供がまわりの人たちに**だいじょうぶかい、怪我はしなかったかい**と声をかけられて唇を震わせながら爪を噛んでるみたいだったからだ。

けれどメアリーは泣きだしたりしなかった。笑い声が消えると、アロおじさんは片手だけを使ってなんとか体を起こしてもう片方の手でネクタイの乱れを直した。立ちあがりざまにおじさんの指先がメアリーの頰をかすり彼女は下を向いてしまった。誰かがなにかいおうとしてそのまま言葉をひっこめた。部屋はしんと静まり返ってしまったけど静かなのはアロおじさんの好みじゃなかった。おじさんはさっと部屋を横切ってグラスにお代わりを注ぐと、もう一曲歌おうじゃありませんかとみんなに声をかけた。

リートリム州の排水管検査官がつくった曲なんかどうです？　そいつは誰かって？——もちろんあのパーシー・フレンチですよ！


メアリーは鍵盤のほうへ体を傾けていたのでその手が震えていることには誰も気づいていなかった。ケーキにはまたもやハエのやつらがたかっていたしアロおじさんが肘を皿にぶつけてばかりいるせいで床にはそこらじゅうにケーキの破片が転がっていたけど、そんなことを気にしている人は誰もいない。三角の頭をのぞかせているおじさんの赤いハンカチにはバタフライケーキのクリームがついて染みになっている。もう夜中の二時を過ぎているというのにみんなつぎつぎに違う歌をうたいつづけていた。いま何時か時計を見てくれないかと誰かがいい低い口笛の音が部屋に響きわたった。

このままだとあしたの朝のミサに出れなくなっちまうぞ。

それじゃあもうそろそろおいとましようか、という声があちこちで上がった。もうすこしいいじゃありませんか！　とアロおじさんはいった。またこんどおじゃまさせてもらうよ。それにしてもあんたに会えてほんと楽しかったよ、アロ！　ちょっと待っててくださいねといって、母さんが玄関にみんなのコートを取りにいった。ドア口に立った父さんが額に垂れた髪を手でなでつけながらやあ今夜はどうもとみんなに声をかけた。

なあ、おれたちは間違っちゃいなかったろう？　とみんなはいった。これからだってアロは変わらないさ！

アロおじさんはパーティーにきた全員と握手をしながらさよならをいった。おじさんはいかにも名残惜しげでみんなが車のほうへと移動しはじめても握った手を離そうとしなかった。みんなは車のなかから声をかけてきた。また近いうちにこういうパーティーをやろうじゃないか！

メアリーは顔をそらそうとしたけど目は磁石に引っぱられるようにアロおじさんの瞳に吸いよせられてしまった。おじさんはメアリーの肩に触れようとして手を伸ばしかけたものの最後の土壇場になって度胸をなくした万引きみたいにぱっと引っこめ、どうしていいかわからなくてその場に立ちつくした。おじさんはほとんど爪先立ちせんばかりだった。もしこれがもっと早い時間だったらみんなが口笛を吹いたりはやしたてたりして沈黙を破っていただろう。でもいまではみんな硬貨をじゃらじゃらいわせたりコートのボタンをとめたりするのに忙しくてほかのことを考えてる余裕なんかありゃしなかった。メアリーが唇を開いてなにかいいかけた。なんといおうとしてるのかぼくにはよくわかった。**あなたに会えて楽しかったわ**といおうとしたのだ。だけどアロおじさんのほうでもまったくおなじことをいおうとしたのでふたりの言葉は宙でぶつかりあってしまった。メアリーはもう一度おなじことをいいなおそうとした。同時にアロおじさんも口を開いた。それからおじさんは顔を青くして身を乗りだすと、メアリーの髪にそっとキスをした。メアリーは顔を上げたけどそのときにはもうおじさんは姿を消していた。ウィスキーのボトルを探しに家のなかへ戻ってしまっていたのだ。父さんはなにやら小声でつぶやいていてぼくにはなにをいってるのかわからなかったけどボールベアリングの目は鋼鉄の刃と化していた。換気扇が単調でうんざりするような音を立てているニワトリ小屋のメンドリたちが木屑の敷きつめられた自分たちの暖かい世界にこもってさも楽しそうにくちばしを鳴らしながら餌の種をついばんでいる。まるでこういっているかのようだ。ええわたしたちならだいじょうぶだよ。心配ごとなんてこれっぽっちもないんだから！　くちばしを鳴らしながら夕ごはんを待ってるとほかにはなにもする時間なんかありゃしない！

メアリーはもう車に乗りこんでいたんで泣いていたかどうかはわからない。バックシートにすわったメアリーのほうに近所の人が何人か身を乗りだしているのが見えたけど顔がぼやけて誰なのかはわからなかった。

彼女にしてみりゃちょいとつらいだろうさ、と父さんがいった。あの歳になっちまうと女はいろいろあるだろうからな。やつもいい歳なんだからもうすこしは分別ってもんがないと。

父さんの声はひどく小さかったけどやつというのがアロおじさんであることはぼくにもわかった。母さんはなにもいわずに聞こえていないふりをしていたけどほんとうは聞こえていたはずだ。っていうのも父さんは母さんをじっと見つめながら話しかけていたのだから。

エンジンが低い音をたてて息を吹き返した。車は灰溜め場の脇を通って車道へ出ていき、あとには白い雪と沈黙だけが残された。

父さんはいわゆる茫然自失って感じでその場に突っ立ったまま、ずっと指を鳴らしていた。ちょっとやめてよ、指を鳴らさないでくれないかな、とぼくはいいたかった。こんなに楽しい夜ははじめてだったよと、とぼくはいった。

おまえはもうとっくに寝てる時間だぞ、と父さんはいった。

家のなかに戻るとアロおじさんは新しく開けたウィスキーのボトルを前にぼんやりしていた。栓からはがして螺旋状になった銀紙を手のひらにのせて見つめている。おまえはソファで寝ればいいと父さんがいうんでぼくはいわれたとおり横になって目をつぶったけど眠るには部屋があまりに騒がしすぎた。父さんたちの声が形になって目の奥で花火のようにちらつくのだ。暗い影が部屋を飲みこんでしまった気がした。最後にもう一曲どうだい、とアロおじさんがいった。それから寝酒を一杯ひっかけて終わりにしよう。いいだろう、ベニー兄さん？

もう歌はやめだ。今夜はさんざん歌ったろ。

いいじゃないか、兄さん、そういうなよ。アロおじさんは笑った。ちょっとくらい歌をうたったからって誰が傷つくわけじゃなし。そうでしょうお義姉《ねえ》さん？

おじさんは〈懐かしの湿原の道〉を歌い、これはむかし神父さんがホームで教えてくれた曲のひとつなんだといった。**ホーム**って言葉を使ったことをおじさんがすぐに後悔するのがわかった。この言葉を人が口にすると、たとえそれが孤児院の話をしているときでなくても父さんはさっと顔を青くし、ときには立ちあがって部屋を出ていってしまうのだ。アロおじさんはその場を取り繕おうとして、あの頃はよく司祭館の果樹園でくだものを盗んだもんだよなといった。

おじさんは笑い声を上げた。それからもう一度笑った。こいつがいけなかった。ガラスがこなごなに割れた例の事件の直前みたいに不穏な沈黙が流れた。父さんがなにも答えずにいると、おじさんはさらにいろんな質問を投げかけはじめた。

おじさんは思い出話をいくつかしてからもう何曲か歌った。それも力いっぱい声を張りあげてだ。そのあいだじゅう父さんはじっと黙ったままだったのでぼくはすっかり恐くなってしまった。やがて母さんがしくしく泣きだした。父さんはそれも無視し、壁のような沈黙のガラスの後ろにすわったまま身じろぎもしなかった。アロおじさんは最初に部屋へ入ってきたときのように暖炉へ背中を向けて立ち、父さんが口を開くのを待っていた。とにかくなんだっていいからしゃべってほしいのだ。けれど父さんは自分がその気にならなければ口をきいたりしない。そのときぼくはアロおじさんに向けられた父さんの目を見た。あの目つきならよく知っている。父さんはおじさんを完全にやりこめてしまうまで目をそむけないだろう。父さんはよくあの目つきで母さんを見る。父さんの視線はナイフみたいに相手の目を切り裂いてしまう。しばらくして父さんはやっと口を開いた。おまえはあれでみんなを騙せたと思ってるのかアロ？　自分を物笑いのタネにしようっていうのか？　それともうっかり口がすべったとでも？　おまえが話したクソみたいなたわごとを今夜ここにきた人間の誰かひとりでも信じたと、まさか本気で思ってるんじゃないだろうな？

いったいなんてことというのベニーお願いだからこの人にかまわないで、と母さんが叫んだ。

故郷に帰ってきてカムデン・タウンのことを自慢して、おれたちのことを笑いのタネにしたかったのか？

あらまああの方のちっちゃな赤いハンカチーフを見て！　奥様がアイロンをかけてらっしゃるのかしら？

やめてちょうだい。母さんが大声を上げた。ベニーもうやめて！

おれはまえにも釘を刺しといたんだ！　もうあんなたわごとは聞きたくないってな！　それがどうだ、さんざっぱら馬鹿話を並べたあげく、そのうえ間抜けな高校生のガキみたいに色目なんざ使いやがって。もういまごろ町じゅうの噂だぞ、彼女に気があるふりしてべたべたしてたってな。チャンスがあったときには面と向かってデートに誘う勇気もなかったくせに。そりゃカムデン・タウンはすごいとこだろうさ、なあアロ。おれたちだってそれくらいのことはわかってる。アロはカムデン・タウンに行ってやっとこさ女をひとり見つけた。こいつはそいつ以外の女には指一本ふれたことがないのさ。その女を教会の祭壇に連れてったのだってほかでもない、恐くってほかの女に結婚を申しこめなかったからだ。しかもこいつより二十も年上ってんだから聞いてあきれるよ。その女は結婚式を挙げたその日から酒浸りでこいつを憎んでるのさ！

ぼくにはわかる母さんが我慢してるのがわかる母さんはいまあれが起きたらどうしようと思ってる母さんがなにを恐れているのかぼくにはわかる母さんは修理工場のことを恐れている。けれど母さんはアロおじさんに落ちこんでほしくない。母さんは誰のことも落ちこませたりしない。母さんはどうしてもいわずにはいられない。母さんはいう。ああ、ほんとにごめんなさいね、アロ。

でも、父さんはまだこれで終わらせるつもりはなかった。父さんがまだまだつづける気でいることはわかっていたけどぼくはソファに横たわったままなにもいわずに目をつぶってもう眠ってしまったふりをした。

部下が十人いるってんだろう、と父さんがいった。まったく笑っちまうよ。裏通りにある工場の門を閉めるのがあの土地に着いたときからのこいつの仕事なんだ。ポーターみたいにちゃちな青い制服を着て会社の上役たちが通ると帽子をちょこんと上げて挨拶するってわけさ。まあ、はるばるロンドンへ行ったってことにゃ嘘はないがな！

母さんがアロおじさんの腕に手をかけたアロおじさんはパンツにウンコをもらしたときの子供みたいな顔をしていた。

上唇の汗を針みたいに光らせながら父さんはつづけた。こいつは昔とちっとも変わっちゃいない。おれたちふたりがベルファストの売春宿に捨てられてたときから、アホで間抜けだった。廊下をうろついちゃ修道女たちに媚を売ってたもんさ。なんといって話しかけてたかわかるか？　ぼくらの父さんはあした迎えにきてくれるんだ！　おれはそれを毎日、朝も昼も晩もずっと聞かされてた。アンディ・ブレイディーが迎えにくるのを待つんだったら、さぞかし長いこと待たなきゃならなかったろうよ！　おれはいってやった。黙ってろ！　おれたちゃ自分の面倒は自分でみる。誰の力も借りたりしない。もうすべて終わったんだ。ところがこいつときたら耳を貸そうとしない！　黙ってるどころか、いつだって得意げにしゃべってた！　しかもやつらは、ことあるごとにこいつの肩を持ちやがるんだ！

母さんが大声でわめきたてた。ぼくは母さんが父さんに歯向かうのをはじめて見た。自分が家を出ていけなかったからって弟に当たることはないでしょ！　まったくベニーったらあなたって人はいつになればあきらめることができるの？　もう何年もまえのことだっていうのにいまだに忘れることができないの？

アロおじさんは頬をぴくぴくと引きつらせていた。一瞬、ぼくはおじさんが馬鹿げたことを口走るんじゃないかという気がした。雨が降ると思うかいとか、さもなければ**このテーブルクロスはどこで買ったんだい？**とか。

でもそんなことはいわなかった。おじさんの口から出た言葉は——もう遅いから、ぼくは宿に戻って寝るよ。

それからこうつけくわえた。帰るまえに挨拶には寄れないかもしれない。

おじさんは母さんにバスはいまでもあそこの角から出るんですかと訊いた。ええそうよと母さんは答えた。

父さんはウィスキーのグラスを握っていた。グラスはかすかに震えていた。ぼくは思った父さんはグラスを放りだしてアロおじさんを抱きしめ大声でこう叫びたいのだ。どうだったいアロ？　まんまとひっかかったろ？　すっかり騙されやがって！　おれとアロ——ともに過ごしたベルファストでの日々！　ホームだって？　ほんとにすばらしいとこだった！　まさしくわが生涯最良の日々だったよ！　おれとアロ——あの頃はほんとに楽しかった！　そうじゃないか相棒？

そう考えたとたんぼくは飛びあがってヤッホーと叫びたくなった。もう一回パーティーをやろうよぼくが行ってメアリーを呼んでくるからさこんどこそすべてうまくいくに決まってるそうでしょうアロおじさんいいアイディアだと思わない？

でも興奮しているのはぼくだけでほんとはそんなことなど起こらずつぎに聞こえてきたのは玄関のドアが閉まる音だった。あまりに小さな音だったのでもうすこしで聞き逃すところだった。いまや母さんの態度はひどく険悪になっていた。あそこがあなたをめちゃくちゃにしてしまったのよ、それがわからないの？　あなたったら、あそこの話をすることさえできないじゃない。もうずっと昔の話だっていうのに！　あそこに入ってたことはなにも恥なんかじゃないのよベニー！　たとえ恥だとしたって、じつの弟をぼろくそに罵る理由にはならないわ！

父さんはこれが気に食わなくてこんどは母さんを罵りはじめた。すくなくともおれは気狂い病院《マッド・ハウス》に連れてかれて家族の名誉を傷つけたりはしなかったぞ。それを聞いてぼくは母さんが行ってたのが修理工場ではなかったことを知った。でもほんとはずっとまえからわかっていたのだ。気狂い病院だと知ってはいたけどニュージェントやなんかに聞かれるのがいやで修理工場といってただけなんだ。だけどいまの父さんの言葉でニュージェントもそのことを知ってるのがはっきりした。ミセス・コノリーと例の奥さん連中が話したんだろう。となればわざわざ無理して修理工場の話をする必要なんかまったくない。ぼくにはニュージェントがこういっているのが聞こえる気がした――おかしいったらありゃしない、あの子ったらわたしを騙せると思ってたのよ！

父さんの言葉を聞いたとたん母さんは部屋から飛びだしていったけどぼくはどうしていいかわからなかった。父さんはひとりで笑いだしおまえなんぞ勝手に出てけばいいさといった。それから武器でもつかむようにグラスを手に取るともう一杯ウィスキーを注ぎ、台所のまんなかに立った。おれはいつだって自分のやり方で生きてきたんだ、と父さんは怒鳴った。なにをするときだって自分のやり方を貫いてきた——親父がいようがいまいが関係なんかあるもんか！　アンディ・ブレイディーなんぞおととい来やがれだ！　ちゃんと聞いてんのか？

父さんはその場に立ちつくしたまま誰かが言い返してくるのを待った。父さんは口論をもっとつづけたかったんだと思う。だけど誰も言い返してこなかった。とたんに父さんはどうしていいのかわからなくなってしまい、グラスを持ったまま台所のまんなかに突っ立って、酔っ払った巨人みたいに体を揺らしはじめた。**おい聞いてんのか？**　もう一度大声を張りあげたとたんウィスキーがこぼれてズボンにひっかかった。床にしたたり落ちたウィスキーが二本の川となってリノリウムの床を流れていくのを父さんはじっと見ていた。ウィスキーの川は床を横切ってドアの下まで流れていった。その形になにか隠された意味があるのではないかとでもいうように父さんは川を見つめたまま目を離さなかった。やがて父さんは声を上げて泣きはじめた。しゃくりあげるたびに体を震わせながら。

ぼくは父さんが肘掛け椅子で眠ってしまうまで待ち、玄関のドアを開けて朝の町へと出ていった。家出なんかこれまで計画したことさえなかったのでちょっと恐かった。バッグかなにかを持ってくるべきだった。でも持っていなかった。玄関を出るとすぐに歩きはじめた。ブーツの底がすり減ってもう歩けなくなるまで歩いて歩いて歩きつづけたかった。いまのぼくはむかし持ってた塗り絵帳の裏表紙に描かれていた少年に似ていた。その少年は大きな赤いプラムみたいな頰をふくらませて口から蒸気を吐きだしながら地球のまわりをぐるぐるまわっている。ぼくはそいつを**永遠に歩き**

つづける少年と呼んでいた。いまのぼくがしたいのはまさにそれだった――きょうを境に自分があの少年になるんだ。

町をあとにしてからもそのままどんどん歩いていくと広くて大きな道路に行き当たった。ガラスみたいに澄んだ青い空を白い雲がいくつも流れていく。ぼくはまだ幼かった頃の父さんとアロおじさんが孤児院の門の前に立っているところを想像しつづけた。いったいいくつ窓があると思うと父さんが訊く。七十五とおじさんが答える。すると父さんがすくなくとも百はあるんじゃないかというう。神父さんがふたりを磨きあげられた廊下の奥へと連れていく。講堂は少年たちでいっぱいだ。彼らは新入りのふたりを見ていっせいに歓迎の声を上げる。神父さんは咳払いをしてみんなに向かっていう。さあ静かにしなさい。新しくここで暮らすことになったふたりを紹介しよう。バーナードとアロだ。バーナードとアロ？　姓はなんていうの？　神父さんは微笑んで柔らかな手を合わせる。ぼくは神父さんがブレイディーだといって紹介を終えるのを待つ。でも、神父さんの口から出たのはブレイディーじゃなかった。神父さんはいう――**ピッグだ**。

ぼくは毎日あたりが暗くなるまで歩きつづけた。夜は藪にもぐりこんで寝た。一度など自動車のタイヤのなかで寝たこともある。街に着いたときにはその日が何日かもわからなくなっていた。すっかりくたびれ果てたぼくは大きな看板に寄りかかった。看板にはこう書いてあった。〈ダブリンへようこそ〉。

スグリの実みたいな緑色のバスが道を走り大きな石の柱が空を切り裂くようにそびえている。ここってダブリンなんですよねと通りがかりの人に訊いてみた。もちろんダブリンさいったいじぇんたいどこだと思ったんだ？　その言い方が面白かったのでぼくは自分でも口真似してみた。いったいじぇんたい、いったいじぇんたい。べつの女の人にあそこのあれって誰なんですと声をかけると彼女はあんぐりと口を開けてぼくのことを見た。なにか演説してるところらしい男の人の大きな灰色の彫像が通りのまんなかに立っていたのだ。頭の上にはそこらじゅうに鳥の糞がついている。ぼくは大統領かなんかだと思ったんだけど女の人はダニエル・オコンネル（アイルランド解放運動の指導者）だと教えてくれた。なにかイギリスに関係があるってこと以外ぼくはダニエル・オコンネルのことなどなにも知らなかった。橋の上を行き交う人たちの様子を見ていると、悪いんですがこれから原爆を落としますよ、と誰かがいったとしか思えなかった。車輪をカタカタいわせながら自転車が何十台となく走り去っていく。みんなどこへ行くんだろう。もし働きに出かけようとしてるんならダブリンにはものすごくたくさんの仕事口があるにちがいない。時刻は朝の八時。近くには映画館でもなんでもある。ぼくは近くまで行ってみた。電気は消えていたけど電飾文字で〈コリンシアン・シネマ〉と書いてあるのが見えた。いったいこりゃなんだとぼくは声を上げてしまった。地球を征服せんと宇宙から怪物たちが侵略してきてるらしい。自分たちの星は滅亡してしまい惑星上にはなにも残されていないからだ。やつらは宇宙の彼方から死と破壊をもたらしにやってきたとギザギザの文字で書いてある。開館したらぜひとも宇宙人を見にこなきゃと思った。それからフィッシュ・アンド・チップスの店に行った。買い物袋をたくさん持ったうっすらと髭のはえているおばさんがなにやらぶつぶついいながらソーサーに載ったカップに紅茶を注いでいた。共産主義者どもが勝てばいいのよあいつらがほかのやつらより悪いってわけでもないでしょ。おばさんはぼくを見るとあたしには息子がふたりいるのといった。どっちもろくでなしだけどね。だけどぼくはそんな話など聞いちゃいなかった。宇宙人を見るためのお金はどうしようかと考えていたのだ。そこへ店の女の子が声をかけてきた。なにか注文はあるかな？　フライドポテトをくださいとぼくはいった。いったいいままでなにしてたの坊や？　ドブから這いあがってきたみたいな格好じゃない。いえ、ただ歩いてただけです。ならおなか空いてるでしょ、ちょっとおまけしといてあげる。女の子は山盛りにしたフライドポテトの皿をぼくに渡してから、レジの後ろに立ってお金を数え、厨房へ戻っていった。スイングドアがバタンバタンしているその向こうから女の子がダンスの話をする大きな声が聞こえてきた。あのおばさんが早く出てけばいいのに、とぼくは思った。おばさんにもおばさんの息子や買い物袋にもいますぐ消えてほしかった。おばさんがよたよたと出ていってしまうとぼくは女の子がまた厨房に入っていくのを待って、弾丸みたいにレジのところに飛んでいった。そしてありったけのお札をポケットにつっこみ、一目散に逃げだした。通りを全力で走りながら、ぼくは考えた――身に覚えのない罪をきせられ、町から町をさすらう男、フランシー・ブレイディー。人は呼ぶ――『逃亡者』と！

ただしこれにはひとつ嘘があった――ぼくは実際に罪を犯してたからだ。ぼくはまずハッカ飴やなんかが並んでいるお菓子屋へ行った。店にはチェーン付きの眼鏡をかけた女の人がいた。いったいなにを考えてるんだろう——誰かが自分の眼鏡をひったくっていくとでも思ってるんだろうか？　ぼくはフラッシュ・バーを三十本くださいといい、そいつをぜんぶポケットにつめこんで、おなかがいっぱいになるまで食べつづけた。

あたりには黒ビールの匂いが漂っている。大きな船がドックへ曳かれていく。宇宙人がはじまる時間にはまだ間があった。それまでどうしよう？　ぼくはグレシャム・ホテルへ行ってとびきり高そうな料理を注文した。お支払いはどなたが？　ふんふんふんと鉛筆の先をなめながらウェイターが訊いた。もちろんこのミスター・アルジャーノン・カラザーズが自分で払いますよとぼくは答えた。アルジャーノン・カラザーズっていうのはフィリップのコミックに出てきた登場人物の名前だ。彼は船に乗って世界中を旅してまわっていつも豪勢なディナーを食べるのだ。承知いたしましたカラザーズ様とウェイターはいった。向こうがなにを考えているかは手にとるようにわかった。ぼくのことを少年百万長者だとでも思っているのにちがいない。女の人がぼくに微笑みかけていた。ごきげんいかがですかマダム！　とぼくはいった。やれやれ！

ぼくはバブルガム・カードを買って公園へ行きパッケージから出してぜんぶベンチに並べた。フランキー・アヴァロンやジョン・ウェインやエルヴィスのカードもあったけど、ほかのはどれも知らないやつのカードばかりだった。それからバスに乗っていろんなところへ行ってみた。ビューンと風を切り、バスは矢みたいに飛んでいく。ほんとダブリンってのはたいした街だ。やがて宇宙人の時間になった。ぼくは映画館の売店で食べ物を仕入れた。これをぜんぶきみひとりで食べるのかいと売店の親父が訊いてきた。まさか、なかに兄さんや妹たちがいるんです父さんと母さんもね家族全員できてるんですよと答えたものの親父はぼくからずっと目を離さなかったから場内には家族連れなんかいないのをたぶん知っていたんだろう。さあきやがれ宇宙人ども！　ぼくはそう心のなかで叫びながらチョコレート菓子をつぎつぎと口に放りこんだ。

宇宙人の親玉に面と向かって市長がきんきんした声でわたしは逃げるつもりなどないと言い放つ。地球上のすべての軍隊が戦闘準備についているんだぞ。けれど宇宙人はそれを聞いてもせせら笑うだけだ。宇宙人の親玉は姿格好こそ人間そっくりなんだけどじつは自分を車に乗せてくれた農夫の体を乗っ取っているだけでその嘲笑うような引きつった笑みの下にはブヨブヨしたでっかい緑色の体やタコみたいな触手やウロコだらけの顔が隠されている。われわれはこの地球を支配するのだおまえもこの町の人間もそれをとめることはできない。宇宙人が**この町の人間**というのを聞いたとたんぼくはミセス・ニュージェントや例の奥さん連中のことを思い出した。それがあのおばさんたちの決まり文句だったからだ。ぼくにはミセス・ニュージェントの声が聞こえる気がした。いっときますけどうちのフィリップだったらそんなことはけっしてしませんよ。自分の家族を捨てるなんて、まっとうな子供のすることじゃありませんものね。

ミセス・ニュージェントはほかの奥さんたちに目を向ける。なんたって家族なんですからね、おなじ血が流れているはずでしょう？

ミセス・コノリーがため息をつく。ああ、あの人たちもかわいそうに。あたし、このあいだ彼女のことを見かけたの。すっかりお金に困ってるみたいだったわ。あんなふうに子供を追いだしでもしないことには食費もろくに捻出できなかったんじゃないかしら！

ほんとそのとおりよ。

雨が降っていた。ぼくは通りの角に立って大きなネオン広告を見つめていた。ネオンは男の人の絵になっていて、光っていないとハゲてるんだけど電気がついたとたんふさふさした光の髪が現われる。すっごいネオンサインだ。〈そのままハゲてもいいですか？〉という宣伝文句がいろんな色でついたり消えたりをくりかえしている。これだったらいつまで見てても飽きることなんかないだろう。そのとき教会のなかから女の子の歌声が聞こえてきたんでぼくはなかに入ってみた。女の子は白いドレスを着て庭がどうしたこうしたという歌をうたっていた。こんな歌声はこれまで一度も聞いたことがない。ピアノの調べは岩を流れる泉の水のように清らかでその音を耳にした瞬間ぼくはジョーのことを思い出した。ジョーにはじめて会ったのはぼくらの家の裏手にある小道だった。ふたりとも四歳かせいぜい五歳くらいだったと思う。ジョーはニワトリ小屋の横にできた大きな水たまりの脇にしゃがんでいた。水たまりは何週間もまえから凍っていてジョーは小さな棒切れを使って氷を叩き割っていた。その場に立ってしばらく様子を眺めてからぼくは声をかけた。いま百千万億兆ドル持ってたらなにをする？　ジョーは顔も上げずに氷を割りつづけた。それから自分だったらなにをするか答え、それがその後のぼくらをずっと結びつけた。これがぼくとジョー・パーセルのはじめての出会いだった。

あの日、排水溝の脇には待雪草《スノードロップ》が咲いていた。なぜ憶えているかっていうとスノードロップが生えてるのはそこだけだったからだ。遠くの物音がよく聞こえる日ってたまにあるけどあの日もそんな日で町から響いてくる音のひとつひとつがいま歌ってる女の子の声くらいはっきりと聞きとれた。あの頃は最高だった。ジョーといつもいっしょだった日々。父さんやニュージェントの件で頭を悩ますことのなかった、ぼくにとっては生涯で最高の日々。

いったいそこにどれくらいのあいだすわっていたのか自分でもわからない。やがて教会の聖具室係がやってきて小さな車輪のついたピアノを押してどこかに運んでいった。ふと見ると白いドレスの女の子の姿は消えていた。でもきちんと耳をすませば歌声はまだ聞き取ることができた。〈柳の庭のほとりで〉って曲だ。その声が聞こえなくなるまでそこにすわっていたかった。まるで自分が窓から射してくる一筋の黄昏の光のなかをひとり漂っている気がした。

いつの日かきょうのことを思い出して実際に自分はあのとき教会にすわっていたのかそれともすべてはただの空想だったのか不思議に思うことだろう。

ジョーとあの小道で遊んだ日々だってそうだ。もしかしたらあんな日々はなかったのかもしれない。神父さんがやってきてぼくの肩に手をおいた。きみはこの教会にきたことがあったかな？

いいえとぼくは答えた。すると神父さんは訊いた。なんだって泣いているんだい？

泣いてなんかいませんよといってぼくは表の通りへ出ると運河のそばをうろついた。ネズ公ども、おまえらはどっかに行っちまいな！

ぼくは波止場の壁に寄りかかっていた。運河の水は茶色に濁っていてところどころにオレンジや黄色の筋が見える。なんでこんなことをしたのか自分でもわかんないんだよ、母さん。どっかの年寄りがやってきてひどく震えてるようだがだいじょうぶかいと声をかけてきた。すると母さんは微笑んであたしにはよくわかってるよといってくれた。悪いのはおまえじゃないんだ。うちへ帰っておいでフランシー。ごめんよ母さん、とぼくがくりかえすと母さんもおなじ言葉をくりかえした。うちへ帰っておいで、待ってるからね。

もちろん帰るよ母さんとぼくはいった。すべてが解決してほんとによかった。こんなことはもう二度としないよ、ぜったいに約束する。

フィッシュ・アンド・チップスの店で盗んだお金がまだ残っていた。カウンターの後ろから店の親父がいった。そこにあるやつは二ポンド六シリングいちばん上の棚のやつはもうちょっと高いが品物もぐっとよくなるお買い得品がいいんならこっちに並んでるよ。

これはいくらですか、とぼくは訊いた。

三シリングだ。

そいつは短い詩が彫られた薄い木の板で縁にはぐるりと緑の白詰草《シャムロック》が描かれていた。板のいちばん下には赤いショールをしたおばあさんが暖炉際でロッキングチェアを揺らしている絵がついている。

それくらいの値段のやつがいちばんよく売れるよといって店の親父は眼鏡ごしにぼくを見た。

ぼくはそこに彫りつけられた詩をゆっくりと何度も読み返した。**あなたがどこをさまよっていようとも、母の愛はつねにあなたとともにある。**

そいつをポケットにつっこんで店を出た。名前も知らない町をいくつか通りすぎた。町の名前なんかどうだってよかった頭にあるのは家に帰ることだけだった家出なんかしてごめんこんなこともう二度としないよ。

グラウス・アームストロングがトラクターの下にもぐりこんで寝ていたけれどぼくがダイヤモンド広場を渡るのを見てもぴくりともしなかった。町の人たちはみんなお茶を飲んでいて通りには人影がほとんどなかった。どの家も居間の窓がテレビの光でぼんやりと灰色になっている。店の外のＥＳＳＯのネオンサインはいつものとおりＥとＯの文字しか光っていない。タワー酒場の入口に例の酔っ払いはいなかった。たぶん店のなかでおれが誰だか知ってるかと訊きまわっているんだろう。ぼくはポケットに手を入れてプレゼントがまだちゃんとそこにあるかをたえず確認した。プレゼントが自分の意志でポケットから飛びだしたりするわけもないからなくなるはずはないんだけどどうしてもそうせずにはいられなかったのだ。指先で文字をなぞりながら彫りつけられた詩のことばかり考えていたせいでぼくはホテルの角を曲がったところに立っていたミセス・ニュージェントに気づかずに正面衝突してしまった。あやうくハンドバッグを落としそうになったにもかかわらずミセス・ニュージェントは文句ひとつ言わなかった。それどころかバッグを落としそうになったことに気づいた様子さえまるでない。まあフランシス、といって、ミセス・ニュージェントはぼくの腕に手をかけた。いったいなにを企んでいるんだろうと考えていると彼女はおなじ言葉をくりかえした。ままあフランシスお葬式に出られなかったなんてほんとかわいそうにとミセス・ニュージェントははいって胸の前で十字を切った。葬式っていったい誰の葬式です？　ミセス・ニュージェントは誰かと組んでぼくを騙そうとしてるのにちがいないと思ってあたりを見回したもののグラウスがびっこをひきながら鉄道のゲートの前を歩いている以外通りに人影はなかった。いったいなにが目的なんだよニュージェントぼくの腕に手をかけたりしてなにを企んでるんだいと訊いてやろうと思ったけど向こうがものすごい早口でまくしたてるのでこっちには口を差しはさむ余地なんかまるでなかった。あなたのお母さんはこうだったとかあなたのお母さんはああだったとか、とにかく母さんのことを途切れることなくしゃべってる。いったいあんたが母さんのなにを知ってるんだよあんたが母さんにしたことといったらコソコソ陰口をたたくくらいのもんじゃないかその口をつぐんでもらえないかなニュージェントと食ってかかりたかった。でもだめだった。こっちにしゃべる隙をまったくあたえてくれないのだ。あなたは知らないかもしれないけどあなたのお母さんとわたしはずっとまえから親友だったのよ。それからなにをするかと思ったらぼくのほうへ身をかがめてくるもんだから顎にはえた剛毛やおしろいとピンクの紅を塗りたくった頬がぐっと目に飛びこんできた。化粧の匂いをかいだとたん、ぼくは胸が悪くなった。ミセス・ニュージェントが声を落としたせいでなにをいっているかを聞き取るのさえやっとだった。ぼくの反応を見ようと彼女はこちらをじっと見つめている。ぼくは眉ひとつ動かさなかった。紐みたいに一直線になった唇から目をそらしおしろいの匂いを嗅ぐまいと努めながらぼくは自分に言い聞かせた。なにもするんじゃないぞフランシー。そしてポケットにプレゼントが入ってるのを確認してからこうつけくわえた。だいじょうぶ、恐いものなんてあるもんか。

ぼくは木の板の角を手のひらに押しつけた。ミセス・ニュージェントはもう一度だけ微笑むとそれじゃあねといって買い物袋を抱えて通りを渡っていった。それから雑貨屋の前で立ちどまってぼくのほうを振り返った。家に帰ると裏口のドアが開いていて流しにサーディンの空缶が積みあげられているのが見えた。父さんはどんちゃん騒ぎをするときいつも決まってサーディンの缶詰を食べるのだ。空缶のまわりではハエがぶんぶん飛びまわっている。牛乳は腐って固まり本はそこらじゅうに投げだされ食器棚のなかのものは引っぱりだされ野良犬の群れに荒らされたかのようだ。ふと気づくとそばに父さんが立っていてぼくのことを見つめていた。目のまわりが赤くて体が臭かった。父さんはただひとこと**おまえ**といったきり黙ってしまった。いったいなにがいいたいのかわからずにいると、父さんはふたたび口を開いた。母さんがあんなことになっちまったのは、ぜんぶ**おまえ**のせいだ。いったいなにをいってるんだい母さんがどうかしたのかい、とぼくは訊いた。

じゃあまだ聞いてないのか？　父さんは苦い笑みを浮かべた。連中が修理工場の近くにある湖の底をさらって母さんを見つけたんだ。おれはタワー酒場に行ってくる帰るとは思うが帰らんかもしれん。

ニュージェントの家の裏庭に着いたのが何時だったかはわからない。町のほうからはなんの音も聞こえてこなかった。家のなかには小さな電球がついていて台所の様子を見て取ることができた。暖かそうですごく明るい。テーブルには何冊かの本と眼鏡が載っていて、朝食に使う食器が用意してあった。バター皿と専用のバターナイフとか、青いストライプの入った水差しとおそろいのカップとか、そういったもんがわんさかおいてある。まるでどんなものもニュージェントの家に入ったとたん魔法かなんかで自分のあるべき場所へ移動するかのようだ。ぼくは雨樋をよじのぼった。終夜灯の光があちこちに影を投げかけている。ミスター・ニュージェントは家にいないらしい。仕事で留守にしていることが多いのだ。フィリップは母親のベッドで寝ていた。枕にのせた頭を後ろにのけぞらせて口をちょっぴり開けている。ミセス・ニュージェントはぐっすり眠っているようだ。静かに上下している胸があたかもこういっているみたいに見える。わたしの夢の世界にはなんの心配事もないの息子は隣にいるし明日になれば愛しい夫が帰ってくるんですもの。フィリップの唇は口笛でも吹いているみたいに小文字のO字形にすぼめられている。もしもあの口からコミックの吹き出しが飛びだしていたとしたらきっとなかのセリフはこんなふうだったろう。ぼくは世界中のなによりもお母さんを愛してる。お母さんを傷つけるようなことなんかぜったいにしないからね。ぼくは両親と幸せなわが家のことを心の底から愛してるんだ。ベッドの脇のテーブルにコミックがおいてあるのが見えた。タイトルは『時の支配者アダム・エターノ』だった。

そのコミックを読みたいって気がしなかったわけじゃない。でもコミックのことで面倒に巻きこまれるのはもうごめんだった。

ぼくは裏庭まで雨樋を滑り降りた。空には一面に星が輝いている。ぼくにもわかっていることがひとつだけあった。この星空の下を歩いているかぎり誰か他人がぼくに向かっていえることはただひとつだけだ。それは――かわいそうな母親にあんな仕打ちをしたんだから、あのブタ小僧には自分に誇りを持ってほしいな。

その日フィリップ・ニュージェントが音楽教室に行くかどうかはわからなかったけどぼくは通りの角でしばらく待っていた。するといつものように鰐革の楽譜ケースを大きく振っては膝にぶつけながら心ここにあらずといった顔をしてフィリップが歩いてきた。あいつはこっちを見ると急に走りはじめたもののぼくは追いかけていってやあフィリップじゃないかと声をかけ、隣を歩きながらべらべらとまくしたてた。そんなにいかした楽譜ケースははじめて見たな。この町でそんなにいかしたケースを持ってるやつなんてなかなかいないぜ。フィリップはただひとことありがとうといってぼくに気づかれないように足を速めようとしたけどこっちはそんなことお見通しだった。ほんとそんなにいかしたケースを持ってるやつなんてなかなかいないって。ぼくはもう一度そういって立ちどまるとやつの腕をぐいとつかんだ。間違いないって、ぜったいにいないよ！　それを聞くとフィリップはあやふやな笑みを浮かべて弱々しい笑い声を上げ、頬をピンク色に染めて気に入ってもらえて嬉しいよといった。しばらく考えてからぼくはなあフィリップそいつをちょっとだけ見せてもらえるかいと訊いた。

あいつはなんて答えていいかわからずにいたけどぼくがせがむような目で熱く見つめているとあもちろんだよと答えた。ケースを手渡されたぼくは目をつぶって磨きあげられたでこぼこの表面を両手でなでまわした。実際ほんとにいい楽譜ケースだった。そこでこんどはなかに入ってる楽譜集のことを訊いてみた。楽譜集のほうはだめかいフィリップ？　そっちも見てもいいかな？　うんいいよとフィリップはうなずいた。肩ごしに後ろをちらちら見ながらブレザーのポケットをひねくりまわしている。ぼくはなかから何冊か引っぱりだした。どれもあいつのコミックとおんなじで汚れひとつついてない。いま店で買ってきたばかりの新品だといっても通るくらいだ。こいつはすごいや、とぼくは声を上げた。そのうちの一冊はロバに引かれた荷車が緑の山を下りてくるところが表紙になっていた。タイトルは『アイルランドの緑の宝石』となっている。ぼくは中身をぱらぱらめくってみた。この曲なら知ってるよ！　ぼくは叫んだ。父さんがよく歌ってるやつだ！　〈大理石の宮殿に住んでいる夢を見たの〉だろう？　すごいじゃないか、フィリップ！　ほかのもこれとおなじくらいいい曲なのかい？　おまえ――こんなかの曲、歌えるんだろ？　いくつか教えてくれよ。こいつにはいい曲がたくさん載ってるはずだ。そうに決まってる。ぼくは楽譜集を閉じていった。なあフィリップこの楽譜集だけど店で新品を買ったらいくらくらいするんだい？　あいつは眉をひそめてお母さんが買ってきてくれたからぼくは知らないんだと答えかけたけどぼくはあいつが口を開くまえにそれはわかってるけど**おまえは**いくらくらいすると思うんだと訊いた。

あいつはしばらく考えてから二ポンドと答えた。けっこうするんだなでもそれだけの値打ちはあるよ。ぼくはそれからもうちょっとだけ楽譜集の話をしてからそいつをフィリップに返してやった。この町で最高の楽譜集だな――ほんとすごいや！　そのまま音楽の話をつづけながらぼくらはさらにしばらく歩いた。ぼくは父さんがレコードをたくさん持ってるんだと話し、何百枚とねとつけくわえた。実際これは嘘じゃない。おまえんちじゃレコードを買ったりはするのかい、フィリップ？うんとあいつは答えた。誰が買うのか訊くと父親だという。お母さんは買わないのか？　あいつは首を振って買わないと答えた。ことレコードに関しては買うのはもっぱら父親らしい。っていうのもレコードに興味を持ってるのは父親のほうだからなんだそうだ。へえ、とぼくはいった。ならおまえんとこの母さんは〈ブッチャー・ボーイ〉なんてレコードはぜったいに買ってきたりしないだろフィリップ？　うんとあいつは答えた。そりゃそうだよな、おまえの母さんがわざわざ店に行って買ってくるようなレコードじゃないもんな。じゃあ、おまえも聞いたことないのか？　またもや答えはうんだった。ラジオで聞いたことも？　ないとあいつはいう。でもだからってどうってことはないんだぜ、フィリップ。あれは世界でいちばん馬鹿げた歌だからな。そういってぼくは笑いはじめた。どんな内容の歌か知ってるかい？　あいつは知らないと答えて首を横に振った。もし教えてやったらおまえはきっとぼくのことを馬鹿だと思うだろうな。ぼくはあの曲の歌詞の馬鹿くささかげんを思い出すと笑いがこみあげてきてしまいあいつの顔を見るのにあふれる涙を拭わなきゃならなかった。そんなこと思わないよ、とフィリップはいった。いやぜったい思うって、ぼくにはわかってんだ。そんなことないよとあいつはくりかえした。じゃあ教えてやるけどその曲ってのはロープで首を吊った女の話なんだ。なんで首を吊ったかっていうと肉屋で働いてる若い男がその女に嘘をついたからなんだとさ。そんな話、聞いたことあるか？　そう口に出して説明してみると歌の内容がさらに愚かしく感じられてきてぼくは線路沿いの塀に体を押しつけていなければ立っていられなくなってしまった。

あんまりたいした曲じゃないみたいだねとフィリップはいった。なぜだかわからないけどその口調を聞いたとたんまたもや涙がぼろぼろあふれだし頬を伝い落ちた。おまえの母さんがそんな曲のレコードにお金を払うとこなんか想像もできないだろフィリップ？

あいつはなにも答えずに髪を指で梳《す》きながらうーんといったきり黙ってしまったけどぼくがもう一度おなじ質問をするとそうだねと答えた。そうだろそうだってことはわかってたんだ。

ぼくは首を振っていやほんと笑っちゃったよおまえハンカチ持ってるかいフィリップと訊くとあいつは乞われるままに貸してくれたんでぼくらはまた歩きはじめた。

ふたりのあいだのぎこちなさはだんだんと消えていきフィリップの頬もさっきみたいに赤くはなくなっていたんでぼくは例のコミックの件を切りだしてあれはみんなただの冗談だったんだと話した。ほんのちょっとふざけてみただけさ。ぼくもジョーも最初っから返すつもりだったんだ。きみはぼくのことすごく困らせたじゃないかとフィリップが言い返した。ああブタ通行税のことか。**あれね！**　ほんと馬鹿なことしたもんだよな。もちろんあんなもん払う必要なんてないんだぜ！　ぼくは笑い飛ばしてそばに落ちていた石ころを蹴飛ばした。ブタ通行税だなんて間抜けな話、これまで聞いたことあるかい？　道を通るのに税金がかかるってんだからな！　本気にするなんて思わなかったよ。それからぼくらはふたりしてほんと馬鹿げてたよなと声を上げて笑い合った。考えてもみろよ！　もしほんとにそんなもんがあったら誰もどこにも行けなくなっちゃうぜ。いやはや、ブタ通行税とはね！　気にすんなよな、フィリップ、あんなもんぜんぶただの悪ふざけさ！　あいつはそれを聞いて喜んでいるように見えた。そこでぼくはアメリカに住んでるおばさんが送ってくれたコミックの話をした。あんなコミック、たぶんおまえでもぜったい見たことないぜ。イギリスのじゃないんだ。イギリスに行ったって売ってない——アメリカでなきゃ買えないんだからね。ほんと見たらぜったいびっくりするよ。ぼくはそのコミックをぜんぶニワトリ小屋に隠してあるんだ。で、毎日そこに行ってはスーパーヒーローの活躍を楽しんでるってわけさ。悪人がグリーン・ランタンに襲いかかる。するとバーン！　とばかりにグリーン・ランタンの指輪からばかでっかいハンマーが現われて悪人をふっとばしちまうんだ。しかもそのグリーン・ランタンってのは、たくさんいるスーパーヒーローのひとりにすぎないんだぜ。ほかにもいっぱいスーパーヒーローがいてなかにはもっとすごい超能力を持ってるやつだっているんだ！　それを聞いたフィリップはそのコミックを見ないことにはもうおさまりがつかなくなっていた。音楽教室ならいつだって行けるじゃないかとぼくはいった。コミックのほうはそうはいかないぜ。明日にでも誰かと交換するか、さもなきゃ売っちまうかもしれないからな。ぼくらは裏道をくだっていった。ぼくとジョーしか知らないんだけどニワトリ小屋には裏の割れた窓からもぐりこめるのだ。なかへ入るとそこは暗くて暖かい世界であたりにはクックッとかコッコッとかいう鳴き声が響いていた。天井からは電球がいくつかぶら下がっていて床からほんの四フィートくらいのところを揺れている。ぼく、ここに入ったのはじめてなんだ、すごいや、とフィリップがいった。ついに秘密の世界にくることができたってわけだ。フィリップは材木に彫りつけられている文字に魅入られたように指を走らせた。ぼくとジョーがどこだろうとおかまいなしに自分たちの名前を彫りつけていたのだ。

これ見てよとフィリップの声がした。ちょっと行ってコミックを取ってくるよとぼくはいった。フィリップはよつんばいになって床を這いまわり、檻をひとつひとつ調べていたが、やがて楽譜集を引っぱりだすとページの余白に鉛筆で数字を書きこんでなにやら計算をはじめた。いったいなにを計算するつもりなのかはわからなかったけど、どうせおおかた一匹のヒヨコにはどれくらいのスペースが必要かとかそんなことだろう。いかにもフィリップらしいってもんだ。あいつが知りたがることといえばニワトリは朝になにを食べるかとか飼育するのに一日いくらかかるかとか小屋の温度はどれくらいに設定するのがいちばんいいかとか万事がそういった調子なのだ。ぼくはあいつをその場に残して小屋の奥にコミックを取りにいった。戻ってくるとあいつはまだぶつぶつ独りごとをつぶやきながら鉛筆を走らせ、こっちに背中を向けたまま計算に熱中していた。ぼくはただひとことフィリップと声をかけ、あいつがこちらを向いた瞬間にチェーンを振り下ろしたけど狙ったはずの横っ面をはずしてしまった。チェーンが電気コードに当たって電球が大きく揺れた。なにかよくないことが起こっているのに気づいたニワトリどもがバタバタはばたきながら甲高い鳴き声をたてるなかをもう一度チェーンを振り下ろすとこんどは穀物袋を打つ鈍い音がした。電球が大きく振れて暗闇に大きな光の線を描いてあいつの姿がよく見えない。と思うまもなく振り戻ってきた電球が後ろから襲ってきた。なにも見えなくて癇癪を爆発させたぼくはフィリップに向かって毒づいた。

どうやらあいつは眼鏡を落としてしまい床を這いまわって探しているらしい。木屑が敷かれた床に何度もチェーンを叩きつける。見えた。あいつはすぐ目の前にいる。と、そのとき誰かがぼくの名前を呼ぶ声がした。**フランシー！**

フィリップはぼくの目の前にいた。片手を上げてやめてよフランシーと叫んでいる。そのとき突然、電球の揺れがとまってまたさっきの声がした。フランシー！　声の主はジョーだった。ジョーはぼくの手首をつかんでぐいと後ろに押しやった。フィリップはまたもや床によつんばいになっている。しかしまだ眼鏡が見つからないらしく自分がどっちへ向かって進んでいるかもわかっていない。ただその場を這いまわってお願いだよとくりかえしている。強く握りしめたぼくの拳からジョーがチェーンをもぎとった。チェーンは浄化槽に落ちてガチャンと音をたてた。ジョーはぼくを罵った自分がやったことをよく考えてみろよ自分がどこへ送られてなにをさせられるかわかってんのか？　ごめんよジョーわかってはいたんだとぼくはいった。ジョーはぼくを見捨てて行ってしまうだろう。友だちにも母さんにも去られてぼくはひとりぼっちになってしまう。

だけど実際には――ジョーはぼくを見捨てたりしなかった！　フランシーはおまえを殴ろうとしたんじゃない。おまえが勝手にびっくりしただけだ。ジョーはフィリップにそう言い聞かせた。人に聞かれたらリンゴの木から落ちたっていうんだブレザーをそのときに破っちまったってな。けれど通りを去っていくフィリップを見送って戻ってきたジョーはさっきより激しくぼくを罵りはじめ今みたいなことをこんどまたやったりしたらまちがいなく刑務所行きだぞあんなことしでかして見逃してもらえるわけないからなといった。はじめて会って氷を割ったあの日からおまえはおれの親友だ。母さんと父さんがおまえやおまえの父さんや集合住宅のことをどういおうがおれは気にしないけどおまえがいまみたいなことをまたやったらもうそれまでだからな。ぼくは壁によりかかっていたのにまるで絶壁に立たされているような気がした。フランシー、とジョーはいった。もう二度とあんなことはしないって誓ってくれ。ぼくはうなずいた。命にかけてもうあんなことはしないよ。それにニュージェント家以外の人間にあんなことをしたことはこれまでだって一度もなかったんだ。

そのあとでぼくとジョーは自転車で川へ行った。ぼくらが隠れ家をつくったのはこのときだ。地面に横穴を掘って崩れないように松の枝で支えてからすべてを木の葉や茨なんかで覆い隠したのだ。誰かが通りかかっても藪のまわりに落葉が散らばっているのが見えるだけ。けれどそのなかではぼくとジョーが計画を練ってるってわけだ。ぼくらは焚き火もやった。ふたりとも顔を真っ黒にして両目の下に絵の具で算数の等号みたいな二本線を描いた。おたがいに腕を切って血を混ぜあわせ声に出して唱えた。きょうこの日からわれらフランシー・ブレイディーとジョー・パーセルは血の絆で結ばれた兄弟でありこの世界が終わりを迎えるその日まで変わらぬ友情を誓います。ふたりでマニトウに祈りを捧げようぜとジョーがいいだし実行に移すことになった。おまえも自分の名前を考えろよインディアンの名前をさとジョーがいう。ぼくは〈空を舞う鳥〉に決めた。スレート葺きの屋根をはるか下に望みながらぼくは大空を飛ぶ。あちこちの煙突から渦を巻いて立ちのぼる煙のスカーフや曲がったアンテナのあいだを滑空してずっと下にいるジョーに声をかける見えるかいジョ

ーぼくはここだぜ地上に向かってダイブすると風が目をなぶる地上にいるジョーのすぐ横に降り立

つけどジョーは毛布を引っかぶってその場にすわったまま身じろぎひとつしないで棒切れを小さく折りながらヤンマ、ヤンマ、ヤンマとマニトウに祈りを捧げている。

ぼくは窓のところにすわっていた。小道はひっそり静まりかえっている。子供たちの姿もまるで見当たらないけど明日になればまた戻ってきて大きすぎる靴でそこらをドタドタ走りまわり葉っぱを皿にのせてティー・パーティーをはじめることだろう。子供たちは大人が気にするようなことなんかてんで気にしない。興味があることといえばつぎは誰の番かってことだけだ。ジョーとふたりで氷を割った翌日、ぼくたちは小道でビー玉遊びをした。そのときのぼくたちもおなじだった。ジョーはいった。いいぜフランシー、きみの番だ。

排水溝の脇ではスノードロップが純白の磁器みたいな頭を下げてお辞儀をし、自己紹介をしていた。母さんはそのスノードロップを見るといつもあら今年も咲いたのねといってたものだ。空はオレンジ色に染まっていた。ぼくはビー玉みたいに白くなった自分の手を見つめてあの歌に出てくる女の人みたいに死んでいるのってどんなものなんだろうと考えた。死んだ人間はたぶんこんなふうに考えるんだと思う――この世に存在してる美しいものなんて結局はたいしたもんじゃないんじゃないか？　だったらわたしは死んだままでいよう。

たぶんそういうことなんじゃないだろうか。

わたしはそんなことといってませんからね！　ニュージェントはそう怒鳴ったけどほんとはいったし、だからこそぼくは家まで押しかけていったんだ。わたしは**なにも**いってませんあなたはいったい**なんの話を**してるの？　向こうがそこで言葉につまってしまったんでぼくは言い返してやった。ぼくのことをなんだと思ってるんですミセス・ニュージェント？　ただのバカだとでも？　こっちははっきり聞いたんですからね。その店からニュージェントとフィリップが出てきたときぼくはダイヤモンド広場を渡ろうとしているところだった。フィリップは両脇にそれぞれひと袋ずつ、スライスしたパンを抱えていた。ニュージェントのほうが手にしていたのは色とりどりのパッチのあった買い物袋だ。ぼくの立っていた場所はふたりからだいぶ離れていたけどニュージェントが足をとめてフィリップに向かってぼくのことを指さすのは見えた。ぼくは彼女を見た。**ほら、あの子よ！　これからはできるだけ無視するのよ、フィリップ。あの子のことも、あの子のいってるブタ通行税とやらもね！**　もしニュージェントがそこでやめておきさえすればぼくだって面と向かって文句をいうことはなかっただろう。あの女はアロおじさんのことなど口にすべきじゃなかったのだ。実際に聞こえたのは話の最後の部分だけだったけどぼくにはそれでじゅうぶんだった。**奥さんは結婚式を挙げたその日から酒浸りであの人のことを憎んでたんですって！**　お母さんがいってたとおりでしょ、フィリップ！

やがてフィリップはパンを抱えたままよたよたと去っていった。その隣では頭にスカーフを巻いた母親が買い物袋を手にさもおかしそうにくすくす笑っている。だからぼくは自分に言い聞かせたんだ。あとでやつらの家に押しかけてひとつおとしまえをつけてやんなきゃならないってね。ドアをノックするまえに窓から覗いてみると部屋はすっかりきれいに片づいていて暖炉の火が部屋じゅうに影を投げかけていて暖炉の前の真鍮の火よけにはピンク色の花をつけた小枝の絵が描いてあってマホガニーのピアノの上に飾ってある楕円形の小さな額にはミセス・ニュージェントの写真が入っていた。写真はまだ若いときのものでミセス・ニュージェントはきれいだといってもいいくらいだった。髪には白い薔薇のピン、キューピッドの弓のような唇は古い映画に出てくるスターを思わせ、鉛筆の落書きみたいな今の唇とは似ても似つかない。そのとき、茶色い大きなボタンのついたオーバーコートとスカーフが見当たらないことに気がついた。ああ、なんてこった。われらがミセス・ニュージェントはどこに行っちまったんだろう？　ぼくにわかるわけがない。部屋の反対側の壁にはミスター・ニュージェントの写真がかかっていた。ツイードのジャケットにストライプのネクタイを締めてにこやかな笑顔を浮かべている。ひとめ見ただけで一流の仕事についているのがわかる。わたくしは一流の仕事についていましてねと目が語っているかのようだ。ミスター・ニュージェントはなにやら遠くを見つめて自分がこれからしようとしている一流の仕事のことや面会を予定している一流の人たちのことを考えているんだろう。ミスター・ニュージェントが実際に英国人なのかどうかは知らないけどしゃべりかたはいかにも英国人っぽい。ほかのみんなが**ひどい天気ですねえ**とか**ひと雨きそうですね**とかいったりするときでも、かならず**グッドアフタヌーン**と挨拶するのだ。ジョン・F・ケネディの写真の下にはスズランの鉢が入った枝編みのバスケットがおいてあった。ピアノの譜面台ではロバに引かれた荷車がアイルランドの緑の宝石のような山を下りていこうとしている。暖かくて居心地のよさそうなその部屋から漏れてくる琥珀色の光がぼくを手招きをしていた。さあ入ってこいよ、といっているかのようだ。ついついその気になりかけたもののぼくは意を決してトントンとドアをノックした。するとミセス・ニュージェントが出てきた。いやはやまったく髪に薔薇のピンをつけていた頃とはえらい変わりようだ。キューピッドの弓のごとき唇よ、いずこへ！　ほんと悪い冗談にしか思えない。ミセス・ニュージェントはワスレナグサの絵がちりばめられたぼろぼろのエプロンをしてハート型のポケットに洗濯ばさみをごっそりつめこんでいた。

毛皮のついたブーツを見てぼくは思わず笑ってしまった。

ミセス・ニュージェントは洗濯をしているところだったらしく手にはめたゴムの手袋の指先をしきりに引っぱっていた。ぼくを見ると額のまんなかにうねうねした横じわをつくっていったいなんの用なのと訊いてきた。いや、実際にはいったい**あんたが**なんの用なの？　って感じだった。ぼくは玄関の間を覗いてみた。晴雨計の目盛りがとんでもなく上のほうを指している。その晴雨計というのがこれまたたいした代物だった。雨になるみたいじゃないですか、ミセス・ニュージェント。ぼくは商売人みたいにもみ手をしながらいった。農家の人たちにとっちゃ嬉しくない話ですよね。

いったいなんの用なのとミセス・ニュージェントはもう一度いい、それから**さらにもう一度**おなじ質問をくりかえした。たいしたことじゃないんですただフィリップがどうしてるかなと思ってとぼくはいった。フィリップなら勉強でとても忙しいのとミセス・ニュージェントはいった。そんなことはわかっていた。フィリップのやつはいつだって勉強で忙しいのだ。四六時中なにかの問題を解いている。あれを調べたりこれを調べたり。そもそもがフィリップはそういうやつなのだ。だからぼくはいってやった。ミスター・プロフェッサーはいつだって忙しいからな！　ニュージェントはなにもいわなかった。なにやらポケットの洗濯ばさみをいじくっている。それにしてもクリスマスが終わったと思ったらもう新年ですもんねえミセス・ニュージェントと話しかけてみたけどまるで返事をしない。ぼくはさらにつづけた。もう祭日はぜんぶ終わっちゃって、あとは聖パトリックの日までなんにもないから、ぐっと静かになりますよね。そうね、とミセス・ニュージェントは答えた。

もうぜんぶ終わっちゃったからほっとしてるんじゃないですか、といってぼくは腕を組み、笑みを浮かべてみせた。ミセス・ニュージェントは唇の内側をキュッと嚙んでええそうねと答えると、かすれた声でじゃあこれでといってドアを閉めようとした。ぼくはドア口に足をつっこんですばやく脇の柱をつかんだ。あれって子供のための日みたいなもんですよね、それも年に一回こっきりなんだからとぼくはいった。こんどばかりはミセス・ニュージェントもどうしていいかわからないらしかった。しきりに洗濯ばさみをいじっている。ぼくはただフィリップが外でサッカーでもしないかなって思っただけなんです。ぼくといっしょにね。マンチェスター・ユナイテッド対どこかのチームってわけですよ。マンチェスター・ユナイテッドって好きですか？　トミー・テイラーとデニス・ロウ。あのふたりが最高だったな。ミュンヘンであの飛行機事故さえなければね。あんな大惨事、見たことあります？　チームの全員がですよ、ミセス・ニュージェント。ぼくは新聞で見たんです。トミー・テイラーなんてブーツだけしか見つからなかったんですから。怖いですよねえ、ほんと。ぼくはさも悲しげに首をふってみせた。悲しいのはミセス・ニュージェントもいっしょだったらしい。目を赤くし、手の甲やら袖口やらでしきりに口をぬぐっている。おなじ勉強するんでもすこしボールを蹴ってからのほうがずっと頭が冴えるんじゃないかな。フィリップ、とぼくは大声で呼びかけた。あいつが台所にいるのはわかっていた。あいつはいつだって眼鏡がのっているあのテーブルで勉強をするのだ。テーブルのそばにはテレビがおいてあってときどき親父さんがその前にすわってパイプかなんかくゆらしながらフィリップの勉強をみてやってることもある。そのパイプの吸いかたっていうのがほんとテレビのコマーシャルそっくりときてる。**刻み煙草なら、ミスター・ニュージェントも推薦する〈マルタン・レディラブド・フレイク〉をどうぞ！**てな感じで、口からブライアーパイプを突きだしてたりする。ぼくは大声でフィリップの名前を呼んだもののこんども聞こえなかったらしいのでもう一度呼んでみた。ちょっとボールを蹴るだけでもいいからさ。外に行く用意をしてんのかい？　そう声をかけてみたけどやっぱり出てくる気配はまるでない。そこで思いついたのがコミックでおびきだすって手だった。なあフィリップ新しいコミックがどっさりあるんだとぼくはいった。聞いてるかいフィル？　このフィルって呼びかけたときの声の調子はわれながらうまかったと思う。そうともさ、ぼくとフィルはずぅぅぅっと昔から大の仲よしなんだって感じがこもってた。『ダンディ』も『ビーノ』も『トッパー』も『ヴィクター』も『ホットスパー』も『ホーネット』も『ハリケーン』も『ダイアナ』も『バンティ』も『ジュディ』も『コマンドー』もあるんだぜ。ぼくはこれをぜんぶマジシャンが色とりどりの布を途切れることなく口のなかから引っぱりだすみたいに一気にまくしたてた。**なあフィリップ、こういうのはどうだい？ぼくの『コマンドー』ぜんぶとおまえの『トッパー』ぜんぶを取り替えっこするんだおたがい文句なし公正な取引だろ？　そうじゃないかフィル？**『コマンドー』は一冊一シリングもするのに『トッパー』のほうは二ペンスしかしないんだからこれ以上うまい取引はないはずなんだ。なのにフィリップのやつはまだ出てこない。こうなったらなかに入っておなじ話をもういちど最初っからくりかえしてやるしかない。するとそのときミセス・ニュージェントがお願いだから帰ってちょうだいといった。ぼくはいってやった。ミセス・ニュージェント、もしぼくがフィリップからコミックを巻きあげようとしてるだなんて考えてるんだとしたらそいつは違いますよ。そんなことするつもりなんかありません。ぜったいにね。あのことはもうすんだことじゃないですか。だいたいあれはほんの冗談だったんだ。いいですか――ほんとの話、ぼくはフィリップに『コマンドー』をぜんぶあげたっていいと思ってるんですよ。フィリップ、とぼくは呼びかけた。それから、『ダンディ』も『ビーノ』もってやつをまた頭からまくしたてた。いったいフィリップはあそこでなにをしてるんだろう？　ミセス・ニュージェントはすっかり頬を濡らして声を震わせていた。すこし元気づけてあげなきゃまずいようだ。たぶんぼくがフィリップ・ニュージェントからコミックを盗もうとしてるって本気で考えているんだろう。だいじょうぶですよミセス・ニュージェント、あいつからなにか盗もうなんてぜったいにしませんってば！　大声ではっきりとそういってやったからミセス・ニュージェントもいいかげん信じていいはずだった。ぼくが集めたコミックをぜんぶあいつにやったっていいんです。嘘じゃありませんよ。いくらだってあげますって。一冊残らずだっていいんだ。ぼくはもうコミックのことなんかどうでもよくなっていた。なんでぼくがコミックのことなんか気にするはずがある？　けれどミセス・ニュージェントは頑なに信じようとしなかった。ただ鼻をすりあげるばかりでこっちに目を向けようともしない。ぼくは見てくださいよミセス・ニュージェントといって玄関前のコンクリートの上でよつんばいになると、ドアを閉められてしまわないようにちょっとだけなかに入りこんで顔を突きだし、鼻に皺をよせて上向きにぐっと押しあげてできるだけ目を小さくし大声でブーブーと鳴いてみせた。こうすればミセス・ニュージェントを元気づけてあげられると思ったのだ。さらにもう一度ミセス・ニュージェントを見上げた。ブヒブヒ。ぼくはそこでつい吹きだしてしまった。こいつをどう思いますミセス・ヌージ？　ほんとおかしいったらなかった。さらにブヒブヒ鼻を鳴らすとさらに笑いがこみあげてくる。実際こんなにおかしかったことなんかいままで一度もなかったくらいだ。しかもそこへなにが起こってるんだろうって顔をしてフィリップが出てきやがった。**スコットランドヤードのフィリップ・ヌージ警部、ついに登場だ！**

　最初フィリップはどうしていいかわからずにいた。そりゃあ誰だって台所から出てきたら玄関前の階段をジャケットとズボンに身をつつんだブタが這っていようとは思いもしないだろう。やつは耳に鉛筆を差したままその場に突っ立っていた。こんなときにぴったりのジョークがある。便秘の教授センセイの話を知ってるかい？　その教授は鉛筆を使って便秘を治すんだとさ。でもぼくはそのジョークを口にしなかった。フィリップ教授がなんとか計画を遂行しようとしてるのを観察するんで忙しかったからだ。ブヒー！　フィリップの顔ときたらほんとに見ものだった。ぼくはやつをまともに見上げた。サッカーの試合をしようぜ。ぼくとおまえのふたりだけでほかのやつら全員の相手をするってのはどうだいフィリップ？　ぼくがまたブヒブヒ鼻を鳴らすとフィリップは自分がなにをしようとしていたのか忘れてしまったらしかった。ブヒー。ぼくはまたまた笑いこけた。するとフィリップのやつは玄関からぼくを押しだそうとした。なんてことするんだよ、フィリップ、目に指を突っこもうっていうのかい。ぼくのいるところからでもやつの心臓がドキドキいっているのが聞こえた。やつは靴のかかとでぼくの肩を蹴った。おいおいそのでっかいブーツをどけてくれよ、痛いじゃないかフィリップ！　それからまたハハハと笑った。おまえ本気で強く蹴りすぎだよぼくはおまえと遊んでるんじゃないんだ！　ちょっとふざけただけだろ。ミセス・ニュージェントはフィリップフィリップフィリップと息子の名前ばかり呼びつづけていたけどたぶん自分でもほんとうはなにをいいたいのかわかっていないんだろう。なあフィリップ最高の選手はどっちだと思う？　デニス・ロウかトミー・テイラーか？　フィリップはその場にしゃがんでぼくを肩で押してドアの外へ追いだそうと息を切らして顔を真っ赤にしている。やつの鉛筆が下に落ちた。こんなふうにめったやたらと押しまくってくるやつなんか生まれてはじめてだった。フィリップが押すとぼくが押し返す。えんえんとそのくりかえしだった。ミセス・ニュージェントはなにも手を出さず、その場に突っ立ったままエプロンのポケットに入った洗濯ばさみをいじくっている。母さんお願いだから《フォー・ゴッズ・セイク》助けてよとフィリップはすんでのところでいいかけたけど神様の名前をみだりに口にするのはやつの育ちのよさが許さなかったんで実際にはなにもいわず、かわりにさっと身を引こうとして壁にかかっていた結婚式の額入り写真にぶつかってしまったもんだから床に落ちた額が音をたてて割れて部屋じゅうにガラスの破片をまきちらした。まあいったいなんてことするの、とミセス・ニュージェントはフィリップをなじったけどいったいなにをなじったのかはわからない。ぼくがブヒブヒいって這いまわっていたらフィリップにしたってああするよりほか仕方なかったろうに。自分のおかれた状況がわからなくなってしまったフィリップがガラスの破片を拾いはじめるとミセス・ニュージェントが**気をつけて気をつけてガラスで手を切ってしまうわよ**と金切り声をあげた。フィリップはだいじょうぶだよと答えたもののミセス・ニュージェントがだいじょうぶなんかじゃありませんとつっぱねたんで割れたガラスを両手いっぱいに握りしめてその場に突っ立ったまま感情を高ぶらせはじめた。ぼくはブヒーと鼻を鳴らした。こいつはブタ語でそこのガラスに気をつけなさいフィリップって意味なんだとぼくは教えてやった。フィリップの額はすっかり汗に濡れてその目には恐怖ではなく悲しみの色が浮かんでいた。

悲しみのこもった目で見つめられているのが自分だと悟ったぼくは立ちあがってほんとにおかしかったけどもう農場の裏庭に戻りますよそのほうがいいでしょうミセス・ニュージェントと訊いた。けれどミセス・ニュージェントは洗濯ばさみをひねくりまわすばかりでなにも答えずおなじ言葉をひたすらくりかえした。お願いだからもうやめてちょうだい！　きょうのところはあなたのいうとおりにしときますよミセス・ヌージといってぼくは小道をホップ・ステップして立ち去りながら、でもまたきますからねとつけくわえ、実際そのとおりにした。

なぜそうしたかというと家に戻ってからよく考え直してみて気づいたからだ。フィリップ・ニュージェントが悲しそうな目をしてたからってどうしてぼくが心配する必要なんかある？　ほんとうならあの場で気づくべきだったんだ。あいつはぼくを騙してたにすぎないってね。考えれば考えるほどあいつはぼくを騙してたんだって確信がわいてきた。フィリップ・ニュージェントめ、きさまは悪賢い悪魔だよ。ぼくはコミックの登場人物の真似をしてつぶやいた。フィリップ・ニュージェントのペテン師野郎が！　そこで二、三日たってからもう一度やつの家に乗りこんだ。とはいってもこんどは家に誰もいないことをきちんと確かめてからだ。ぼくはフィリップの家の車が小道を遠ざかっていくのを待ったどこへ行くのかはわかってる山奥に住んでるバッツィーのところだ。

ぼくは家の裏の窓からなかに忍びこんだ。やあフランシー、ニュージェント家へようこそ！　あこんにちは、これはこれはみなさんお出かけで、とぼくは答えた。

ジャジャジャジャジャーン！　ニュージェント家へようこそミスター・フランシー・ブレイディー！こちらこそお礼をいわなくちゃ、ほんとうにありがとう。黒と白のタイルが敷かれたこの台所にくることができて光栄の至りですよ、ミセス・ニュージェント。あらあらそんな、わたしたちはあなたにきてもらえてとても喜んでるのよフランシス。さあうちの家族を紹介するわね。これがわたしの主人それからこっちが息子のフィリップだけどもちろんフィリップのことは知ってるわよね。それ以外にミセス・ニュージェントがなにかいう心配はまったくなかったし警察に電話するはずなんかまるでなかったというのも彼女はいまごろ山奥にある泥炭と馬糞の臭いのするコテージで赤い髪をしたバッツィーとブリキのマグかなんかでお茶を飲んでいるところだからだ。もちろんこの家は泥炭や馬糞の臭いなんかぜんぜんしなかった。まさか、するはずなんかありゃしない。この家は焼きたてのスコーンの匂いがする。それもたったいまオーヴンから取りだしたばかりのスコーンの匂いだ。ぼくはいろいろ探してみたけどスコーンはどこにも見つからなかった。もしかしたら前の住人がパンを焼いていたときの匂いが部屋に染みついているだけでミセス・ニュージェントはスコーンなんて焼いたことなどないのかもしれない。どっちにしたってかまうもんか。クンクン。匂いがいいだけじゃなくどこもかしこも磨きこまれてピカピカだった。自分の顔が映るようになるまでミセス・ニュージェントがごしごし磨いているらしい。キッチンのテーブルだろうが床だろうが、どこだっていい。とにかくなにかに目をやればそこには自分の顔が映ってるって寸法だ。こと磨き掃除に関しちゃミセス・ニュージェントの右に出る者はいない。ハエだって？　いるわけがない。ここはミセス・ニュージェントの家なんだからな！　この家じゃケーキはどれも鍵のかかる場所にしまってあってミスター・ハエとその仲間たちは近づけないようになっている。ガラスのケースのなかを見ると透明なプラスティックのケーキドームが並んでいてなかには三層になったケーキが一個とピンクのやつが二個と半分食べかけのバースデイ・ケーキが入っていた。もしここにハエがいたら気も狂わんばかりになってたにちがいない——美しいケーキを目にしながら近づけないからだ。

手を出せないってことではぼくもおなじだったからハエたちがどんな気持ちになるかはよくわかった。ケースを壊せないわけじゃなかったけどなかに並んでるケーキがあまりにもきれいだったのでそれをつぶしてしまう気にはなれなかった。このケーキはぜんぶミセス・ニュージェントが自分で作ったんだろう。壁にはどこかの公園の芝生に横たわったミセス・ニュージェントの写真がかかっていた。それを見たとたん、彼女にもぼくとおなじくらいの歳のときがあったはずなのにそんなこと一度も考えたことがなかったのに気づいた。これまではずっとミセス・ニュージェントは生まれたときからいまとおなじ姿格好をしてたんだと思いこんでいたんだけどもちろんそんな馬鹿な話があるわけない。写真に写ってるミセス・ニュージェントは五歳くらいだった。歯にはでっかい隙間があいていて顔じゅうにバッツィーみたいなそばかすが浮いている。カメラに向かってヒーヒーといっている。なんとまあミセス・ベイビー・ヌージじゃないですかとぼくは心のなかでつぶやいた。いったい何年前の写真だろう。ただひとつはっきりしてるのは百年前であってもおかしくないってことだ。部屋の隅にミスター・ニュージェントのブリーフケースが置いてあってドアの後ろにツイードのスーツがかけてあった。ぼくは勝手にパンとジャムをいただいてテレビのスイッチを入れた。ちょうど『原子力潜水艦シービュー号』をやっていて、ネルソン提督と潜水艦の熱血乗組員たちがばかでっかいタコを相手に苦戦していた。タコが海底の洞窟に隠れているもんだから潜水艦ではどうしても近づけないのだ。このタコっていうのがイカシたやつで吸盤のついた大きな触手をくねくねと伸ばしたかと思うと潜水艦を逆さにして岩にぶつけたりとかもうやりたい放題。洞窟の暗闇に光るふたつの目はまるでこういっているかのようだった。さあ捕まえたぞいけ好かん海軍野郎どもめ逃げられるものなら逃げてみなお手並み拝見といこうじゃないか。**潜行！　潜行！**と提督がマイクに向かって怒鳴るんだけど潜水艦はいっかな沈まない。ついこっちまで興奮してしまいぼくは叫んだ。音楽がやたらめったら盛りあがる。**銛《もり》を使うんだ。やつを黙らせろ！　そのアホタレをぶっ殺せ！**　けれど提督はタコが考えてるほどマヌケじゃなかった。**よし、発射準備完了！**という声とともにタコの眉間に爆雷がバシバシ命中しはじめドカーンと爆発したかと思うとタコがキーキー泣き叫ぶ声が聞こえてきた。ふたつの目が電球みたいにポンポンと飛びだして触手が伸びきったゴムひものようにピクピク震えはじめ潜水艦は海面に浮上して乗組員の全員が歓声を上げ提督は顔の汗をぬぐってにっこりと笑うと浮かれるのはもうそれくらいにして全員部署に戻れと命じた。やがてピッピッとソナーの音がしはじめると艦内に歓喜の声が上がり、すべてが平常に復した。よくやったじゃないか提督、とぼくはいってやった。やつももう大口は叩けないだろうさ。実際タコのやつは穴のあいたクッションみたいになって洞窟の奥でのびていたから吸盤のついた触手を使えるようになるのはそうとう先のことだろう。お祝いにぼくは大きなマグにお茶をついでジャムを塗った厚切りのパンをもう一枚用意した。そこにすわってパンを食べながらひとり楽しく過ごすのはこたえられなかった。外は最高にいい天気で、空に浮かんでいる気まぐれな雲にしても、自分たちがどこに飛ばされていこうが気になんかしていない。カラスをはじめとする鳥たちが、ニュージェント家の窓枠にとまってなかを覗いている。おやおや誰かと思ったらフランシス・ブレイディーじゃないか。なんでやつがこんなところにいるんだ？　やいカラスさっさと失せな、といってやると、やつらはようやく逃げていった。ああこれこそ人生ってもんだとぼくはつぶやいた。チーズかピクルスでもないだろうか。冷蔵庫のなかの茶色い瓶の蓋をあけてみると――あったあった！　しかもこれがうまいのなんの！　ほんと最高だ！　これからはもう忘れないぞ――いつの日か旅行でまたこの町にきたらこんどもぜったいニュージェント・ホテルに泊まらなきゃ。

軽い腹ごしらえを終えると二階へ行ってフィリップの部屋を探した。どの部屋かはすぐにわかった。でっかい吸盤式のダーツとコミックがベッドの上にのっていたからだ。ダーツはバンと音をたててドアに当たるとくっついてそこにぶらさがった。つぎにぼくは衣装簞笥を開けてみた。なかにはフィリップがイングランドの私立学校に通っていたときの制服が一揃い入っているだけだった。これだこれこれ、バッジのついたネイビーブルーの帽子に金モールの紋章と銀色のボタンがついたブレザー。グレイのズボンはぴったり折り目がついていて触わったら手が切れそうだしピカピカに磨きあげられた黒い靴は自分の顔が映るくらいだ。こいつはぜったい笑えるぞ、と考えて、ぼくはその制服を着こむと自分の姿を鏡に映してみた。なぁフゥランシスぅ、お願いだからさぁ、ぼくの代わりにお菓子屋さんまで行ってきてくれないかぁ？　ぼくは体をくるっとまわして反対を向いた。もぉちろんさぁ、まぁかしといてくれよぉ。ところでさぁ、きみの名前を教えてくんないかぁ？ぼくは答えた。あぁ、ぼくかい？　フィリップ・ヌゥージェントさぁ！

それからぼくはフィリップになりきって家じゅうを歩きまわった。歩き方からなにからそっくりぜんぶやつの真似をしてだ。ミセス・ニュージェントが階段の下から呼びかけてくる。そこにいるのかいフィリップ？　うんとぼくは答える。下にきてお茶になさいな、とミセス・ニュージェントがいう。ぼくが降りていくとベーコンエッグやお茶やなんかがどっさり用意してある。ねえフィリップ二階でなにをしていたの？　化学実験セットでちょっと遊んでたんだよとぼくはいう。悪臭弾なんてつくらないでちょうだいよ。やめてよお母さん、そんな悪いこと――するはずないでしょ！　ミスター・ニュージェントが眼鏡をずりさげて新聞ごしにぼくを見る。そうだとも、まったくそのとおりだ。おまえが道理をよくわきまえていてくれて父さんも安心だよ。ミスター・ヌージにそういわれてぼくはすっかり感動してしまう。けれどもう一度目を向けるとミスター・ヌージはふたたび新聞を読みはじめてる。

ぼくはすっかりご機嫌だった。おやつを食べ終えるとじゃあ二階で実験の続きをするよといったものの実際には二階になんか行かずに階段の踊り場でワルツのステップを踏みながら『アイルランドの緑の宝石』に載ってた曲をひとりで口ずさんだおおケリー・ダンスの日々よおお管楽器の響きよ！　そしてそのままニュージェント夫妻の寝室に入っていき、ベッドに横になってため息をついた。しばらくするとフィリップ・ニュージェントの声が聞こえてきた。でもさっきとは違って、こんどは低くて穏やかな声だった。ねえお母さんフランシーがここでなにをやってるか知ってる？　あいつはぼくら家族の一員になりたいんだよ。自分の名前がフランシス・ニュージェントだったらいいのになあって思ってるのさ。これまでだってずっとそう願ってたんだ！　そんなことぼくたちにはわかってたよね――そうでしょうお母さん？

ミセス・ニュージェントが立ったままぼくの顔をのぞきこんでいった。もちろんよフィリップ、お母さんも気がついてたわ。もう何年もまえからね。

それからミセス・ニュージェントはゆっくりとブラウスのボタンをはずして片方の乳房をむきだしにした。

さあこれはあなたのものよ、フランシス。

ミセス・ニュージェントは片手をぼくの頭の後ろにあてがって乳房に顔をぎゅっと押しつけた。フィリップはベッドの足元にしゃがんだまま笑顔を浮かべている。ぼくは大声で叫んだ。**母さん、信じないで！　こいつらの話なんか嘘だ！**　ミセス・ニュージェントはかぶりをふった。**悪いけどいまさらそんなこといっても遅いわよ、フランシー。ここでわたしたちと暮らす決心をするまえにもっとよく考えておくべきだったわね。**

なま温かくてぶよぶよした肉のせいで窒息しそうだった。

やめろ！

ぼくは顔をそむけてニュージェントの頰をつかもうとした。かかとでドレッシングテーブルを蹴った。鏡が割れて砕け散る。ミセス・ニュージェントは乳房をぶらぶらさせたまま後ろ向きによろめいた。さあどうするフィリップといってぼくは笑った。フィリップの口調が変わって**お願いだよフランシー**と懇願していたときの声に戻っていた。ぼくはいった——おまえぼくに話しかけてんのかいミスター・ピッグ？

やつが答えないのでぼくはつづけた。ぼくのことを知らないのかフィリップ・ピッグ？　え？　やつもやつの母親もしきりに自分の指をひねっている。

それともおまえ自分がブタだってことを知らないんじゃないだろうな。ほんとにわかってないのか？　ほう、それならぼくが教えてやるよ。こんどはすぐに忘れたりしないようにきっちり叩きこんでやるからな。あなたもですよミセス・ニュージェント！　そらそらぐずぐずしないで！　さっさとさっさと、ふざけて遊んでる場合じゃありませんよ。ほんとおかしくっておなかがよじれそうだった。ぼくは学校の先生の声音を真似していった。さてきょうはブタになる練習をしましょう。みなさん顔を突きだして鼻が平べったくなるように上向きにぐっと押しあげてください。とってもいいですよフィリップ君。ぼくは引き出しに入っていた口紅をひっぱりだしてきて壁紙に大きな文字で**フィリップはブタだ**と書いた。さあどうです、そうやってるといい気分でしょう？　はいフランシーどフィリップが答える。さてミセス・ニュージェントはどうですか。ちょっと努力が足りないみたいですね。なまけてないでいますぐよつんばいになりなさい。いわれたとおりにしたミセス・ニュージェントがピンク色の尻をぐっと突きだしたさまはどこをとってみてもまさしく農場で最高のブタそのものだった。ぼくはびっくりして声を上げた。おやおやすばらしいじゃないですかミセス・ニュージェント。完璧ですよ！　ありがとうございますフランシーとミセス・ニュージェントはいった。そうともここはブタの学校なのだ。ぼくはふたりにもうこれからは二本足で歩いたりしてはいけませんよ、もしそんなところを見つけたら**ただでは**すみませんからねといった。わかりましたかフィリップ？　はいとやつは返事をした。それからあなたもですよミセス・ニュージェント。フィリップが立派なよいブタになれるように面倒をみるのは雌ブタとしてのあなたの責任です。すべてあなたにまかせますからね。ミセス・ニュージェントはうなずいた。そのあともう一回おさらいをやってからふたりにぼくのいったことを復唱させた。ぼくはブタですとフィリップがいう。わたしは雌ブタですとミセス・ニュージがいう。最後に要点を確認するためにぼくは質問した。ブタはなにをしますか？　ブタの餌を食べますとフィリップが答える。そうですねたいへんよろしい、ほかにはなにをしますか？　農場の庭を走りまわりますとフィリップ。これまたそのとおり。でもほかにもなにかあるでしょう？　ぼくは口紅をぽんぽんと放りあげながら訊いた。後ろのほうでわかる人はいませんか？　はいミセス・ニュージェント。ベーコンの原料になります！　それもあたっていますね。でも先生の考えている答えとはちがいます。ぼくは長いこと待ってみたが答えは返ってきそうになかった。正解は――**ブタはウンチをするってことです！**　そう、ブタは農場の敷地であたりかまわず年がら年じゅうウンチをしています。おかげで農家のかたたちはひどく心を痛めていらっしゃる。ブタは地球上でいちばん清潔な動物だなどといいますが、そんな言葉を信じてはいけません。農家のかたに訊いてみなさい！　そうです、残念ですがブタはウンチをする動物以外のなにものでもありません。どんなに手をつくしてもブタはそこらじゅうをウンチまみれにしてしまうんです。ではここで、いま話したことを実際にやってみましょう。われこそはこのブタの学校でいちばんのブタだという人はみんなに手本を見せてください。さあさあ、誰かいませんか？　さっきよりはずっとうまくできるはずですよ！　誰もいないなんですか？　こいつはがっかりだ！　しかたありません、先生のほうから指名しましょう。フィリップ、ここへきてクラスのみんなに手本を見せてあげなさい。ようしいい子だ。きみならできるよフィリップ。さあみんなよそ見をしないでこっちを見て！　フィリップは頬を真っ赤にして顔をしかめた。いいですか、みなさん！　こんなふうにしている人のことをなんといいますか？　人間の男の子なんかじゃありません——ブタです！　みんなも声に出していっしょにいってみましょう。さあ、声をそろえて！　ブタ！　ブタ！　ブタ！

はい、たいへんよろしい。さあフィリップもっと強く力んで！

どうですミセス・ニュージェント？　フィリップ君はたいしたものでしょう？

最初のうちミセス・ニュージェントはフィリップの姿を見て恥ずかしそうにしていたがやつが精一杯ふんばっているのを目のあたりにしてとても誇りに思いますと答えた。もちろんそうでしょうともとぼくはいった。ほらほら、フィリップ、もっときばって！

やつは持てる力をふりしぼった。寝室のカーペットの上にこんもりした山が誇らしげに姿を現わした。いまだかつてない最高のウンチだ。

そいつはほんとにでっかくて、潜水艦のような形をしていた。先細りになっているのはケツの穴が急には閉じなかったせいだろう。小さな干しぶどうがいくつも混じっていて小さなクエスチョンマークみたいな湯気が立ち上っている。

よくやったぞ、フィリップ、すごいじゃないか！　ぼくはそう叫ぶとやつの背中をぽんと叩いた。教室の全員がまわりに集まってきて感心している。フィリップのウンチはたったいま宇宙から帰還したばかりのロケットを思わせた。ぼくらはみんな茶色い小さな宇宙飛行士がロケットのドアから出てきて手を振るのを待った。フィリップ、おめでとう！　ぼくはフィリップの実演に鼻高々だった。これだけのウンチがやつの体のなかに入っていたなんてにわかには信じられない。フィリップも負けず劣らず自慢げだった。ぼくは生徒たちのほうを向くと声をかけた。さあ、みなさん、このブタの学校で最高のブタは誰ですか？　先生に教えてくれる人はいませんか？　フィリップです！教室じゅうの生徒がすこしもためらうことなく一斉に叫んだ。おお、すごいぞすごいぞ。拍手喝采が湧き起こる。はいはいわかりましたもういいでしょう。みんな静かにして。こんどはミセス・ニュージェントにおなじことをやってもらう番です。さて息子のフィリップよりうまくウンチができるでしょうか。ミセス・ニュージェント、用意はいいですか？　ぼくはミセス・ニュージェントがはいフランシスと答えて寝巻きの裾をまくりあげフィリップの記録に挑戦すべく赤い顔をしわくちゃにするのを待ったけれど実際に起こったのはもっとべつのことだった。

ミセス・ニュージェントがそこに立っていたことに間違いはなかったけど着ているのは寝巻きなんかじゃなかった。普通の服を着てバッツィーの家から持ち帰ったバッグを抱えている。ミセス・ニュージェントはあんぐりと口を開けてぼくが黒板代わりに使った壁と割れた鏡を指差して金切り声を上げた。フィリップを見るとあいつも幽霊みたいに真っ青になっているいったいどうしたっていうんだろう。ブタのウンチ・コンテストで優勝したっていうのにまだ不満だというんだろうか？　そのときここはわたしがなんとかするからというミスター・ニュージェントの声がした。ミスター・ニュージェントは〈マルタン・レディラブド・フレイク煙草〉のコマーシャルみたいな声で**わたしにまかせなさい！**といった。フィリップとミセス・ニュージェントは一階に降りてしまいぼくとミスター・ニュージェントだけがその場に残された。ミスター・ニュージェントはきちんとした身だしなみをしていた。まあそれだけは認めてやらなくちゃならないだろう。額はいささか後退しているものの気取ったウェーブのかかった髪はきちんとなでつけてあるしジャケットの肘に当てられた革のパッチはぴかぴかに光っている。しかもこれみよがしにパイオニア・ピンまでつけていた——パイオニア・ピンっていうのは聖心会がくれる金属製のバッジでこいつをつけてるってことは**わたしはこれまで一滴たりとも酒を飲んだことはないしこれからも飲んだりするつもりはまったくありません！**と宣言して歩いているようなものなのだ。ミスター・ニュージェントはぼくの目をじっと見つめてすこしもひるまず声を荒らげさえしなかった。今度という今度こそは逃げられないからな！　しかるべき場所にきみが放りこまれるよう、わたしがきっちり手を打ってやる。それから警察に連行されるまえに**そいつ**をきれいに掃除しておくんだ。もちろん壁もだぞ家内がやるなんて思うんじゃない。家内のことはもうさんざん苦しめたはずだ。ほう、さすがはミスター・ニュージェントだ、とぼくは思った。こんな邪魔が入っちゃきちんとしたブタの学校を運営してくなんて無理ってもんでしょう？　そうじゃありませんか？　とぼくは訊いた。とはいってもミスター・ヌージに訊いたんじゃない。自分自身に訊いたのだ。ぼくが実際に口にしたのはまったくべつの質問だった。バッツィーは元気にしてましたかミスター・ニュージェント？　答えが返ってくる気配がまるでないのでぼくはいろんな話をつぎつぎにまくしたてた。ミスター・ニュージェントはぼくが逃げたりしないようにとドアを背にして立っていた。こっちには逃げる気なんかかけらもないっていうのにだ。ロケットはもうすっかり冷えていて湯気も消えている。ちっちゃな宇宙飛行士がドアから出てきてニヤニヤ笑いながら敬礼して自分の任務の報告をはじめるんじゃないかと思っていると横っ面をおもいっきり張り飛ばされたんで目を上げると制服の巡査部長が拳をさすりながら**やめろ、やめろ！**とどなっていた。さもないと後悔することになるぞ。やめろやめろっていったいなにをやめろっていうんだ？　きさまはこいつをきれいに片づけるんだ、どんなことがあってもな。巡査部長は猛り狂っている。片づけてほしいってんならもちろん片づけるともなぜ巡査部長が熱くなってるのかぼくにはさっぱりわからなかったいったいなんでそんなことにこだわってるんだろう。ぼくはそいつを新聞紙にくるんで庭へ持っていって棒切れで細かくするとイラクサの奥につっこんだ。そのあいだじゅうずっと口笛を吹いていた。もしあれのなかにちっちゃな宇宙飛行士がいたとしたらいまごろはやつもクソにまみれていることだろう。ぼくが去る段になってもミセス・ニュージェントはまだ泣いていたけどミスター・ヌージが腕をまわして家のなかに連れていった。サイレント映画のラストシーンでは画面の外から急に手が伸びてきて「終《ジ・エンド》」と書かれたボードをかけることがある。ぼくたちが車で走り去るときもまさにそんな感じだった。エンジンの憂鬱なプスプスという音を聞きながら振り返るとヌージの家のドアノブに手が伸びてきてボードをかけた。

というわけでニュージェント家の話はこれでおしまいだ。すくなくともしばしのあいだは。

フロントシートにすわった巡査部長は何年もまえに母さんが町で一、二を争うくらいの美人だった頃に言い寄ったことがあるんだが自分の家族とそりがあわなくてうまくいかなかったんだって話をえんえんとしゃべりつづけていた。まったくおまえのお母さんがこんなところを見ずにすんでよかったよ。

ほんと、母さんは湖の底ですからね、とぼくはいってやった。母さんをあそこに突き落としたのはぼくなんですよ。

このバチ当たりめが、おれの好きにできるんだったらおまえの体じゅうの骨をへし折ってやるとこだ。それから巡査部長は唇をぬぐってつぶやいた。そうでもしなくちゃおまえはぜったいに変わらんよ。

車は修道院の前を通りすぎた。おなじ学校のやつが何人か壁を相手にボールを蹴っている。ぼくはそいつらに向かって窓ごしに大きく手を振った。向こうも手を振り返してきたもののこっちが誰だか気づいたとたんに手をとめ、まるでぼくに盗まれるんじゃないかとでもいうようにボールをさっと拾いあげた。もう一度手を振ってみたけどやつらは見えないふりをした。じつはサッカーの代表チームに選ばれてキャリック校との対抗試合に出てからというものやつらはぼくにちょいと冷たいのだ。先生はいったもんだ。いやいやまったくきみは痩せてるが体に芯の強さがあるからウィングにはもってこいだ。きみがその気になりさえすれば三月の野ウサギくらい早く走れることだって先生はちゃんと知ってるんだぞ。でもぼくが二度もゴールを決めたっていうのにやつらはまるでわけのわからないことをいいやがった。向こうのチームに背のでっかいとんまなやつがいた。そいつは試合の途中でぼくに向かっておいおまえうろちょろしやがって気に食わねえチビだなこれでもくらえといっていきなり下からぼくの足を蹴りつけやがってそれでいて審判にはぼくはなにもしてませんよとしらばっくれて咎《とが》められもしなかったのだ。こっちはあまりの痛さにのたうちまわってそれからまるまる二十分というものは足を引きずらなきゃ歩けもしなかったからあのときのぼくを見たら誰だってかわいそうなフランシー・ブレイディーはもうプレーできないと思ったにちがいない。蹴りつけた当人もそう思ったらしくてつぎにぼくがボールを持ったと見るやこっちへぶらぶらと近づいてきた。簡単にボールをひったくれると思ったんだろう。実際の話もしやつがひったくりたいならひったくれただろうし望みとあればなんだってできたはずだっていうのもぼくの頭にあったのはやつに仕返しをすることだけだったからでやつが近づいてくると後ろから靴を振りあげて両足のあいだをガツンと蹴りつけてやるとやつはジャガイモの詰まった麻袋みたいにばったり倒れてアッアアァァとうめきはじめた。審判が駆けよってくるまえにぼくはスパイクの底でもう一回尻を蹴りつけてやろうとした。あとはさっきのそいつみたいに適当に言い抜けてごまかそうとしたわけだ。ところが審判のやつはぼくを名指しにして退場を言い渡しやがった。先生はぼくを引きあげさせてこっちの言い分にはぜんぜん耳を貸してくれないんでぼくは先生も先生のサッカーもクソくらえだといってやった。だけどどっちにしてもみんなはもうぼくにチームにいてほしくはなかったろう。この話を聞いたらキャリック校のあのでっかいとんまはさぞ喜んだにちがいない。あいつはほんとにものすごくでかかったんでうまくすりゃ両脚のあいだを走り抜けられるほどだった。もちろんぼくがキンタマを蹴りつけたあとではそんな隙間なんかありゃしなかったけれど。

巡査部長はダフィ・サーカスのピエロにそっくりだったけど似てるのは見た目じゃなくてしゃべり方のほうだった。これからぼくを待っている恐ろしいことの数々を並べたてるときの口調はとくに似ていた。**ホッホ！**だとか**ハッハ！**だとかいったりするところなんかまさしくピエロのソーセージと瓜ふたつだった。ホッホ、おまえってやつはほーんとおっかねえや。ピエロのソーセージならそういって縞柄のズボンをはためかせてリングを駆けまわったにちがいない。ソーセージと巡査部長はきっとおなじ町の生まれかなんかなんだろう。

巡査部長がまた説教をはじめた。ホッホ、神父さんたちにつかまったら生意気な口もたたけなくなるだろうよホッホ。ごめんなさいソーセージ巡査部長とぼくがいうと巡査部長は興奮したように安煙草を灰皿に押しつけた。いまさらそんなことをいったって遅いね、ニュージェント家でいたずらをしているときに気づくべきだったな！　ホッホ、そうともさ！

エーンエンエンごめんなさい、ソーセージ巡査部長。

巡査部長はひどく興奮していたんでぼくがソーセージ巡査部長と呼んだことにも気がついていなかった。道路に沿って月桂樹が茂っていて庭師がなにやらぶつぶつぶやきながら熊手で堆肥を運んでいた。ぼくらの車が通りすぎると庭師は片手を腰に当ててもう片方の手で帽子を押しあげた。ぼくが後ろの窓ごしに顔をしかめてみせると庭師はすんでのところで堆肥の山の上に尻もちをつきそうになった。そのとき突然、窓が百個ある建物が目の前に現われた。こいつはすごいやとぼくは声を上げた。ホッホと巡査部長はいった。六カ月たってもおんなじ口が叩けるか楽しみなもんだな！　ハッハ。

不良少年の学校を仕切っている人物がシャボン玉でできているといったら信じられないかもしれないけどこれが嘘じゃなくてほんとなんだ。でっかいシャボン玉の頭をしたその神父は窓の百個ある建物の前からポンポンポンとこちらに弾んでくると巡査部長に向かって**やあ元気にしていたかね！**と声をかけた。こんなに大きくてぴかぴか白く光る頭を見たのはこのシャボン玉神父がはじめてだった。ほんとひさしぶりじゃないか、元気にしていたかね！　と神父がまたいうと巡査部長はすっかりうろたえて制服の乱れを正しはじめた。え、ええ、まあ悪くはありません神父さまこそご旅行のほうはいかがだったんでしょうわたしのほうはまずまずなんとかやっておりますいやそのありがとうございます。

ほうそいつはなによりだとシャボン玉はいった。

それからこんどはぼくのほうに目を向けた。ならこれが有名なフランシー・ブレイディーというわけか。神父はフームといいながら指をくるくるまわした。

ええ神父さま、とぼくは答えた。フランシー・ブレイディーといったら世界にただひとり、ぼくしかいません。

話しかけられたとき以外は口を開くんじゃないとソーセージが怒鳴ると神父は手を上げていやべ

つにかまわんよとなだめた。

けれどぼくが大きくウィンクして神父さんはほんとに話のわかる人ですねというとシャボン玉の顔はみるみるうちに曇ってしまった。こいつは手に負えんやつでしてねと巡査部長がいった。どうやらこいつはぼくに喧嘩を売ろうとしてるらしい。

シャボン玉はねじ回しの先みたいな両目でぼくをひたと見つめた。わたしもいまいおうと思っていたところなんだよ、ミスター・ブレイディー。言葉づかいには気をつけなさいとね。巡査部長はこれを聞いてさも嬉しそうに手をこすり合わせた。六カ月後が楽しみだほんとに六カ月後が楽しみだよ！

それからふたりはその場に突っ立ったままこっちをにらみつけてきたんでぼくはふたりが**フランシー・ブレイディーを叩きのめせ！**とばかりに目を狂ったように燃えあがらせていきなり襲いかかってきて道端に蹴り倒すんじゃないかと思ったくらいだ。でもそんなことにはならなかった。わたしの忠告をよく心にとめておきたまえといってシャボン玉は両腕を長衣《スータン》のスリットにつっこむとソーセージに向かって微笑みかけてサッカーや天気の話をはじめた。ソーセージはこの町のチームが県大会で優勝すると思っているらしかったけどシャボン玉はまあそのへんのところはわたしにはわからんがねと答えただけだった。そんなもんぼくにもわからないけど最高の試合結果を思い描くことならできた。相手チームは——得点一〇〇。こっちのチームは——得点〇。そう言ってやったらふたりがどんな顔をするか見てみたいと思ったもののどっちが勝とうがぼくの知ったことじゃありませんねというだけにしておいた。ふたりはそれから三十分以上もくだらないおしゃべりをつづけ、ぼくはそのあいだじゅうずっと馬鹿みたいに突っ立っていた。最後にやっとソーセージがいった。わたしはそろそろおいとまさせていただきます。それからぼくのほうを見てつけくわえた。おまえからはけっして目を離したりしないからな。

いいですとも、巡査部長さん、とぼくは答えた。

巡査部長はゆっくりとあとずさった。まるでぼくが回転拳銃を取りだしてやっとシャボン玉の頭にバンバンと一発ずつ弾丸を撃ちこむとでも思ってるみたいだったけどぼくはそんなことはしなかった。ブルンブルン、プスンプスン、ホッホという音だけを残して巡査部長は消えてしまった。

シャボン玉は顎をさすりながらぼくを見つめた。さて、われわれはおたがいのことをすこしだけ理解できたものと思うがね。きみはこの新しい住まいをどう思うかね、ミスター・ブレイディー？

すごいとこだと思います。ブタなんかにはもったいないくらいだ。

なんだって？　シャボン玉が訊き返した。どうやらぼくのいったことが気にくわなかったらしい。シャボン玉はぼくのセーターを軽くたたいた。

ここにはブタなどいない！　と彼はいった。でも口ではなんとでもいえるしここがブタのための学校だってことはぼくにはよくわかっていた。

ブタの学舎、このすばらしき世界！　ぼくはテレビのナレーションを真似していった。

わたしの言葉が聞こえなかったのかね。ブタなどいない！　ここは学校なんだ。

もちろんそうでしょうとも——ブタのためのね！

ブタなどいない！　シャボン玉が怒鳴った。すっかり声がうわずって語尾がかすれているんでこっちからすりゃおかしいったらなかった。

ブタの学校へようこそといって、ぼくはシャボン玉から逃れるように身を引いた。

心配しないでいい。おまえが最初ではないし、最後でもないだろうからな！

シャボン玉は袖をめくりあげはじめた。いったいなにが最初ではないのかはいわなかった。ぼくは手のひらを口のわきにそえて月桂樹の茂みの下に向かって叫んだ。

よう、子ブタたち！　聞いてるか！　行動開始だ！

シャボン玉はぼくを捕まえようとしたけどこっちはすばしっこいからぼくがよつんばいになったときにはもうやつには手の出しようがなくなっていた。足元をぐるぐる這いまわってやるとシャボン玉はもうすこしで怒りを爆発させそうになった。ぼくは二、三回ブーブー鳴いてみせた。建物の上のほうの窓から年寄りの神父がこっちを見ていた。ぼくは後ろ足で立ちあがってちょっとだけおねだりをするようにブーと一声鳴き、でっかい笑みを浮かべてみせた。

そのときシャボン玉に頭の横っちょをガツンと殴られて目の前に星が舞った。これから受けるお仕置きを考えればこんなものは序の口だぞ、とシャボン玉の声がした。殴ってもらってこっちは嬉しいくらいだった。一発思いっきり殴ってほしいと思っていたところだったからだ。

もっと殴らせてやろうと思ってぼくはいろんなことをべらべらまくしたてた。ブタの学校へようこそと叫んでやつの目の前に顔を突きだし鼻を上に押しあげてブーブー鳴いてから、さあ、もっと殴りなよ、といって顎を突きだした。けれどシャボン玉はぼくを殴るかわりに歩みをとめてねじ回しの先みたいな目でこっちを見つめただけだった。恐がってるとかそういうんじゃない。すべてよくわかってるって目をしてただ見つめるだけなんだ。そんなことされちゃこっちも黙るよりほかない。もう気はすんだかと訊くんでぼくはええと答えた。ひどく疲れていたし頭も痛かった。電話線にカラスが何羽もとまっているのが見えた。おまえらいったいなにを見てるんだ？　と考えているとシャボン玉の声がした。さあ、いいかげんになかへ入るんだ。その口はしっかり閉じておくんだぞ。共同の寝室になっている二階の大部屋へ行くとすべての窓のところに聖人の像が飾ってあった。死にそうな顔したマヌケどもがこんなにたくさんいるのを見るのは生まれてはじめだ。シャボン玉は肩に荷物をかついだぼくの真後ろに立っていた。ぼくは聖母マリアの像を指さして、なんだかひどい病気にでもかかってるみたいじゃないですか、といってやった。ズブロッカでも一杯ひっかけたほうがいいんじゃないですかね。しかしシャボン玉はそれには答えず、三十分後に祝禱があるから下に降りてくるように、それからあすは六時に起床して泥炭地で草取りだ、と言い残して行ってしまった。ぼくのベッドからいちばん近いところにある窓には小さなキリストの像が置いてあった。キリストはぼくを見下ろしていた。おお、哀れなるフランシー・ブレイディーよ、まったくひどい話だとは思わないかね？　ぼくはキリストのそばに近寄って訊いた。**いったいなにがひどい話なんだよ？**

それはその、ああ、ちょっとした言葉のあやだよ、とキリストはいった。それじゃ答えになってないじゃないか――いったい**なにが**ひどい話なんだよ？

まあいい勝手に気のきいたことをほざいてろ。ぼくがキリストの像を洗面台に叩きつけると割れてもげた頭が栓のところに転がっていって顔を横に向けたままぶくぶく泡を吐きはじめた。ぼくの胃にはぽっかり穴があいていたというのもぼくがニュージェントの家でやったことをいまごろジョーも耳にしてるはずだからだ。ぼくはジョーを落ちこませてしまったのだ。これでもう心から友だちと呼べる人間はひとりもいなくなってしまったそれもこれもぜんぶ自分が悪いのだ。ジョーは手紙をくれないだろうけどそれを責めるわけにはいかない。自分を裏切った人間に手紙を書くやつなんているか？　ぼくはジョーとの約束をやぶってしまったんだからもう取り返しはつかない。ぼくは割れた像のギザギザになった部分をぐいぐい手首に押しつけた。だけどいくらやってもちょっとばかり傷がつくだけだった。こんなこと百年やってたってどうにもなるもんじゃない。するとそのときどっかの田舎もんが部屋に入ってきてぼくははっとわれに返った。**おいおいなにやってんだよなんてこったこいつキリスト像を壊しちまったよおまえ神父さんに見つかったら殺されちまうぜ！**ぼくは像を手にしたままそいつを見た。手首を切ろうとしていたせいでキリストの像の首にはエリザベス朝風の小さな赤い襟がついていた。それにしてもこんな田舎もんは見たことがなかった。髪の毛がまんなかからどかんと突っ立っていて、左右にもふたつ方向指示器みたいなのが飛びだしている。**知らねーぞぜったいにただじゃすまないぜ**。くるぶしまでしかないズボンをはいたそいつは背中を曲げて骨ばったケツを宙に突きだしていた。まるでジャガイモがぎっしりつまった袋でも背負ってるみたいだ。そいつはおれがおまえじゃなくてよかったよとかなんとかしゃべりつづけてたけどおなじことばかり聞かされるのはもううんざりだったので割れた像を振りまわしてみせると幽霊みたいに白くなって泡を食って逃げていった。ぼくは像をゴミ箱に放りこんでベッドの上にひっくりかえった。

ウィーッ――ホーと叫びながら橇に乗ったジョーが白い毛布に包まれた野原を騒々しく滑り降りてくる。あの頃が懐かしいな、とぼくはジョーにいう。悩みなんてなにもなかったじゃないか。ジョーは手のひらに色つきのビー玉をのせたまま、首をかしげてぼくを見る。どっちの番だったっけフランシー？　ぼくの番かい？　そうだよとぼくは答える。ほんとはこっちの番だったとしても。

ビー玉は光の尾をきらめかせながら固い地面の上を転がっていく。

ジョーはほんとにいいやつだ。手紙が届いたときはどうしたらいいのかわからなかった。ぼくはみんなに触れまわった。はぁ？――どいつもこいつもそう訊き返してきたけど気になんかしなかった。どっちにしろ口なんかきけないくらいだったんだ。でもひとつだけはっきりしてることがあった。もう厄介事を起こしたりなんかしない。これからは〈フランシー・ブレイディーはもうぜったいに悪いことはしない学〉の学位を取るために勉強する。そうすればブタや田舎もんのための学校から出ていける。ジョーといっしょに自転車で川まで行って遊ぶんだ。ぼくはケツの骨ばったやつらにまとわりつかれたり話しかけられたりしたくないときひとりきりになれる場所を見つけてあった。調理場の裏のボイラーハウスだ。ぼくはそこに行って何度も何度も手紙を読み返した。ボイラーの燃焼室がボワッと音をたてたかと思うと、でっかいおなかのなかで火花のカーニバルが巻き起こり、ものすごい勢いで火が燃え盛っていく。ぼくは古いずだ袋の山の上に腰をおろして手紙を読んだ。

しんあいなるフランシーこのアホたれそっちの生活はどうだい。ミセス・ニュージェントのことはぼくがよくいってきかせたのに耳もかさないであの家でなにやらかしたんだ？　おまえが家に火をつけようとしたとかいろんな噂がとびかってるんだぜフランシー。フィリップにもきいてみたんだけどあいつはなにも答えないんだ。フィリップはいいやつだ。もしまたあいつに手をかけたりしたら厄介どころの厄介じゃすまないぞ。あいつはほんとにいいやつだ。ことを荒立てようなんて気はぜんぜんない。本人がぼくにそういったんだ。あいつからコミックを盗んだりしちゃいけなかったんだよフランシーありゃまずかった。こっちじゃカーニバルがきてて十二日までつづくことになってる。いろんな景品があるんだ。クマのぬいぐるみとか、ほんとになんだってある。〈ラミー射撃〉って見たことあるか？　とびだしてくる保安官をライフルでうつんだ。保安官はボール紙でできててさ。むこうが先に銃をぬくんだけどこっちが当てればもう五回うてるんだ。このあいだの土曜にふたりでやった。ライフル射撃――もう最高だぜ！　フィリップ・ニュージェントは二回どまんなかに当てたんで金魚をもらってね。自分はもうもってるからってぼくにくれた。いまは窓んとこにおいてある。つぎの週末にもいっしょに行こうと思ってる。なにか景品をとったらそっちに送るよ。フィリップがスロットマシンで当たり目をだすいい手があるっていうんでやってみるつもりだ。また近いうちに手紙を書くよジョーより。

ぼくは金魚のことばかり考えていた。フィリップ・ニュージェントのやつ、いったいどういうつもりなんだ？　ほんとぜんぜん信じられない。あいつなんかぼくらとはまったく関係ないはずだ。できることならジョーに金魚を返させたいくらいだった。それにしてもジョーはなんで受け取ったりしたんだろう。悪いけどおまえはおれたちとはぜんぜん関係ないんだフィリップって、なぜいわなかったんだろう。

そのとき突然理由がわかった。そうやってフィリップのやつと仲よくしておけば厄介の種がなくなってぼくが家に帰ったときにこれまでどおりふたりで心おきなく遊べるって考えてるんだ。ジョーが金魚を受け取ったからってフィリップ・ニュージェントがぼくらにまとわりついたりしないことを祈るばかりだった。なぜってもしそんなつもりでいるんならやつはひどくがっかりすることになるからだ。ぼくとジョーにはやるべきことがたくさんある。山を探険したり、木の枝や草で小屋をつくったり。もしフィリップ・ニュージェントがマニトウに祈りを捧げたいんなら血をわけた兄弟を自分で見つければいい。まちがってもぼくらの仲間になれたなんて思っちゃ困る。でもそんな勘違いはしないだろう。ジョーがちゃんと話してきかせるだろうから問題はなにもない。これがジョーでほんとうによかった、とぼくは思った。もしこれがジョーじゃなくて、フィリップにもう消えうせなとかいうようなやつだったら、ぼくが家に帰ったときにフィリップはすごく傷ついたはずだ。でもジョーはそんな人間じゃない。あいつはフィリップに優しくじっくりと説明するだろうからフィリップも傷ついたりはしないはずだ。ジョーはそういうことが得意なのだ。どんなときでもことを荒立てずにじっくり説明できる。ニワトリ小屋での一件のあとでぼくに対してそうしてくれたように。

いまのぼくにとっていちばん大切なのはこのブタの学校から出ることだ。そうすればまたジョーと遊ぶことができる。そう気づいたとたんぼくは羽根みたいに軽くなった。田舎もんたちにまで愛想よく声をかけたくらいだった。その夜ぼくはジョーに手紙を書いてもうすべてが変わったんだってことを知らせてやった。フランシー・ブレイディーはもう厄介事なんか起こさない。そういったことはぜんぶ終わったんだ。フィリップから金魚を受け取ったって聞いて喜んでるよとも書いた。あいつといがみあったところでなんの得にもならないもんな。これからはニュージェント家のやつらも自分の行きたいところに行けるんだ。ぼくにはジョーといっしょにやりたいことが山ほどあるし行きたいところもたくさんある。もし道でニュージェント家のやつらに出くわしてもきちんと会釈してこんにちはと声をかけそれ以上はなんにもしない。これからは自分のやるべきことをきちんとやる。〝フランシー・ブレイディーがニュージェント家のやつらともめごとばかり起こしてた日々〟はもうぜんぶ終わった。これにておしまい。もめごとばかりの日々は――もうぜんぶ終わったんだよ、ジョー。

そう書き終えると封筒をなめて封をした。ぼくは笑みを浮かべ、朝になったら投函するように手紙を窓のところに置いた。

ところが置いたとたん、疑問が頭をよぎった——**でも金魚のことはどうなるんだ？**　なんでジョーは金魚を受け取る必要があったんだ？

ぼくはミセス・ニュージェントの夢を見て夜中に目を覚ました。ミセス・ニュージェントは台所でスコーンを焼いている。スコーンの焼ける匂いのあふれた家にミセス・ニュージェントの声が響く。誰かスコーンを食べたい人はいる？

ぼく食べたいとフィリップがいい、それからこう訊ねる。きみはどうするジョーゼフ？

顔を上げたジョーを見てぼくの顔から血の気が引いていく。ジョーはフィリップといっしょに勉強をしていたのだ。ジョーは微笑んで答える。ええ、ぼくもいただきます。とってもおいしそうに焼けてるじゃありませんかミセス・ニュージェント。

ありがとうジョーゼフ、とミセス・ニュージェントの声がする。

その夜はそれっきり寝つけなかったフィリップがジョーに話してたことを考えるともう眠れなかったのだ。といってもふたりがぼくの話をしてたからじゃない。そんなことならまだ笑ってもいられる。最悪なのは夢のなかのふたりがぼくのことなんて知りもしないことだった。つぎの日ぼくは自分に言い聞かせた。あんな夢、もうぜったいに見るもんか。

夜はいつもここから出たときの計画や作戦を練って過ごした。でもまわりに田舎もんたちがいるんでなかなか思うようにできやしない。消灯になったとたんゼイゼイハーハーと声が聞こえてくるのだ。勝手に息なんかするんじゃねえやアホどもめ！　そう怒鳴りたくなるんだけど懐中電灯を持ったシャボン玉がいつ忍び寄ってくるかわからないから我慢した。まずは筏《いかだ》をつくって川下りをしようと思った。いったん筏を出してしまえば、ぼくらがどこへ行くかは誰にもわからない。さもなきゃ、木の上の家をつくるってのはどうだろう？　それもいい。見張り番のジョーが木の上を行ったりきたりしながらウィンチェスター銃をズドンと一発ぶっぱなして叫ぶ。くたばれイヌ野郎！　古い線路をずっと行ったところに倉庫があるから、あそこにナチの本部をつくるってのもいいかもしれない。ボイラーの燃焼室が火花を散らすみたいに頭のなかをいろんな考えが飛びかった。ひとつのアイディアを最後まで考え終えないうちに、ぼくのほうがもっといいアイディアだよと叫びながら新しいアイディアがつぎからつぎへと飛びだしてくる。ただひとつだけはっきりしていることがあった。フィリップ・ニュージェントにいやがらせをするとしても、とうぶん先になるだろうってことだ。いまではジョーが金魚を受け取ったことさえ嬉しく感じられた。おかげでいろんなことがはっきりしたからぼくとジョーはすべてを新しく一からはじめられる。フィリップは自分の人生を生きればいい。ぼくらはぼくらの道を行く。世界にはいろんな美しいものがあるけれど、ぼくはこれまでそれがなんであるかを誤解していた。美しいものがなんであるかは決まってなんかいない。ほかのものとちがって、美しいものっていうのはどんなものであってもかまわないのだ。いまはそう思えた。ぼくは眠りに落ちて自分が〈空を舞う鳥〉になって雪に覆われた冬の山々を越えていく夢を見た。

それから毎日ぼくらは歩いて泥炭地へ行った。先頭に立つシャボン玉は道で町の人に会うと陽気なでっかい笑みを投げかけ町の人たちのほうはぼくらがズボンをはかずに通りを行進してでもいるみたいにじろじろ眺める。女の人たちはかわいそうにあの子たちはみんな孤児なんだよとささやきあう。ぼくは振り返ってぼくは孤児なんかじゃないよアホたれめと叫びそうになったものの自分が〈フランシー・ブレイディーはもうぜったいに悪いことはしない学〉の年度末試験に向けて必死に勉強中の身であることを思い出して悪態をつくかわりに黙ったまま哀しげで恥ずかしそうな顔をしてみせた。町から離れた広い泥炭地に着くとシャボン玉はくつろいで腕を振りまわしながら〈漕げよマイケル〉を歌いはじめ田舎もんたちはみんな嬉しそうに**アレルー、ヤ！**と声を張りあげてシャボン玉の気を引こうとする。神父さんはすんげえ偉大な人だおまえもそう思うだろとやつらはいう。いまじゃほんとの名前は忘れてしまったけどやつらがいってる神父さんってのはもちろんシャボン玉のことだ。ああそうだなほんとに歌がうまいやとぼくは答えた。だろだろ、と田舎もんのひとりがいう。おれ学校であの先生がいちばん好きなんだ。やがてやつらはシャボン玉と話をしようとわれ先に前のほうへ出ていった。でもシャボン玉はいい人だ。アレルーーー、ヤ！　と声を合わせるぼくらの前を歩きながらいつも長衣の袖をつかんでいるとこなんかちょっといい感じだった。いつも戸外を歩いてるもんだから田舎っぽい顔は赤い斑点の入った黄リンゴみたいになっている。ぼくらが一日じゅう泥炭地を掘り返してるそばでシャボン玉は自分がまだ小さかった頃のことを話してくれた。イギリス人が殺戮をくりひろげた話や老人たちが暖炉の前で昔話をしてくれたことや一家全員の食事にソーダパンが一切れあればまだいいほうだったなんて話もあった。しかしわたしたちは負けなかったとシャボン玉がいうと、田舎もんたちのひとりが叫んだ。そりゃそうですよね、殺されちゃえば、もう負けることなんかないですもんね。たとえどんなことがあったって！
いやいやわたしがいったのはソーダパンのことだよハハとシャボン玉は笑った。厚切りのソーダパンほどすてきなものはありませんよね神父さんといって、ぼくは額の汗をぬぐいながら雑草を山積みにしてあるほうへ新しく抜いたやつをかかとで蹴飛ばした。シャボン玉は一瞬黙りこんで唇をなめた。ぼくを見つめる目がみるみる潤んでくる。バターをたっぷり塗ったやつがとくにねとシャボン玉はいった。ほんとそのとおりですよね神父さん、といってぼくは口笛を吹きながら自分の仕事に戻った。田舎もんたちが敵意のこもった目でこっちを見ていた。ぼくがシャボン玉と話をしたのが気にくわないのだ。ぼくはやつらに微笑みかけた。厚切りのソーダパンのいいところを知ってるかいとぼくは訊きそうになった。ああ知ってるよ、とやつらは答えるだろう。おれたちみたいな田舎の子供が頑丈な大人の男になるための栄養源になるとこだろ？　いいやちがうね、おまえら田舎もんのケツを蹴りあげるための栄養源になるってことさ。しかしほんとにそんなことをいったわけじゃない。ぼくはもう一度だけ微笑んで、背中が痛いふりをした。**あーあ、ほんとにつらい仕事だよな**、とぼくはいった。それを聞いたやつらの顔ときたら。みんななんて答えていいかわからないらしく、ああ、そうだな、とかなんとかつぶやき返してきただけだった。自分たちに優雅な紳士が気取れるとでも思ってんだろうか。薄汚い格好で泥炭地を駆けまわっていやがるくせに！

ある日、ぼくはシャボン玉に二階の書斎まで連れていかれてこういわれた。きみはだんだん礼儀を身につけてきてるようだな。先生も嬉しいよ。

はい神父さま、とぼくは答えた。

するとどうしたことか、シャボン玉はこのあいだみたいに目を潤ませて窓の外を眺めやったかと思うと自分がここに着任してから教えてきた生徒たちの話をしはじめた。わたしはたくさんの生徒がきては去っていくのを見てきた。カトリックの若くてういういしい助任司祭としてここにきた最初の日からね。あの日のことはよく憶えているよ、フランシス、あの頃はなにもかもが新鮮だった。やがてシャボン玉は自分の叙階式がタイヤを燃やす日に当たってしまった話をはじめた（この日はプロテスタントの祭日で、夜には古タイヤを積みあげて火をつけ、巨大なかがり火をたく）。その日母親は嬉しさのあまり泣きだしてしまったのだそうだ。と思っていると、ああそうそう、と首を振り、さらにまたべつの話をはじめる。へえそうですかと相づちは打っていたもののぼくは屋根つきの回廊に落ちているフラッシュ・バーの包み紙が風に吹かれているのを眺めながらいまこの場でフラッシュ・バーにかじりつけたらいうことなしなのにと考えていたんでシャボン玉の話なんかひとことも聞いちゃいなかった。ぼくらは硬貨を握りしめてお店に入っていく。フラッシュ・バーを三十個ください。えっ？　と店の人がいう。ぼくらは歩くのさえやっとなくらいのフラッシュ・バーをかかえて線路ばたへ行くとそれをつぎからつぎへとぜんぶ食べていく。ぼくらっていうのはもちろんぼくとジョーのことだ。タフィーが糸を引いてそこらじゅうにくっつき顔はチョコレートの髭だらけになってしまう。シャボン玉はこの学校の創立者の話をしていた。あれがその方の写真だよ。創立者って人は炭殻コンクリートブロックみたいなでっかい頭をしていて両の眉毛は二匹のなめくじが立ちあがろうとしてるとこを思わせた。ぼくはちっとも気に入らなかった。どう見ても田舎もんたちの仲間にちがいない。だったら骨ばったケツをした田舎もんのための学校を創立したのはこの人なんですね、とぼくはいった。てんでいけすかないやつじゃないですか。話を終えるとシャボン玉はもう一度微笑んできみと話ができて楽しかったよフランシー、これからもがんばるんだよといった。そりゃもちろん、とぼくは心のなかで思った。〈フランシー・ブレイディーはもうぜったいに悪いことはしない学〉の学位を取ってこの学校から出ていったあとでね、シャボン玉神父さん。

そんなことがあったあと、ぼくはミサの侍者をするようになった。ほんと笑い話もいいとこだ。ぼくはまだ鳥が鳴きだすまえに起き、サリヴァンって名前の神父といっしょに聖具室に行ってごわごわの礼服を着る。礼服はすっかり冷えきっていてキンタマが取れそうなほど寒い。外はまだ真っ暗で起きだしてきてるやつなどひとりもいない。ぼくは祭壇用墁やなんかを捧げ持つとサリヴァン神父といっしょに小礼拝堂までの廊下をでっかいささやき声みたいな衣擦れの音をたてて歩いていく。サリヴァン神父は両腕を大きく広げて〈主よ、わたしの祈りを聞いてください〉《ドミーン・イグザウディ・オラショネム・ミーム》と唱える。ぼくは〈この叫びがあなたに届きますように〉《エト・クラマー・メウス・アド・テ・ヴェニアト》と唱えることになっているんだけど、実際にはエト・クワック・ファック・チック・タックとかいってるだけだ。なにかつぶやきさえすれば問題はぜんぜんない。どうせサリヴァン神父は聞いてやしないのだ。話によるとサリヴァン神父は伝道活動に派遣されてからおかしくなってしまったらしい。よくは知らないけどルバ族に料理鍋に投げこまれるかなんかしたってことで、いまではオートミールみたいな色の顔をして真夜中の廊下を一睡もせずにこっそりうろつきまわり、気がつくと窓に黄色い顔をへばりつかせてることがよくあった。

ぼくが長い散歩に出かけて聖なる声を聞くようになったのもこの頃だ。あるときシャボン玉が声をかけてきた。よくひとりで長いこと散歩をしてるようだがそんなに遠くまで出かけていったいなにをしてるんだね？

聖母マリアさまが話しかけてくる気がするんですとぼくは答えた。ぼくはまえにイタリアの聖なる少年の話を本で読んだことがあった。その少年は草原で羊追いをしているときにどこからともなく優しい声が響いてくるのを聞いた。おまえは選ばれし使者としてこの世界に終末が近づいていることをみなに伝えるのです、とその声は語りかけた。父親のコートをまとっただけのそのイタリアの田舎もんは一夜にして名高き聖職者に生まれ変わって世界中を旅してまわって本を書いて輿《こし》の上から**わたしは大天使に選ばれたのだ**と触れてまわったんだという。ほう、とぼくは思った――イタリアの羊飼い神父さんあんたの出番は終わったぜ失せちまいな聖母マリアさまのご友人フランシー・ブレイディーのお通りだぞ。調子はどうフランシーとマリアさまが声をかけてくる。悪かないですねとぼくは答える。

神に栄光のあらんことを、とシャボン玉はいった。あまりの感激ぶりにその場で天国に召されちまうんじゃないかと思ったくらいだ。ぼくは低地をさまよい歩いてるときでもシャボン玉の目が自分を見ている気がした。

ぼくは泥炭地の草の上にひざまずいて懺悔をした。ふと顔を上げると草の生えたハンドボールのコートの上にマリアさまが浮かんでいた。ぼくはなんといっていいかわからなかった。ほんとにご本人なんですかとでも声をかけようか、それともここまでの道中はいかがでしたかと訊くべきか？

結局わからなかったんで黙っていることにした。祝福されし聖母マリアさまは、えもいわれぬ声をしていた。あんな声なら一晩じゅう聞いてたってかまわない。きれいな声の女の人を世界じゅうから集めてきてとんでもなくでっかいボウルでこねあわせるとマリアさまができるんじゃないかって気がした。

マリアさまは真珠のように白い手にロザリオをかけていてあなたがいい子になる決心をしてくれて嬉しいですよといった。

どうってことありませんよ、マリアさま。

サリヴァン神父はぼくがすべてを話して聞かせるとおまえはなにかとても貴い世界への扉を開けたようだなといった。

つぎの日、ぼくはもう何人かべつの聖人とも話をした。聖ヨセフもいたし大天使ガブリエルもいたけどあとは名前がわからなかった。多けりゃ多いほどますます愉快ってやつだ。ぼくはサリヴァン神父のところへ行くと本を見せてもらって何十人ものマヌケどもの名前を調べた。聖バルナバや聖ピロメラがいたこともわかった。あれだけ大勢いればあの泥炭地でハンドボールが六試合くらい同時にできるにちがいない。

田舎もんたちはひどく腹をたてていた。なんでマリアさまがおまえに会いにくるんだよ、おまえが特別だとでもいうのか？

ぼくはうるせえなといってやった。自分たちみたいな肥だめ臭いバカどもと話してるヒマがマリアさまにあるとでも思ってんだろうか。

古ぼけた聖具室や小礼拝堂を毎朝巡回するのはひどくつらかった。ロウソクの煙が渦を巻き、会衆席に反響する音がかすかにするだけで、一日のはじまりを告げる物音はまだなにもしない。

それからまもなくのこと、学校にティドリー神父がやってきた。といってもそいつはただの冗談だ。ティドリー神父はそれまでもずっと学校にいたんだから。そのとおり――ティドリー神父っていうのはサリヴァン神父のことなんだ！　ぼくらはふたりでよく聖具室に行った。ぼくが泥炭地で見た聖人の話をしてやるとサリヴァン神父はことのほか喜んだ。なかでもいちばんのお気にいりだったのはピンク色の雲に乗って天国から降りてきた聖テレサと聖カタリナだ。このふたりの話をするとサリヴァン神父はかならず目に涙を浮かべて手を組んで祈った。ほんとはそのふたりは泥炭地に降りてこなかったんだけど神父がふたりのことをあんまりうるさく訊くんでぼくが話をでっちあげてやったのだ。おかげで彼らがどんなことをいったかまでぜんぶ考えなきゃならなかった。あるときぼくが話の途中でふと目を上げると老いぼれのサリヴァンはぼくの目に髪がかからないようになであげ青白い冷たい手で額をさすっていた。どうしたのかねそんな顔をして、と訊くので、自分でもなぜだかわからないけど〈神の祭壇にわたしは近づく《イントロイボ・アド・アルタレ・ディ》〉と答えた。するとサリヴァンはよだれまみれの濡れた唇を突然ぼくの唇に押しつけ、もう一度聖テレサの話をしてくれんかねと頼んだ。そこで花びらが空から舞い落ちてくるさまや溢れかえる芳香の話なんかをもう一度最初からしてやるとこんどは芳香っていうのはどんな香りなんだねと質問してくる。神父さんぼくの話が聞きたいんですか聞きたくないんですかもし聞きたいんならいちいち口をはさむのはやめてくれませんかねともうすこしでそういいそうになったけど実際にはいわなかった。ティドリー神父が相手だといついきなり大声で泣きだしたりするかわかったもんじゃないからだ。ぼくの話を聞く神父さんの額にはベリーの粒ほどもある大きな汗が浮かんでくる。やがて話を聞き終わると神父さんはなにやらぶつぶついいながら部屋のあちこちをいじくりながらせかせかと動きまわる。ぼくが花びらの話を三回か四回くりかえすとようやくのことでお待ちかねのティドリー・ショーのはじまりだ。こいつがおかしいのなんのって。しかもいろんな賞品を手に入れるチャンスもあるときてるんだ。準備はいいかねフランシスと神父さんがいう。いつだってかまいませんよ神父さんと答えて聖母マリアさまみたいにはにかんで目を伏せる。ここにおすわりと神父さんは自分の膝をぴしゃりとたたく。ぼくはいわれたとおりにする。するとティドリーは自分のムスコをひっぱりだして上下にしごきながら膝の上のぼくを揺すりはじめる。やがて神父さんの体は小刻みに震えだして腰からぽきんと折れ曲がってしまいこのままじゃ体がふたつにちぎれてしまうんじゃないかと不安になってくる。もしほんとうにちぎれてしまったらぼくはとんでもなくまずい立場に追いこまれることになる。シャボン玉はなんというだろう？　いったいなにが起こったというんだね？　サリヴァン神父の半分は本棚の前に落ちてるのにもう半分はなんで椅子にすわったままなんだ？　ブレイディーきみがやったのかね？　昔のきみに逆戻りというわけか？　こうなると思っていたんだ！　けれど幸運にもそんなことは起こらなかった。ティドリーはしわくちゃの紙袋みたいにその場にへたりこむと両手で顔を隠してうめいた。そんなに心配しなくたって神父さんの頭をどうにかしようなんてやつはいませんよといってやっても顔から手を離そうとしない。老いぼれのサリヴァンは――というのはもちろんティドリーはってことだけど――やがてしくしくと泣きはじめた。ぼくは神父さんが顔を上げるまで本を読んでいることにした。神父さんは指の檻の向こうから二度ほどこっちを覗き見たけどぼくが目をやるとすぐさまなかに隠れてしまった。それにしてもあれはほんとにすごい本だった！　コートの下に鎖を巻きつけた男がイエスさまわたしのこれまでの罪をお赦しくださいと唱えながらダブリンの通りを歩いてくる。マット・タルボットっていうのがその男の名前だ。その本には彼のやったことがぜんぶ書いてあった。マットは肉屋へ行くと燻製ニシンを一匹買ってきて鍋に入れて煮る。さてそれから彼はどうしたか？　煮た魚は猫にやってしまい自分は水しか飲まないんだ。それもこれも自分の過去が罪にまみれてるって理由でさ。頭がおかしいんじゃないのかね！　マットは酒場で材木屋の連中に酒をおごってやる。おいおいタルボットがきたぜ、こいつはビールにありつけそうだな、と材木屋の連中はささやきあう。実際マットは金惜しみせずに酒をふるまってやる。ああマットあんたはほんとにいいやつだなと材木屋の連中はいう。そんなある日、現場の親方がやってきてマットにいう。出ていくんだなタルボットもうここにはおまえの仕事なんぞないんだ。かわいそうな老いぼれマット。彼が酒場に行くと店ではみんなが酒を飲んでいる。一杯おごってもらえんかなとマットはいう。悪いが、あいにくからっけつなんだ。すまねえなマット。みんなはそう口をそろえる。ああかわいそうな老いぼれマット。彼は雨の降りしきる表へ出て薄汚い部屋へと帰っていく。マットと猫が横になるだけでもう寝返りさえ打てないくらい狭い部屋だ。自分のしなければならないことはわかっているとマットはいう。これからは床板の上に寝て鎖を身にまとおう。そうすればこれまで酒に溺れて数々の悪行を重ねてきたことを神もすべて赦してくださるだろう。神よそうでございましょう？　ああそのとおりだ、もし床板が充分に堅ければな、と神は答える。

そこでマットはベッド代わりの板切れをたずさえ鎖を体に巻きつけると雨のなかへと出ていきひたすらさまよいつづけてついにある日行き倒れて死んでしまう。死体を見つけた修道女たちは叫ぶ。シスター！　見てくださいここに男の方が倒れていますきっと殉教者なんですわ体じゅうに鎖を巻きつけています！　そこまで読んだぼくが大笑いをしているとティドリーがほんとうにすまなかったなフランシスといった。ぼくはぜんぜんなんでもありませんよそれより煙草《ファグ》（ファグには「ホモ」の意味もある）でも持ってませんかと答えそうになったけどそんなことを口にしたら自分のことが恥ずかしくていたたまれなくなっていただろうしティドリーは天窓から飛びだしてわが身を屋根に磔《はりつけ》にしていたにちがいない。だからぼくはなにもいわずに自分のチンポコには太股で居眠りをさせたままただすわって煙草をふかしながらマットや聖人の話を読みつづけた。聖オリヴァー・プランケットに祝福あれ！　体をバラバラに切断されちまったただなんて！　なんてこった！

おまえほど愛しい娘はほかにいないよといってティドリーはなにやらつぶやきながら自分の机のほうへ行ってしまった。

おまえの目の奥で美しいものがきらめいているのが見えるとティドリーがいう。なら美しいものはいまぼくの目のなかにあるんですね、とぼくは答える。それからぼくは小道で遊んでいる子供たちやオレンジ色の空の話をしてやった。でもそんな話はしないで口を閉ざしているべきだったんだ。話が半分くらい終わったところで目を上げるとティドリーはぼろぼろ涙を流して頬を濡らしていた。神父はぼくの手に何度も何度もキスをした。もう一度、もう一度話しておくれ――お願いだフランシス！　両目なんか飛びださんばかりで、カーペットの上にポトンと落ちるんじゃないかと思ったくらいだった。おいおいなんてこったいったいどうしようってつもりなんだろう――こんなところをシャボン玉に見つかったりしたら！

ティドリーは煙草を三本くれただけだった。それしか持ちあわせがなかったのだ。でももし自分の自由になるのならキャロルの工場にある煙草をぜんぶくれたにちがいない。でっかい口を悲しげにひん曲げてこっちを見つめる老いぼれティドリーは、まるでロードランナーにすっかり騙されたワイリーコヨーテみたいだった（ロードランナーとワイリーコヨーテはアメリカのアニメ〈ルーニー・テューンズ〉に登場するキャラクター）。

けれどティドリーときたら騙す必要さえなかった。あの老いぼれはシャボン玉に向かってあの子はほぼ百パーセントまちがいなく司祭になる素質を持っているから自分が指導してやるつもりだといったのだ。シャボン玉が喜んだのなんのって。周歩廊でぼくを呼びとめるとやつはいった。聖アウグスティヌスを見なさい！

はい、神父さん。ぼくはそういって頭を下げた。はい神父さん、ぼくは小さな声で聞いてみる。

いったい聖アウグスティヌスって誰なんです？　ぼくの聖者の本にはそんな人のこと出てきませんけど。神のお召しを受けたら怖れてはならない。それがお召しを受けた者の義務なんだ。いつでもわたしたちがここにいることを忘れてはいけないよ。結局のところ聖職者はそのためにいるようなものだからな。わたしたちは人食い鬼なんかじゃないんだフランシス！　はい神父さん、それはちゃんとわかってます。ぼくはシャボン玉が満足そうに喉を鳴らして見送っているのを背中に感じながら聖人たちと話をするために泥炭地へ行って煙草を一本ふかしてからティドリーがくれた箱入りのロロ（ハーシー社のキャンディー）をつぎからつぎへと食べまくった。

そのつぎに聖具室へ行くとティドリーはぼくの耳に息を吹きかけてきた。おまえは聖テレサの薔薇のような匂いがするね。おまえがこれまでにしたなかでいちばん悪いことを話したらロロをいくらでもやろうじゃないか。ぼくは生まれ育った町の話をしたけどティドリーはちがうちがうもっと悪いことだと首を振る。ぼくの体の下で手を震わせているのがわかる。だけどぼくがどんなに悪いことを話してもティドリーは満足しなかった。だめだだめだそんなことよりもっと悪いことがあるはずだろう人に話すのが恐いようなすごく恥ずかしい話だよ世間の人間に知れわたったらどうしようと思うようなやつだ。そんなことすんのはやめてくれよそれに何度もおなじことを訊かれるのもごめんだとぼくはいった。でもティドリーはやめようとしない。ほとんど声は聞こえないけどまだなにかいっている自分が許せなくなるような恐ろしいことだよフランシスすごく悪いことださあ話しておくれやめろよとぼくは叫ぶ。それでもティドリーはやめないするとまた母さんの声が聞こえてくるおまえが悪いんじゃないんだよフランシーぼくはティドリーの手首をつかんでぐっと歯をたてるティドリーは白くなって金切り声を上げるやめてくれフランシー！　ぼくは叫ぶ**おんなじことを何度も訊くのはいますぐやめてくれ！**

それからはティドリーに近づかないようにした。会いたくもなかったしやつの臭いも息づかいも例のすごく悪いこともういっさいごめんだった。けれど嚙みついてやったのが逆効果になってティドリーはさらに熱を上げてしまった。老いぼれはぼくを車でカフェに連れだして愛しているよとささやいた。

わかったよティドリー、だけどもう質問はなしにしてくれよなとぼくがいうとティドリーはもちろんだともフランシーなんでもおまえのいうとおりにしようと答えた。

ある日アル・カポネみたいな厚手のコートを着こんだ父さんがよたよたと学校へやってきた。その顔を見れば父さんがなにを感じているのかは一目瞭然だった。学校の建物を目にしたせいで神に対する畏怖の念に襲われてベルファストにいたとき通っていたブタの学校のことを思い出しているのだ。父さんはポケットにジェムソンのハーフボトルを忍ばせていた。ポケットから壜の首が突きだしている。目はいっときもじっとせずに、あちこち見まわしてばかりいる。父さんの目にはたくさんの神父が自分を見下ろしている光景が映っているのにちがいない。神父たちが口々に叱りつけてくる。またここに戻ってきたのか、ミスター・ピッグ？　もう四十年もまえに追い払ったはずだぞ！

そんなふうに責められたせいで父さんは目を伏せてポケットに手を伸ばしウィスキーの壜を引っぱりだした。赤んぼうがガラガラに手を出さずにはいられないのといっしょだ。ワックスの匂いのする応接室には、太くて短い脚のついた木製の象みたいなオーク材の大テーブルが置いてあった。シャボン玉がやってくると父さんはすぐさまウィスキーの壜を隠した。シャボン玉はにこにこ笑いながらぼくの横に立ってぽっちゃりした両手を体の前で組むと生徒の両親や警官やなんかが学校にきたときにしか見せないマヌケ面を浮かべてぼくを見下ろした。半分神父で半分牛とでもいう感じだ。誰もなにも訊いてなんかいないのにシャボン玉はええ息子さんは非常によくやっていますよと話しはじめた。けれど父さんの頭のなかはウィスキーを飲んでるところを見つかって月桂樹の茂みに蹴りだされ二度とくるなと怒鳴りつけられるんじゃないかっていう心配でいっぱいだった。息子さんは毎朝七時に起床してミサを執行します。口答えをすることはありません。まさにわが校の誇りですよ、ミスター・ブレイディー。それからシャボン玉は声を低めてご存じでしょうがねミスター・ブレイディーわたしはこれまで何人もの生徒を見てきているんですとささやいてからまた体を起こした。ぼくは窓際に立って骨ばったケツの一団が校庭をぐるぐる行進するのを眺めていた。ゴールポストの上にとまったカラスが体をピンと伸ばして踏み荒らされた校庭の芝にミミズがいないか目をこらしている。どこからかラジオのかすかな音が聞こえてくる。ナイル川のほとりに並ぶピラミッドを眺め、熱帯の島に昇る太陽を見上げる、という歌が流れている。ぼくが太陽に焼かれた砂浜に立ってピラミッドを見上げながら自分はなんて小さいんだろうと考えていると、アロおじさんが出ていった夜とおなじくらい静かにドアが閉まる音が聞こえ、そのとたん部屋がふつうの三倍くらいにふくれあがった気がした。父さんはまたウィスキーを飲みはじめた。部屋に誰かいようがいまいがもう知ったこっちゃないらしい。父さんは自分で自分の話がどこに行き着くかわからないとでもいうようにウィスキーをぐいと一飲みするたびに中断しながらもだらだらと話しつづけた。ドネゴール県にあるバンドランという海辺の町へ行くのに、あの頃は馬車を使ってたんだ。戦争が終わったばかりで誰もがはしゃいだ気分でな。バスが下り坂にさしかかるたびにみんな歓声を上げて手拍子をしながら歌ったもんさ。母さんの頭が父さんの肩にしながれかかってしまったのはただの偶然だったんだが、みんながはやしたてたのなんのって。なんてこったい！　いまのを見たか！ってな。

カメラのシャッターが切られた。町の噂になってしまうわ！　と母さんが叫んだけど父さんは母さんの体にぎゅっと腕をまわした。

ふたりは手をつないで浜辺を散歩して父さんが町で結成したブラスバンドの話や父さんがそのとき読んでいた革命の英雄マイケル・コリンズの生涯と時代に関する本の話をした。これまであたしそんなことなにも知らなかったわ、あなたってほんとに物知りなのね、といって母さんは笑った。その日は喧嘩ともウィスキーとも無縁の平穏無事な一日だった。そんなことが三回ほどくりかえされたあとでふたりはおなじ町で会い、カーニバルを見物してから潮騒荘という小さな宿屋に行った。

そこでは夜になると音楽が演奏された。歌を頼まれた父さんが〈大理石の宮殿に住んでいる夢を見たの〉を目を閉じて歌ったときには母さんは鼻高々だった。あそこじゃおれたちふたりを知らないやつなんかひとりもいなかったもんさ、と父さんはいった。宿屋の女主人は、夜になるときまってこういうんだ。ミスター・ブレイディーにまた歌ってもらえないかしらってな。いまでも彼女の口癖が忘れられないよ。**おふたりは特別なお客さまですからね！　おしどりカップル！　ベニーとアニー・ブレイディー！**　客室の窓の下には静かな海が広がっていて母さんは父さんとベッドに横になっている。けれどぼくの目に映る母さんはぼくの知っている母さんとは別人で、母さんに似た誰かの幻影でしかない。父さんがだらだら話しつづけるのを聞きながらぼくはどう感じていいのかわからずにいた。父さんに食ってかかりたい気持ちもあった。いまさらそんなことといったってなんにもならないじゃないか毎晩母さんの前に膝をついちゃおまえに神の呪いあれとかいってたくせになんであのときにそういわなかったんだよぐうたらで役立たずのごくつぶしめが。あんたはあのときにそういうべきだったんだ！　でもそう怒鳴りつけたい気持ちは言葉が口に出かかったとたんに萎えてしまった。どうしてかわからないけど父さんのたるんだ肉がゆっくりと骨から溶け落ちて父さんがしゃべるたびにポタポタしたたっているのが見えるような気がしたのだ。父さんはもうこの部屋にいなかった。父さんをにらみつけるいかつい顔をした神父ももういない。父さんの目に映っているのは海辺に立つ母さんの姿だけだ。母さんを呼ぶ父さんの声は時を越えて潮風に吹かれてこだまする。**アニー、アニー。**それからしばらくして父さんは海辺の遊歩道で母さんを抱きしめてこれからの人生をジャガイモと塩だけで生活していく気はあるかいと訊く。すると母さんはウェーブのかかった髪を後ろに跳ねあげて笑うあたしみたいにきれいな女の子にそれしか差しだすものがないっていうのベニー・ブレイディー？

それからふたりは岩の上にひざまずいていっしょにロザリオの祈りを唱えた。その瞬間がどんなふうだったのかぼくは頭に思い浮かべてみる。ほとんど聞き取れないくらいの祈りの言葉が風にさらわれていく。遠くからはカーニバルの喧騒が響いてくる。波が岸を洗っている。父さんは数珠の数をかぞえながらいまとおなじ熱い目をして母さんを見つめていたのだろう。静まり返った空っぽの広い部屋に立っていると、死んだように澱んだ午後のささやきが聞こえてくるようだった。

もうやめてよとぼくはいった。そんな話やめてくれってば。ぼくは自分のなかに湧きあがってきたなにかを静めたかった。おまえの母さんはほんとにいいやつだったといって、父さんは泣き言を並べたてはじめた。いつもがいつもこんなふうじゃなかったんだおれがどれだけあの女を愛していたかおまえにはぜったいにわからないだろうよ。骨ばったケツが何人か窓のところにやってきてこっちをじろじろ見ているような気がしてぼくはもう一度やめてよと叫んだ。いまさらそんなことといったって遅いんだ、もうどうしようもないだろ。父親に向かってそんな口をきくんじゃないと父さんはいった。おれにだって守るべき威厳ってもんがあるんだからな。ぼくは夜中に酔っぱらって帰ってきたときの父さんのように膝をつき拳を固く握りしめて片目を閉じたまま怒鳴りちらした。今夜きさまに神の呪いがかかりゃいいんだこの雌犬めがロンドンデリーの穴蔵みたいな店からおまえを連れだしたのがおれの運の尽きだったのさ。自分の父親に向かって子供がそんな口をきいていいと思ってるのかと父さんはいった。ふたりが海辺に立っているところを思い浮かべるとさらにひどい罵り言葉があふれだし、ついに父さんは大声で怒鳴りはじめた。おれはわざわざ息子に会いにきてやったんだぞ。おまえにはなにもわかっちゃいないんだ。ぼくは父さんの息子なんかじゃないあんたは母さんを精神病院に入れたじゃないか。息子なんぞいないほうがどんなによかったかわからんあんなことをしでかしておいてよくも自分のことを息子などといえたもんだ。ぼくがなにをしでかしたっていうんだよといってぼくは父さんの襟につかみかかった。自分がどんな顔をしているかはわからなかったけど父さんの目を見ただけでぼくのことを怖がっているのがわかった。**ぼくがなにをしでかしたっていうんだよ！**　父さんには答えることができず、ぼくに聞こえたのはおまえを愛しているよフランシーおれほど息子を愛している父親なんかいるもんかという声だけでそんなこといわれるくらいなら父さんが殴りかかってきたほうがどんなによかったかしれなかった。ぼくは父さんの襟をつかんでいた手を離すと背を向けて帰れ帰れ帰ってくれよとくりかえしたけどシャボン玉の舌足らずな甘ったるい声がして自分がだいぶまえからひとりになっていたことに気がついた。どうだったねフランシー嬉しい驚きだったろう？

シュッシュッと衣擦れの音をたてながらぼくたちは中庭を歩いていった。きみのお父さんがミュージシャンだったとは知らなかったよとシャボン玉がいった。いまだってちょっとしたもんなんですよ神父さんとぼくは答えた。うちの町でブラスバンドを結成したのは父さんなんですトランペットを吹かせたら右に出る者はいないでしょうね。ほうそうかそうか、そいつはすごいじゃないか！

ええ、ブラスバンドを結成したのは父さんが母さんと結婚してしばらくした頃だったんです。父さんと母さんはバンドランで式を挙げたんですよ。そうなのかね？　シャボン玉は熱心に耳を傾けている。ええ、潮騒荘っていう名前の宿屋があって、父さんと母さんはそこでハネムーンを過ごしたんです。また一度行きたいっていつもふたりで話してたんですけど機会がなくて。その宿屋じゃみんな父さんと母さんのことを知ってたんです。泊まってる人の全員がね。父さんは夜になるとみんなの前で歌を披露したんです。ふたりがあそこにもう一度行けなくてすごく残念だったな。たぶんいつかまた行けるさフランシス、とシャボン玉はいった。時間はたっぷりあるんだからね。ほんとそうですよね、とぼくは答えた。ただ歌う骸骨が拍手喝采を受けたって話はあんまり聞いたことありませんけど。

もしわたしたちが結婚できたらすてきだと思わんかねとティドリーがいう。そいつはさぞすごいでしょうねとぼくは答える。わたしは花やチョコレートを買ってやるからおまえは夕食の用意をしてわたしの帰りを待っているんだ。ウフフ、とぼくは女の子みたいな声を上げて笑った。それを聞いたティドリーののぼせあがりようときたら！　かわいいスノードロップ娘ってわけですねとぼくはいった。でなきゃ〈この世のすべての美しいものの女王〉だ！　ぼくの言葉にティドリーはもうすこしで頭の回線がイカレちまうところだった。どっとばかりに汗をかき、しずくがロロの箱に飛びこんだ。

ある日ぼくはボイラーハウスに行ってボイラーの大きな燃焼室のなかで火花がサーカスをやっているのを眺めていた。ティドリーがくれたパーク・ドライヴをふかしていると突然声がした。**おまえがそこにいるのはわかってんだぞ。おれの目をごまかそうたって、そうはいくもんか！**　おれがおまえのことを怖がるなんて思わんほうがいいぜ、ヘディングしすぎの低能野郎。ひっつかまえてやる！　おれにかかったらどんなやつだって逃げられやしないんだ！　おまえがいくら小ずるい策を弄そうが、おれにはなんにもならんからな！　出てこい！　出てくるんだ、このヘビ野郎めが！

鍵がガチャリとまわる音がしたんではっと見上げると庭師がでっかい鍬《くわ》をこっちに突きつけて怒りに目を燃えあがらせていた。さあ捕まえたぞこいつを知ったら神父さんたちがなんというかな！

ぼくは青くなってただじゃすまないのはわかってますと答えた。ところが庭師はいきなりクスクス笑いはじめるとドアに鍵をかけ、おれにも火を貸してくれ、といった。クソいまいましい神父野郎たちのことなんざおれにゃどうだっていいんだ！　あいつらがなにかの役に立ったことが一度でもあるか？　自分のもんは小便の湯気だって他人にゃやらねえようなやつらだ。庭師の話によると神父たちには一九四〇年からこれまでに五シリングの貸しがあるらしい。そのとき突然ボイラーハウスが草と化学肥料の臭いであふれかえった。ぼくらはその場に立ったまま燃焼室の小さな窓のなかで火花がサーカスを演じるのを眺めた。庭師にはちょっぴり田舎もんっぽいところがあった。憎しみさ、と庭師はいった。燃焼室のなかじゃ憎しみが盛大に燃えたぎってるんだ。ほんと、ものすごい憎しみだ！　とぼくは叫んだ。てんでものすごい憎しみだ！

ここの芝の縁がきちんと刈れてないみたいだねえと神父野郎がいいやがるんだ。おれが植木ばさみを握りしめてるときにな！　そうともさ！　あの野郎は運がよかったんだよ。植木ばさみでグサッとやられてたっておかしくなかったんだ。そういって庭師は、二本の指のあいだから親指の頭を突きだしてみせた。

庭師は紙巻きたばこの端を嚙み切るとぺっと吐きだした。おれはな、祖国のために戦ったんだ。そうともよ、復活祭蜂起のときにゃ中央郵便局にいたんだからな。ぼくが中央郵便局の話で興味があるのはマイケル・コリンズのことだけだった。ほかでもない、母さんとバンドランで会ったときに父さんが読んでいたのがマイケル・コリンズの本だったからだ。マイケル・コリンズを知ってたんですか、とぼくは訊いてみた。庭師は発作でも起こさんばかりの顔をした。**知ってたかだって？やつはおれんちに泊まったんだぞ！**

庭師は目を輝かせながらぼくを見つめ、煙草をひょいと動かした。父さんはコリンズのことを知ってたんですよとぼくはいった。ほう、そうかい、でもおれほどじゃなかったろうよ。あいつのことをおれくらい知ってるやつなんかそんじょそこらにいるもんか。そういうと庭師は背をかがめてぼくの目をのぞきこんだ。信じてないな？　ぼくは庭師に腕をどんと叩かれて危うく火のなかに投げこまれそうになった。信じてますよとぼくは答えた。**あの男がベーコンやブラッドソーセージをどれだけ平らげたか、おまえにも見せたかったよ。あいつが最高の兵士だったのも驚くにゃあたらないね！**

それから庭師は口の端に煙草をくわえたまま腕を組んで後ろに寄りかかると、ぼくがなにかいうのをうながすように足で床を叩きはじめた。ぼくはでっかい唾を自分の手のひらにまきちらしながらまくしたてた。すっごいじゃないですか！　マイケル・コリンズのことを友だちって呼べるような人間なんてそうざらにはいませんって！　しかも自分のうちに泊まったっていうんでしょう？　庭師はチンポコがふたつある犬みたいに自慢げだった。

まあそうかもしれんなというと庭師は嬉しそうに深々と煙草を吸いこんだ。

しかもそれだけじゃない——おれはあいつが知ってるやつんなかでライフル射撃がいちばんうまかった。

それってほんとすごいこっちゃないですか！　ぼくは口をあんぐり開けてみせた。

おまえだから話してやったんだからな、といって庭師は片目をつぶってよこした。人には話したりするんじゃないぞ。ヌケサクどもを喜ばしてやるつもりなんざこっちにはさらさらないんだ。

イギリスの反乱鎮圧部隊とかやつらの乗ってる無蓋トラックとかいったホラ話を庭師が終えたときには外は暗くなりかけていた。

土のこびりついた指のピンク色の爪にはさまれた煙草が、庭師が吸うたびに赤い目を光らせている。

明日もここで待ってるからなと庭師がいったんで一瞬こいつもティドリーの同類なんだろうかと思ったけど、そうではなさそうだ。この男はイギリス政府が派遣した反乱鎮圧部隊のやつらを膝にのせてライフルで頭を撃ち抜きたいだけなのだ。なんてこった神父野郎がきやがったと庭師が叫び、ぼくらはふたりともその場にしゃがみこんだ。目をやると庭師はタコみたいに両腕で頭を隠している。聞こえてくるのはああそうそうそのとおりですなとかいうくぐもった声と革靴のたてる軋み音だけだ。そうなんですよ、と誰かが答えるのが聞こえた。**彼なら間違いなく、県の最終決勝でも本領を発揮するでしょう。**もうだいじょうぶだ行っちまったよとぼくは声をかけた。庭師はドアの隙間から外をのぞいていった。やばいやばい、こんなとこにいるのを見つかったらやらなくてもいい仕事までやらされちまう！

そんなふうにして毎日は過ぎていった。ティドリーの奥さんになったり庭師のために反乱鎮圧部隊に目を光らせたりしながら伝統あるブタの学校でぼくはばっちりうまくやっていた。愚かにもティドリーがすべてを台なしにしちまうまでは。

さあここにおすわり、といってティドリーはぼくを膝にのせた。ああほんとうにおまえは絵に描いたようなかわいさだ。ティドリーが気に入るようにウフフとぼくが笑ってみせるとやつはわたしがなにを買ってきてやったかおまえにはぜったいにわからんだろうよといった。

ぼくは指をしゃぶりながら茶目っ気たっぷりに目をまわした。

当ててごらん、とティドリーがいう。さあ、なんだと思う？

お菓子かしら、とぼくは答える。

いいや、お菓子じゃない。

なら本でしょ。ええ、きっと本だわ。

はずれだな、本でもない。

ぼくはいろんなものの名前を上げていったがどれもはずれだった。ティドリーが大きな安楽椅子の後ろに手を伸ばすと包み紙のガサガサいう音が聞こえてきた。ティドリーは包みをなんとか開けようとしてそこらじゅうを不器用にいじくりまわした。

あたしがやるわ、とぼくはいった。

ああ、とティドリー。

ティドリーの目がジャムの壜の蓋くらい大きく見開かれる。ぼくはうっとりとして声を上げた。

まあ、神父さん、すてきじゃない！

それは白くて長いリボンのついた女性用のボンネットだった。

ぼくは腹をかかえて笑い転げそうになったけどそんなことをしたら哀れな老いぼれのティドリーはがっかりして口の端を噛みしめてああフランシスとうめくだろう。

ぼくはボンネットをかぶると似合うかしらといってティドリーのために鏡の前でくるっとまわっ

てみせた。ぼくが部屋を跳ねまわるとティドリーはすっかり腑抜けになってしまい椅子の腕にしがみついて体を支えなきゃならなかった。

ねえ、どう思う——あたしってきれいかしら！

ティドリーは下唇を震わせていた。ぼくは老いぼれに近づいていってこの椅子におすわりなさいよと声をかけた。ティドリーはぼくを抱きしめるとわたしがおまえをどんなに愛しているか想像もつかんだろうよ夜になると夢にまでおまえが出てくるんだといった。わたしはおまえのすべてが知りたいんだよ。ならロロを十個ちょうだい、とぼくはいった。さあおまえのすべてを教えておくれ。ぼくはほんとうのことを織りまぜながら山のように嘘を並べたてた。おかしかったのなんのって。サッカーの試合のことや町のことや酔っ払い男のことなどとにかくいろんな話をでっちあげた。でもティドリーが知りたいのはそんな話じゃなかった。そうかいそうかい、でもわたしが知りたいのは**おまえのこと**なんだよ。おまえはきっとすてきな家に住んでるんだろう？　そうじゃないのかい？

ティドリーは人のいいおじさんみたいな顔をしてにんまりと笑った。そのときぼくははじめて思った——あんたのことなんかもうぜんぜん好きじゃないよティドリー。

ティドリーは顎の下でしばったボンネットのリボンを軽くつついて目尻にしわをよせた。さあ、もっとたくさん教えておくれ。こっちはもう話すつもりなどまるでないというのにティドリーはリボンをしつこくたたいてうながしつづける。しかたがないんで台所は黒と白のタイル張りでテレビは二十三インチですよと話してやったけどそれでもティドリーは満足しないでさらに訊いてくる。

うながされるままさらに話をつづけるうちにぼくの顔はどんどん赤くなっていき嘘をあまりに並べたててしまったせいでいまの話はじつはぼくの家じゃなくてニュージェントの家のことなんですだなんていまさらいいだすわけにもいかなくて話をさらにつづけなきゃならずティドリーがもういいよといってくれればそれでよかったんだけどそんな様子はまったく見せずにもっともっとと催促する。そしてこれこそがミセス・ニュージェントの望んでいたことなのだ。ぼくにはジョーとぼくが水遊びをしているところからそう離れていない家の裏にある小道の木の下に立っているミセス・ニュージェントが見える。洗濯物を取りこむために母さんが中庭に出てくる。母さんが目を向けるとミセス・ニュージェントは薄い唇に笑みを浮かべてみせる。それから母さんに近づいていって塀に寄りかかる。腕いっぱいに洗濯物をかかえた母さんがよろめく。ミセス・ニュージェントは母さんに微笑みつづける。その目はこういっている。話したくなったら話しかけさせていただくわ。

そしてついにミセス・ニュージェントが口を開く。あの子がなにをしたかご存じ？　ぼくのお母さんになってくださいとわたしに頼んだのよ。ブタでなくなることができるんならなにを失ってもいいんですって。あなたがあの子にやってきたことの報いがそれってわけよミセス・ブレイディー。だからこそあの子はうちにきたんだわ！　ミセス・ニュージェントの胸に顔を押しつけられたぼくはまた息ができなくなり、喉の奥になまぬるいものがこみあげてくる。いつのまにかぼくはティドリーを殴っていたらしいっていうのも後ろにひっくり返った老いぼれが金切り声をあげるのが聞こえたからだ。**暴力をふるうのはやめておくれフランシーわたしはおまえを愛してるんだ！**

ティドリーの机の上にペイパーナイフが置いてあるのは何度も目にして知っていたんで手探りで

ナイフを見つけてティドリーを切りつけようとしたんだけどうまくいかず**後生だからやめておくれわたしはおまえを愛してるんだ**という声だけが聞こえた。そのとき**そいつを放すんだ！**と声が響いた。誰だかわからないがきっとシャボン玉だろう。ほかにも誰かいたけど頭が揺れていて顔がよく見えない。ぼくに見えるのは微笑みを浮かべた母さんの顔だけだった。母さんは何度もくりかえして心配しないでいいんだよフランシーあの女がいったことなんてわたしは信じたりしませんからねといいぼくはもうこれからは母さんと縁を切るような真似はぜったいにぜったいにしないよといい母さんはおまえが縁を切ろうとしたなんて**嘘よ嘘だわ**といいぼくはほんとうなんだといい母さんは嘘よというけどぼくがなにをしたにしろ縁を切ろうとしたってことはこれまでもこれからもほんとうなんだ。

目が覚めたときは暗闇に横たわるブタの丸焼きみたいな気分だった。ぼくはボイラーハウスに閉じこめられていた。外でささやき声が聞こえたもののなんといっているのかすぐにはわからなかった。**おまえもとんでもねえやつだな。四人がかりで押さえこまなきゃならなかったって話じゃないか。イタチをねじ伏せるような騒ぎだったって聞いたぞ。聞いてんのかよ、えっ？　やつらに目にものを見せてやったってわけだ！　ヘッヘッ！**

火花がぼくのためにサーカスをやっていた。さあごらんフランシーと火花が声をかけてくるんだけど目の焦点がよく合わないのはたぶんやつらに注射を打たれたせいだろう。ジョーといっしょに小道に立ってビー玉を投げようとしていたかと思うとつぎの瞬間には風に乗ったシャボン玉が黒いパラシュートみたいに舞い落ちてくる。カーニバルの音楽が聞こえてきてジョーがひとりで見世物小屋をのぞいてまわっているのが見える。でっかい観覧車がぐるぐるまわり黄色いボールが水しぶきを飛ばす。射的のライフルがポンと音をたて、おんぼろの的が倒れる。見物人の横では大きな水槽のなかで金魚が泳いでる。水槽の隣においてあるのは金魚を家に持って帰るためのビニール袋だ。そのとき射的をやっていた少年が振り向いて目から髪を払いあげる。フィリップ・ニュージェントだ。フィリップは微笑みながら的にあいた穴の数をかぞえ、なにかいいかけるけど、その口からもれてきたのはやつの声じゃない。**おいおい！　そこにいるんだろ？　ハハ！　煙草はほしくねえか？**

しばらくしてドアの下から煙草が転がりこんできた。そこに閉じこめられているあいだにいったい何本煙草を吸っただろう。たぶん百本や二百本じゃきかなかったはずだ。ドアが開いてシャボン玉が光に照らされて立っていたけどいつものシャボン玉とはちがって袖を引っぱっていないし話すときになぜか目をそらす。こんなシャボン玉はめずらしい。さあこれからはもう行儀よくするかね？　とやつはいった。

ぼくがいやだと答えるのをシャボン玉が恐れてることは見ただけでわかった。いやだと言い返されたらどうしていいかわからないのだ。でもぼくはそんなことはいわない。シャボン玉のことは好きだ。けれどティドリーのほうは話がべつだった。もしティドリーがこんどぼくに近づいてこようもんならやつを助けられるのは神様だけだろう。

クソいまいましい芝を刈るのはおれの仕事じゃねえんだ、と庭師がいう。こいつがおなじことをもう一度でも口にしたら、それまでだ、とぼくは思う。そしたら、ここから出てってやる。

おまえはどう思う？

ぼくはなにも答えない。庭師が片目をつぶったまま煙草を灰にしていくのを見ているだけだ。**それともなにか、もういっさい口はきかねえつもりってわけか？**

その声音には鍬で突き殺されるまえになにかいったほうがいいと思わせるものがあった。

芝なんて刈らなきゃいいんだ。芝の話はもうこれでおしまい、それだけのことさ！

庭師は興奮のあまり大声を張りあげそうになり、つぶれた帽子でコーデュロイのズボンをパシンと叩いた。

そうともさ！　庭師が叫ぶ。

一本たりとも刈らなきゃいい！とぼく。

どんなにぼうぼう生い茂ろうとなといって庭師は煙草を震わせている。ほんとにおまえはいいやつだ、さあこれでも吸いな。庭師は煙草の箱を振って何本かわけてくれる。**ろくでなしの神父野郎どものケツに一発くらわせてやることを祝して煙草を吸おうじゃないか！　そうともよ！**

庭師は火花のバレリーナがくるくるまわるのを見ながらクスクス笑った。おれが刑務所からマイケル・コリンズを脱獄させた話はしたっけな？

いいえ、とぼくはいう。

してない？

庭師は唇をなめた。その両目には行進する小さな歩兵たちが映っている。**貴様の任務はなんなんだ？　と将校のやつが訊くわけさ。おれは答えたね。はいわたくしは部隊つきの神父でありますってな。よろしい、行っていいぞ、パードレ。てなわけで三十分後にはおれとアイルランド共和軍の指導者はダブリンの通りで荷馬車に揺られてたってわけだ！　コリンズはカブの山の下から声をかけてきたもんさ。よくやったぞ今回の件できみの名前は歴史に残るだろう！**　ってな。

外が暗くなってきてみんなが食堂へと急いでる。お茶の時間なのだ。

ぼくは頭から金魚のことを締めだそうとしたけど締めだそうとすればするほどそのことしか考えられなくなってくる。

雨のそぼ降る日にティドリーは車に乗りこんでどこかに行ってしまいそれっきり姿を見せなかった。たぶん修理工場にでも行ってどっかの田舎もんにチンポコをこすりつけてるんだろうまあ元気でやってくれこっちは思いっきりせいせいするってもんだ。ぼくはシャボン玉の書斎に呼ばれたんで行ってみるとシャボン玉はちょっとした探偵仕事をこなそうとしていた。自分のほうにぼくが目を向けてないと見て取るやティーカップごしにこっちをこそこそ観察している。ぼくが振り返ると電光石火の早業で目をそらす。シャボン玉はどう切りだすべきか考えていた、っていうのも変なことを口走ろうもんならぼくがなにも話さないだろうってことがわかっていたからで実際シャボン玉が変なことをいったらぼくはなにもしゃべらなかっただろう。ぼくがでっかい革の椅子にふんぞり返るとシャボン玉はスコッツ・クランは好きかと訊くんでええすごく好きですと答えた。シャボン玉はここでの生活についていくつか質問した。ぼくはそっけなく答えていった。問題ないです、はい、いいえ。どう話を切りだしたらいいか思い悩むあまりシャボン玉の顔にはそこらじゅうにしわが刻まれていて自転車で角を曲がろうとしてるところみたいだった。質問のいくつかには肩をすくめて窓の外を眺めることで答えてやった。やがてシャボン玉は窓の前に立つと背中で手を組んで指をからませ外の景色に目を向けながらようやく本題に入った。今回の説教ばかりはいつものやつとちがって冗談やなんかがぜんぜん出てこなかったのはぼくが冗談なんか聞く気分じゃないと思ったからだろうけど実際まったくそのとおりだった。生きていくのはむずかしいことだ、とシャボン玉はいった。人は誰もがそれぞれの問題をかかえているんだよ。なかには他人には理解できないようなことをする人間もいる。濡れたサッカーボールが宙を舞って窓を横切り、田舎もんどもがそれを追いかけてドタドタ走っていった。サリヴァン神父は良い人なんだとシャボン玉がいう。ぼくはなにもいわなかった。するとシャボン玉は話をつづけた。サリヴァン神父はダブリンに住んでいる妹さんのところへ行かれたんだ。ここのところ働きづめだったからね。働きすぎだったといってもいいかもしれない。そういってシャボン玉は弱々しく笑った。妹さんがサリヴァン神父の面倒をみるってわけですねといってぼくはお茶をすすった。そうなんだ、妹さんはお兄さんのことをたいそう心配してくれている。あんな妹さんがいてサリヴァン神父はほんとうに幸運だったよ。ぼくは笑うつもりなんかぜんぜんなかったんだけどシャボン玉のその言葉を聞いて思わずこらえきれなくなってしまい、ひとりでクスクス笑った。妹《シスター》とは、こりゃいいや！　哀れな老いぼれのティドリーはいまごろ自動車修理工場の塀によじのぼって農家の若造かなんかに向かって叫んでるにちがいない。**そこのきみ、わたしはきみを愛してるんだ！**

ぼくが笑っているのはシャボン玉にもわかっていただろうけどできることはなにもなかった。もしシャボン玉が**笑ったりするんじゃない**などといったりしたらぼくは事態をもっと悪くしていただろう。やつを突きのけて窓のところへ行って大声で叫ぶだけの話だ――おい、田舎もんども！　おまえら、ティドリー神父っていうロロ野郎の話を聞きたくないか？

それこそシャボン玉の怖れていることだった。噂が広まったら大変ってわけだ。でもそんな心配は無用だった。シャボン玉が自分のやるべきことだけをやってぼくのことは放っておいてくれたら老いぼれデカチン神父の話なんか誰にもしなかっただろう。いまやティドリーはいなくなってしまったんだからもうどうだってよかった。ぼくはただひとりにしておいてほしかった。ここでの生活に満足してくれているといいんだがねとシャボン玉はいった。満足してますとも、とぼくは答え、それからいった。じゃあもう失礼していいですか。

ああいいともフランシス。シャボン玉はカップを持った手の小指をつきたてていた。ティドリーの話を人にするつもりなんかぼくにはなかった。でもシャボン玉はそのことを知らない。シャボン玉が知ってるのは部屋の隅に倒れたティドリーがぼくに向かって愛しているよと泣いて訴えていたことだけだ。哀れなシャボン玉はああいう場面には慣れちゃいなかったんだろう。ドアから出ていくときにもう一度だけ目をやるとシャボン玉は苦しげな顔をして途方に暮れたようにその場に立ちつくしていた。たぶんこんなふうに考えていたのだ――なぜこんなにひどく悪いことばかり起こるのだろう。こんなことさえなければ楽しく歌でもうたっていられるのに。そう、〈漕げよマイケル〉かなんかを！

それからの日々は、事件などなにもなかったかのように過ぎていった。ジョーも父さんもおらず、毎日じとじと雨が降りつづくだけ。いまやぼくは〈フランシー・ブレイディーはもうぜったいに悪いことはしない学〉の学位を取れるかどうか心配する必要もなかった。ティドリーのことがあってからというものやつらはチャンスさえあればぼくを退校させたがっていた。ぼくはいまや壁に生えたカビみたいなもんでやつらにしてみればとっとと洗い流してもう一度きれいにしたかったのだ。

ぼくが学校を出ていく日にシャボン玉はぼくの手を握ってこんなに嬉しいことはないといった。ぼくはでっかい笑みを浮かべてやった。でもいまじゃ事情は変わっていてふたりで冗談をかわしあった懐かしい日々みたいなわけにはいかなかった。シャボン玉はなんでぼくが笑みを浮かべているか知っていた。もしやつがほんとうに嬉しいと思ってたんだとしたらあんなにすぐに手を放しはしなかったはずだ。

お元気で、とぼくは庭師に声をかけた。庭師はいった。**いまここで会えてよかったよ。あしたに**

なったらおれはもうここにゃいないんだ。芝生の一件でやつらに思い知らせてやったんでな。庭師はぼくの目をまっすぐ見つめて自分の胸をたたくと吐きだすようにいった。**あんなもんおれの仕事じゃありゃしない。**ぼくが最後に見たのは濡れたサッカーボールが宙を舞っていくとこだった。窓が百個もある建物よ、さようなら。ほんと思いっきりせいせいするよ。

ぼくはまっすぐにジョーの家に行ってみたけどジョーはいなかった。どこに行ったんですかと訊くと、ミスター・パーセルはぼくのことを上から下まで眺めまわし、知らないね、とだけ答えてドアを閉めてしまった。ぼくは思った。ジョーのお父さんはなんだってあんなに困った顔をしてたんだろう。

ジョーの家にはその後も何度か行ってみたけど誰も出てこなかったからたぶんしばらく家を空けていたんだろう。叔父さんの家かどこかに行っていたのだ。最後にはジョーが学校から帰ってくるのをチャーチ・ヒル通りのはずれで待ち、やっとつかまえることができた。ジョーはいまや中等学校の二年生になっていた。本でふくらんだ大きな鞄をかかえている。ぎっしり本がつまってるみたいじゃないか、ジョー、とぼくは笑って声をかけた。ジョーはぼくの知らないどっかの野郎といっしょだった。先に行ってろよ、とぼくはそいつにいった。**なんだって？** とそいつは訊き返してきた。先に行ってろってんだよ——耳が聞こえないのか？

帰ってきたんだよジョー、窓が百個ある学校からね。自分でそういいながらぼくはひとりで笑ってしまったっていうのもこうしてジョーと道を歩きながらそんな話をするとなんだかひどくおかしな気がしたのだ。話すことがたくさんありすぎてなにからはじめればいいかわからなかった。金魚のことなんてぜんぜん気にしてないぜもう過ぎたことだもんなとぼくはいった。するとジョーはぼくのことをまじまじと見た。**金魚って、なんの話だい？**　ぼくはジョーの肩をつついた。金魚ってなんの話だい、か！　こいつはいいや！

こんなに心底笑ったのはいつ以来か自分でも憶えていないくらいだった。ぼくはジョーに隠れ家はどうなってるか訊いてみた。するとここんところ行ってないという。いまでもまだ誰にも見つかってないかな、とぼくは訊いた。ずいぶん長いこと行ってないからよくわからないよ。なら確かめに行こうぜ。雨が降りこんだりしたらすべてが台なしになっちゃうからな。そうだなとジョーがいう。いつ確かめに行こうか、今晩はどうだい？　ジョーは今晩は外に出られないという。わかったよ、ならあしたでもいい。でもジョーがあしたも都合が悪いというので週末にということになった。ぼくはずっと胃に痛みを感じながら週末を待った。

ジョーが川の土手に寝転がって羽虫を吹き飛ばしている横でぼくは思いついたことをつぎからつぎへと話していった。庭師と反乱鎮圧部隊のことや田舎もんどもと骨ばったケツのことやボイラーハウスに閉じこめられたことや煙草を吸ったことや聖テレサや聖人たちに話しかけたこと。ほんと笑えるじゃないかとジョーはいった。でもなんだってボイラーハウスに閉じこめられたんだい？

ああそれならたいしたこっちゃないんだちょっとふざけただけのことさ。ぼくはそれ以上答えるつもりなんかなかったんだけどジョーはまたぞろ話をむし返してでもボイラーハウスに閉じこめられたんだからなにかやったんだろうと訊く。そこでぼくは思った。友だちとうまくやっていくのにいちばん大切なのはなんでもすべてつつみ隠さず話すことだ。そう考えるとあとはもうどうでもいいやって気になった。いったん口を開くとぼくは話をとめられなかった。ボンネットとティドリーのことを話したときには笑いをこらえられずに涙があふれてしまったくらいだ。愛しているよ！からなにからすべて話した。やつがくれたロロをおまえにも見せてやりたかったよとぼくはいった。あのロクでもないロロをすくなくとも二千個は食べたんじゃないかな。ロロかとジョーはいう。その神父がロロをくれたってわけだ。でもロロをくれたからにはそいつになにかしてやったんだろう？どうやらジョーが聞きたいのはそのことだけらしい。ぼくが話をしているといつだってそこに話題を引き戻す。なにをしたんだ？　なにをしたんだ？　話をむし返すのはやめてほしかった。もうこんな話なんかぜんぶやめてしまいたい。ぼくが話したかったのは隠れ家のことや昔のことや氷を割ったことやつぎにビー玉を投げるのはどっちだったっけとかいったことなのだ。あの頃はほんと最高だった。きれいに磨いたガラスごしに見るみたいに、いまでもはっきり思い出せる。でもジョーのほうはちがった。いつまでたってもおなじ話をむし返すんで最後にはすべてを教えてやったらいったいなにをいうかと思えばジョーはこういったんだフランシーそいつはほんとにそんなことをやったのか？　なにいってんだよジョーもちろんやったさ今そう話したばっかりだろ？

つぎの瞬間ぼくは冷たい汗が吹きだすのを感じた、っていうのはぼくを見るジョーの目つきがちがってたからだ。ジョーがたったいままで寝転がっていたせいでぺしゃんこになっている草が見えた。ジョーがあとずさったのだ。ぼくに気づかれないように、ちょっと位置を変えただけだ。でもぼくは気がついた。目と目が合ったのはほんの一瞬だけだったけどそれだけでじゅうぶんだった。ぼくが気づいていることはジョーにもわかっている。だからぼくはいってやった。まんまと騙されたなジョー。ティドリーだって？　そんなことするやつがほんとにいると思ってんのかよ！　ティドリーもロロも——でたらめに決まってんだろ！

ぼくは涙があふれだすまで笑いつづけた。**騙したんだよ**と大声で叫ぶ。しまいには頭が痛くなって顔はすっかり真っ赤になってしまった。するとジョーはもう時間だから家に帰るよ週末に終わらせないといけない宿題があるんだといった。わかったよ、ならあしたまた会おうぜカーニバルに行こう。ジョーはああなんとかしてみるよというと見送るぼくを残して走って町へと帰っていった。道まで引き返したところで例の黒い自転車に乗った男に出くわした。ぼくは声をかけた。やあこんにちは。最近はどうしてるんです？

男は帽子をぐいと引き下げた。悪いがちょいと急いでいるんだ。子牛の様子を見にいかなきゃならないんでね。

そういうと男は下を向いたまま走り去っていく。ぼくがその場に立ちどまって男がなにをするか待っているとやっぱり思ったとおり五十ヤードほど行ったところでこっちを振り向いた。ぼくはカーク・ダグラスみたいに脚を広げてその場に立っていた。ぼくが見つめ返しているのに気づくと男は手を放してしまい自転車がガチャンと音をたてて道に倒れた。ぼくは身じろぎひとつせずに突っ立ったまま男が自転車を起こそうとするのを眺めていた。でもぼくが見ているのに気づいたもんだから男はどうしても手に力がはいらない。しまいにはカゴから買い物袋が落ちてなにかが袋から転がりだした。たぶんジャガイモだろう。なにをするかと見ていると男はそのジャガイモを拾いはじめた。片手で自転車のハンドルをつかんでもう片方の手でジャガイモを握っているそのさまはまるでボードビルの寸劇を見るようだった。ぼくは口に両手を添えて叫んだ。子牛のことを忘れちゃだめですよ！　ジャガイモがいくつか排水溝に転がってくのにもかまわず男はそのまま走り去った。

　それからぼくは通りを町のほうへ歩いていったけどグラウス以外には誰もいなくて目につくものといったらファーマシー通りのドブを流れていく新聞紙だけだった。

　だけどそんな日々もほんのすこししかつづかなかった。ぼくがブタの学校を出てきたことを聞きつけたバッツィーとデヴリンがニュージェントの家にウンコをした件でぼくを締めあげようとうちにやってきたのだ。ふたりが玄関を押しやぶろうとしてる音が聞こえたけどあのマヌケどもには卵の殻だって割れないにちがいない。いまあのマヌケどもと渡り合うべきかやめておくべきか考えたぼくはやめておこうとつぶやいて煙突のなかを這いのぼっていくとおれたちの縄張りでなにやってんだって顔をして一羽の老いぼれカラスがこっちを見下ろしていた。**いますぐ出てこいブレイディーいるのはわかってんだぞ**とバッツィーの声がする。いま出てくれれば手加減してやらんでもないんだぜ。こりゃひでえな鼻がもげちまいそうな臭いじゃねえかとデヴリンがいうとバッツィーがそりゃブタが住んでんだから当たりめえじゃねえかと答える。おい見ろよ流しで魚が腐ってるぜとデヴリンがうめく。こいつはネズミがいるにちがいねえ間違いなくネズミがいるって。ネズミなんかいるもんか、いるのはブタだけさ、とバッツィー。ハハハとデヴリンが笑う。ハハ、そいつはいいや。それでもぼくが出ていかないでいるとやがてふたりはめちゃくちゃ腹を立てはじめた。バッツィーが悪態をついてなにかを壊してる。この家に火をつけちまおうとデヴリンがいう。ぜったいここにいるにちがいねえんだといってこんどは外を探しはじめたものの、またなかに戻ってきて口汚く罵りながら台所を叩き壊した。しかし結局は頭から湯気をたてて帰っていった。あのクソガキめ、いつかぜったいつかまえてやるからな。ぼくは外に出ないようにした。つぎの日の朝、窓の外には青白くてでっかい太陽が顔を出していた。ぼくはすっかり嬉しくなってしまい、思わず声に出してつぶやいた。ああ、こいつはいい日になりそうだぞ。

冷たい風の吹くなかを、ぼくはザクザク音のする霜のおりた小道を歩いていった。ニワトリ小屋のすぐ前で立ちどまって水たまりが凍っているか見てみるとやっぱり凍っていた。それを見てぼくは体じゅうがあったかくなる気がした。白く曇った氷からはねじれた新聞紙が固くなって突きだしていた。爪先で掘りだそうとしたけどだめなので木の枝を折って強くつついてみた。ふと顔を上げると目の前に子供が立っていた。縞のはいった襟巻きをして房飾りのついた帽子をかぶってるところはまるでクリスマスカードから抜けだしてきたみたいだった。あんたいったいなにしてんだよ、ここはぼくたちの水たまりだぜ、とそいつはいった。おまえたちの水たまりだって？　そうさ、ここはぼくとブレンディーの縄張りなんだ。オーケー、もうここには手を触れないよ。ぼくは木の枝をその子供に手渡した。そういうことならブレンディーには黙っといてやるよ、と子供はいった。

ぼくはその子のバラ色にそまった頬と銀色に光る二本の鼻水の跡を見て突然キスしてやりたい気持ちに襲われた。とはいってもティドリーみたいなことがしたくなったんじゃぜんぜんなくてただ突然すべてが申しぶんないくらいすばらしく思えたんだ。ぼくは心のなかでつぶやいた。ただここに立っているだけでどうしてこんなにいい気分なんだろう。永遠に立っててもいいくらいだ。

ここはもういまじゃおまえたちの水たまりだ、とぼくはいった。でも昔は誰のもんだったか知ってるか？　子供はミトンで顔をこすって知らないと答えた――誰の？

おれとジョー・パーセルさ。

へえ、そうなの。でももうあんたたちのもんじゃないんだ。子供はそういうと片膝をついて新聞の切れはしを掘りだしはじめた。

ぼくはミッキー・トレイナーの店に行った。店の壁にはでっかいキリストの絵がかかってる。そこにはひとこと――**きさまらテレビを買わんとただじゃおかんぞ！**と書いてあった。というのは嘘で、ほんとは〈主は我らを見つめ給う〉と書いてある。

ラジオのキャビネットの上には聖人の絵がずらりと並んでいてその前にミッキーの娘さんがひざまずいてロザリオの祈りを唱えていた。一度通りで会ったときにこの娘さんはぼくにローマ人は嫌いよキリスト教徒の幼いタダイを殺したんですものといった。こっちはタダイなんて野郎は知りもしないっていうのにだ。つづいて娘さんはキリストが庭で祈りを捧げたとかなんとかいう謎めいたロザリオをウムウムウムと唱えはじめた。やあキリストのおっさんといいかけたけどそんなことは口にしないほうがいい。さもないとその場でミッキーに通りへ放りだされることになる。やあミッキー昔の古いテレビのことなんかもう忘れちまったかい？　とぼくは声をかけた。ミッキーは手にしていた鉛筆を耳の上に差し、昔の古いテレビっていうんならいまの新しいテレビってもんがあるのかと訊いた。いや例の壊れちまったテレビのことさ。うちの父さんが裏庭に捨てちゃったやつだよ。父さん、そのことでここにこなかったかい？　いいや、そもそも顔を見せた憶えさえないねと答えるとミッキーは仕事に戻り、べつのテレビの中身を点検してるふりをしはじめた。裏のカバーをはずしてしまうとテレビは『未来飛行士ダン・デア』に出てくる未来の都市みたいだった。持ってきてくれりゃ調べてやるよ、とミッキーがいう。いやいや、気にしないでよ、もう昔のことなんだからさ。ぼくも最近は忙しくてテレビのことなんかで頭を悩ませてるような時間はないんだ。まあ、おまえがなにを考えようがおれの知ったこっちゃないがなとミッキーがいった瞬間スピーカーがでっかい屁みたいな音をたてた。ヒェッ！　とミッキーが叫ぶ。ぼくは笑ってその場をあとにした。懐かしの町へ帰ってくるっていうのはほんとにいいもんだ。こんどはべつの店に入ってみる。するとどうだ、あれはミセス・コノリーと奥さん連じゃないか。向こうがぼくに会うなんて思ってもいなかったことはその顔にばっちり書いてあった。**だけどあなたは矯正職業学校に行ってるはずじゃなかったの？**

ホッホー、それがちがうんだな。ご覧のとおりすっかり復帰したんです。煙草の煙をフッと吐き、あの驚異の男フランシー・ブレイディーが帰ってきた！　ってわけですよ——**こんにちは、みなさん。お変わりありませんか？**

奥さん連は誰が話すか決めかねてぐずぐずしていた。小さな咳払いやなんかをしながらおたがいの目を見合っている――あなたが声かけなさいよ。なにいってんのよ――**あなたこそ！**　そうこうして一、二分は無駄にしただろうか。たぶんぼくがコートの下からマシンガンを取りだしてダダダダダダ死ね犬どもめとでもやると思ってるんだろう。

そう考えてぼくは思わず声を上げて笑ってしまった。すると奥さん連もつられて笑いだし気づくとぼくらは昔のことやブタのことなんかを口々にしゃべっていた。ぼくが思いついた先から話題を振ってみんなでそれについて話し合ったんだけどブタの学校に行ってからってものぼくの頭には話したいことが山ほどつまっていた。あの頃は面白いことがたくさんありましたよね、とぼくがいう。ええ、ほんとよね、まったくだわ！　と奥さんたちが返す。もうこれからはここにずっといられるんでしょフランシスと奥さん連のひとりが訊くとあとのふたりがにらみつけた。**あなた、そんなこと訊いちゃだめよ！　ああ、神様、この人ったらいったいなんてこと口にするのかしら！**

なんで訊いちゃいけない？　おばさんたちはなんでも好きなことを訊いていいんだ。ぼくは懐かしい故郷の町へ帰ってきたんだから。馬に乗ったオーディ・マーフィーがまだ眠りについている西部の村を丘の上から眺めていったのとおんなじだ――まったく故郷の町に帰ってくるってのはいいもんだぜ。そうとも！　とぼくは声に出していった。その場に誰かいたら三つのニタニタ笑いが宙に浮かんでいるのを見ることができたろう。店番の女の子は口を開きもしなかった。いや、そういうと嘘になる。女の子は口を開けていた。ただ、あんぐりと開けたままなにもしゃべらなかっただけだ。女の子はカウンターの後ろに立ってあんぐり口を開けてぼくたちのことを見ていた。コーンフレークの並んだ棚の横で奥さん連と話をするのは楽しかった。奥さん連ときたら、ぼくが**ケネディ大統領って魅力的ですよねそれにバターの値段は誰かがなんとかすべきですよ**といいながら最後に店を出ていったときから一インチも動いていないかのようだった。でもバターの値段なんかもうどうでもいいんだ今のぼくには話をしたいもっと大切なことがあるあの懐かしい日々のことだあの懐かしいブタの日々のことなら何時間だってしゃべっていられただろう。あのブタの日々を憶えてますかとぼくは訊いた。あら当たりまえじゃないのフランシー！　とミセス・コノリーがいった。ハハハと笑いながらほかのふたりもうなずく。あの頃はほんとによかったわよね。ええ、でもあれはぜんぶ終わったんです。人間いつまでもブタのままではいられませんからね、そうじゃありませんか？

三人はそうよねといった。

ぼくはミセス・コノリーに訊いた。そうじゃありませんか、ミセス・コノリー。

ほんとにそのとおりだわフランシス、まさしくあなたのいうとおりよ。

でしょう？

ハハハとミセス・コノリーは笑う。

ハハハとあとのふたりも笑う。

まったくですよとぼくはいう。

話すことは山ほどあったから何時間だって話しつづけられたけどもう立ち去る時間だった。新しい発見を求めてもっと旅をつづけなきゃならない。じゃあみなさんこのへんで失礼しますよ、とぼくはいった。もうそろそろズラからなきゃなりませんから。ハハハ、**ズラからないとね！**

たぶんミセス・コノリーはここで笑っていいものかしらと考えていたんだろう。もちろんいいに決まってる。ぼくは気にしやしない。三人が腹をかかえて笑いこけたってかまわない。ならほんとにもう行かなきゃなりませんからとぼくはいった。ええわかったわフランシス、お友だちにもたくさん会わなきゃならないでしょうからね、とミセス・コノリーがいう。そうなんですよとぼくは答えた。おばさんたちがこのとき浮かべたニタニタ笑いがこれまた失笑ものだった——とはいってもそれはもはやニタニタ笑いじゃぜんぜんなくて、ぎりぎりまで伸ばしたゴム紐みたいだった。いまにもビュン！　と音をたてて元に戻ってしまいそうだ。でも問題なんかぜんぜんない——おばさんたちは自分の好きなように笑えばいい。それをとめる気なんてこっちにはまったくなかった。ではみなさん、おいらはもうズラからなきゃならねえんでというと、ミセス・コノリーがあらそうまた会えるのを楽しみにしてるわといった。おいらもですよ、とぼくはいった。店を出たぼくが外から窓ガラスをコンコンとたたくとおばさんたちのうちの誰かがヒェッ！　と声を上げた。たぶんミセス・コノリーだと思う。ミセス・コノリーの笑顔はビュン！　とばかりに元に戻ってしまい、ほかのふたりが声をかけていた——だいじょうぶ、ミセス・コノリー？　ぼくは心のなかで思った。思わず笑っちゃうようなことがこの町にはこんなにたくさんあるなんて、これまでぜんぜん知らなかったよ。

道にブリキの缶が落ちていた。ポンと蹴飛ばすと、缶は生け垣の向こうに飛んでいった。わからないぞ、いつかこのぼくが地元のサッカー代表選手に選ばれるなんてことがあるかもしれない。

噴水は凍りついていてなくてダイヤモンド広場に向かって水しぶきを盛大に上げていたんでぼくはしばらくその横にすわっていた。この噴水のことでは知っていることがひとつあった。こいつはヴィクトリア女王がこの町にくることを記念してジュビリー・ロードとおんなじときにつくられた。ただしひとつだけ問題が起こった——肝心の女王がこなかったのだ。できたばかりの頃はすっごくきれいな噴水だった。ところがある晩バックしてきたトラックがぶつかって天使やなんかがぜんぶ取れてしまっていまでも横っちょの漆喰に切り傷みたいなでっかい割れ目が走っている。ぼくは吸い殻入れにつばをたらしながら子供や町の人たちが**ヴィクトリア女王陛下、万歳！**と叫んでいるさまを思い浮かべた。問題はひとつだけ——女王さまはいったいどこにいるんだ？

そのときのことを考えてぼくはクスクス笑いがとまらなくなってしまった。みんなはぷりぷりして家路につく——おれたちゃわざわざ噴水と新しい通りをつくって待ってたのにクソの役にもたたなかったじゃねえか！

だけどそんな言い草はもちろん間違ってる——おかげでぼくがいまこうしてすわっていられるわけだろ？

それに例の酔っ払いがタワー酒場から家に帰る途中で小便をすることだってできる。ほんと実際にしてるんだ。ぼくは心のなかで叫んだ。町のみんなもヴィクトリア女王もよくやった、でかしたぞ！

町のはずれではカーニバルのでっかい観覧車がまわっていた。宙を飛ぶ人たちはたいして恐くもないくせに金切り声を上げている。驚いたことにそこへ歩いてきたのは誰かと見れば——なんとまあ、あのドム神父だ。法衣の裾をはためかせ、その下から黒くて小さいひづめみたいな靴をのぞかせている。例の職業学校じゃ、いい子にしてたみたいだな、とドム神父はいった。ええ、もちろんですよ、とぼくは答えた。話を聞いてみるとまたまた驚いたことに、ドム神父はティドリーのことを知っているんだという。ああ、そうそう、わたしとサリヴァン神父は昵懇《じっこん》の仲でな。彼は元気にしていたかね？　ええ元気でしたとも、これ以上ないってくらいにね、とぼくは答えた。あの男は大の字がつくほどの本の虫でな！　とドムが笑う。普通じゃないですね！　とぼくは相づちをうつ。あれだけ本が好きな人なんてめったにいませんよね！　ほらあのマット・タルボットとか。ああ、あの哀れなマット・タルボットか。ドム神父はため息をついて十字を切った。ぼくがティドリーやマット・タルボットのことを知ってるもんだから神父はすっかり喜んでしまいぼくたちはそこに立ったままペチャクチャペチャクチャ長いこと話しこんだ。ミサのことや最近めっきり冷えるようになったことやうちの父さんが最近どうしてるかといった話をしたところでぼくははたと思った。さてつぎはなにを話そう？　きみがこんなに健康そうなところは見たことがないなフランシス、とドム神父はいった。しかもすっかり背が大きくなって！　きみにとってはなにもかもがいいほうに働いたようでわたしも嬉しいよ。わたしなんぞ、最近はいったん腰をおろさなければ道行く人に挨拶もできん体《てい》たらくだ。なにおっしゃるんですか、神父さん。ぼくがそういってさよならの挨拶をすると神父は去っていった。あのドム神父もティドリーの膝にのったことがあるんだろうか？　膝の上の居心地はどうだいドミー？　ええ神父さん、とってもいいです。神父さんのほうはどうです？　ああ、わたしのほうもいい気持ちだ。ほんとにすばらしい。おまえといっしょで、こんなに楽しいことはないよ。でも人のいいドムがそんなことをしたはずがないのはぼくにもわかっていた。これまでの人生でドムがやったいちばん悪いことといったら母親に口答えをしたことくらいだろう。いやだよ母さん――おつかいになんかぜったいに行くもんか！

ぼくは目を閉じて大きく息を吸いこんだ。まるで冷たい風の吹く霜の降りた町全体を吸いこんでいる気がした。うちの裏の小道の先にあるニワトリ小屋の換気扇が途切れることなく鈍い音をたてているのが聞こえる。あるときジョーがぼくにいったことがある。あれは世界中でいちばんいい音だな、あの換気扇の音がさ。なんでだいとぼくは訊いた。ジョーは答えた。だってあの音がするせいで換気扇があるってことがいつでもわかるじゃないか。

まったくジョーのいうとおりだ。換気扇のことを考えていないときは音はまったく聞こえない。でも耳をすましさえすればどんなときだって穏やかなブーンという音が聞こえてくる。まるで町を動かしつづける静かな機械のように。

パン屋がまだ湯気のたっているパンの載ったトレイをヴァンからおろしている。グラウス・アームストロングが図書館の入口でまるくなっている。例の酔っ払いがビール壜の口のなかに向かっていまごろ彼女は誰とキスをしてるやらと歌いながらダイヤモンド広場を歩いてくる。やがて酔っ払いは立ちどまるとグラウスに向かっていつものセリフをまくしたてた。おまえ、おれが誰だか知ってるか？　ええ？　どうなんだ？　でもグラウスは一瞬片目を開けただけですぐにまた眠ってしまった。きさまはまったくのクズ野郎だぁぁぁぁ！　酔っ払いはそう叫ぶとゴムみたいにぐにゃぐにゃした足取りでジュビリー・ロードをよろめき歩いていった。ぼくはローチに会うなんてまったく思っていなかったんで顔を上げたときに彼が目の前に立ってこっちを見つめているのに気づいたときには思わずビクッとしてしまった。この野郎、いったい自分のことを誰だと思ってやがるんだろう——ドラキュラ伯爵か？

こんにちはドクターじゃないですか、とぼくは声をかけた。ごきげんいかがです？

なのにローチときたらなにもいわずにこっちを見つめるだけだった。ぼくがこいつを好きになれない理由がまさにこの視線なのだ。わたしはきみについて知ってることがあるんだよとその視線はいう。しかもローチがそこに突っ立っている様子を見ただけでこいつは自分がその気にならなきゃ口を開くつもりなんかないってことがわかるんだ。

自分でもなんでそんなことをしたのかわからないというのもローチのやつになにか訊かれたわけじゃないからなんだけどぼくはふと気づくとすべてを洗いざらいしゃべっていた。巡査部長に車で学校へ連れていかれたことやそれがひどくおかしかったことやさらには田舎もんたちのことなんかまで。ローチがこっちをじろじろ見ながら頭にメモを取っているのがわかった。ぼくはつづけて、庭師とかの話もしてやった。でもねドクター、いまじゃなにもかも変わったんです。昔のことはすべて終わったんですよ。ぼくはローチがドム神父みたいに**それを聞いて嬉しいよ、フランシス**とか

すばらしいことじゃないかとか返事するのを待ったけどローチはなにもいわない。ただじっと黙ったままハンカチで唇を拭き、なにかついていないかハンカチに目をやった。どう思います、ドクター？　昔のことはもうぜんぶ終わったんですよ。ぼくはすごく頭が痛かったけど無理してでっかい笑みを浮かべてみせた。ジョーとのあいだにあったことがつい思い出され、もうなにをしても手遅れだろうかとかあんな話そもそもぜんぜんしなければこんなことにはならなかったのにとか考えてるときにそれとはまったくべつの話をするのはすごくむずかしかった。ローチの声は低かったのでぼくはしっかり耳をすまさなくちゃならなかった。ローチは、ほうほう、それはよかった、といったけど、ほんとはぼくの言葉なんかてんで信じていないのはその口ぶりを聞けばはっきりわかった。そこでぼくはボイラーハウスで煙草を吸ったこととかさらにたくさんのことを話したんだけどローチときたら黒い革鞄をトントンたたいて舌で歯をチロチロなめながらウーンとかうなってる。そのとき突然ぼくはローチが信じていようが信じていまいがどうだっていいやという気持ちに襲われた。こいつがいったい何様だってんだ、ただの医者じゃないか、それもたいした医者じゃない、母さんが修理工場へ入れられるのを救えもしなかったんだから、そうじゃないか？　ぼくはもうローチのことなど気にしなかった。こいつは自分のしゃべりたいことを勝手にしゃべってればいい。ほんとにそういってやればよかった――あんたなんかクソくらえだ！　あんたはなんにもわかっちゃいないし母さんのことだってなにひとつ知っちゃいないあんたが母さんのなにを知ってるっていうんだよ母さんはあんたに近づいたりすべきじゃなかったんだそもそもあそこに母さんを押しこんだのはあんただろあんたがなにを知ってるっていうんだよローチぜんぜんなにも知らないじゃないか！

それだけまくしたててるあいだにローチは安全なとこまで逃げてるんじゃないかと思って顔を上げてみたけどぼくの目に入ったのはホテルのドアが閉まるところだった。ドアのガラスごしにローチがホテルの受付係と親しげにしゃべっているのが見えた。そのとき突然、誰かがぼくの名前を呼んでいるのが聞こえた気がした——フランシー！

ぼくはてっきりジョーだと思ってウィーッホーと声を上げた。でも歩いてきたのはぜんぜん知らない人だった。どうしたらいいのかもどこへ行けばいいのかもわからなくなったぼくは自分で自分にいいきかせた。ぐだぐだ迷ってる必要なんかありゃしないジョーの家に行けばいいんだほかに行くとこがあるか？　ぼくが玄関のステップを駆けのぼって指笛を吹くと出てきたのはミスター・パーセルだった。ああパーセルさん、ジョーはいますか、とぼくは訊いた。ミスター・パーセルはしばらくぼくのことをじろじろ見ていたがやがてぼくの肩ごしに誰かに向かって手を振った。どうやら相手は隣に住んでる人らしくて食品雑貨店のダンボール箱をかかえて車から降りてくる。いいや、ジョーならおらんよ、とミスター・パーセルはいった。お隣さんになにやら声をかけられるとミスター・パーセルは声を上げて笑った。おいおい、ほんとかね？　ふたりはしばらく天気やなんかのことをぺちゃくちゃしゃべっていた。まったく農家の人にとってはやってられないとこでしょうとお隣さんがいうと、ほんとそのとおりですなとミスター・パーセルが答える。日曜の試合はすごい人出でしたね。ほんとですな。マーティ・ダウズのプレイはなかなかよかった。そうでしたな。あいつは将来いい選手になるでしょう。まったくですな。

ぼくは玄関のステップに立ったままお隣さんが自分の家に入っていくのをずっと待っていた。じゃあこれでとお隣さんはいったもののこんどはどうでもいいような車の話をまたぞろはじめてしまう。じゃあほんとにこれで失礼しますよごきげんよう、とお隣さんが手を振る。するとミスター・パーセルはにっこり微笑んでそのままドアを閉めてしまった。バシンと激しく閉めたりとかそういうんじゃぜんぜんなくてただたんに閉めてしまっただけだ。ぼくはあんまり長いこと待っていたものだから自分でもなにをいうつもりだったかすっかり忘れていて思い出したときには手遅れでドアはもう閉まっていた。ぼくはそれからしばらくステップに立っていたけど結局はその場を立ち去った。

ぼくは何度かローチの家へ行ってやつが出てくるのを待ったけどぜんぜん姿を現わさないところをみると休暇でどっかに行ってしまったんだろう。

ぼくは小学校にとどまらなくちゃならなかった。こっちは教室のほかのやつらより年上だっていうのにだ。知ってるやつなんかひとりもいない。以前おんなじクラスだった友だちはジョーもふくめてみんな中等学校に上がってしまっていた。ぼくは教室の後ろにすわってなんにもしなかった。いや――そういうと嘘になる。カードゲームで遊んだり小型ナイフで机にフランシス・ブレイディー参上と彫ったりはしていたからだ。ヴァイキングを海へと追い返したのは誰かねと先生に訊かれたんでダニエル・オコネルですと答えると先生はこっちにくるんだと怒鳴って鉄の棒でぼくの腕をビシッと叩いた。これからも容赦はしないからな、わたしを馬鹿にしようなどとは考えないほうが身のためだぞブレイディー！　おまえのようなやつはレッディーの店にでも行くのがいちばんいいんだ。あそこならおまえだってすこしはものの役には立つだろうからな！

なぜ先生がそんなことをいうのかぼくにはよくわかっていた。屋外便所でおなじクラスのやつらがブレイディーのやつ先生のことを叩きのめすつもりらしいぜと噂しているのを聞きつけたんだろう。ウィスキーのせいで手の震えがとまらない赤鼻の老いぼれ教師を叩きのめす暇なんかいまのぼくにはありゃしないっていうのにやつらがなんでそんなことを考えついたのかぼくにはぜんぜんわからない。そこでぼくはそもそも学校になんか行かないのがいちばんいいんだと考えた。最近じゃみんながみんなレッディーのことを好きにでもなったみたいだった。父さんはぼくを見ていった。学校に行かないっていうんならレッディーの店に行くんだな！　どっちにするか自分でよく考えろ！

レッディーというのは肉屋《ブッチャー》で、自前の屠畜場を持っている。誰もそこじゃ働きたがらないもんだから行きさえすればいつでも仕事にありつくことができる。レッディーもブタも地獄に落ちりゃいいんだ、とぼくはいった。父さんは**おまえみたいなやつにはあそこがお似合いなんだ。朝も昼も夜もゴロゴロしてるくせしやがって！**と怒鳴るとなにか口のなかでブツブツつぶやきながらタワー酒場へ行ってしまった。

ジョーが学校をひけるまでぼくはよくソファに寝転がっていた。しばらくすると人に注意されないと臭いにも気づかないようになった。家にはタワー酒場でどんちゃん騒ぎをした夜に父さんが持ち帰った古いチキンがあった。びっしりハエがたかってウジがわいているんでぼくはそいつをさっさと捨ててしまった。もしかしたらずるがしこいグラウスのアホがごみ箱から拾っていったかもしれないけれど。

ぼくはいつもチャーチ・ヒルのはずれでジョーと会った。でもブタの学校やあそこであったことの話はもうしない。あれはもうぜんぶ終わったことなのだ。これからはまたすぐになにもかもが昔どおりになるだろう。

ぼくはジョーのためにいろんなものを手に入れた。ただし最近のジョーはもうコミックをあまり読まなくなっているから煙草やお菓子だ。ホテルのバーの店員が毎日おなじ時間にビヤ樽を交換するのを知っていたんで煙草はバーの奥から失敬した。お菓子はメアリーの店で手に入れたけどこっちはきちんとお金を払った。メアリーからものを盗むつもりなんてまったくなかったからだ。それからぼくとジョーはいっしょに川へ行った。ほしいものがあればなんだって持ってきてやるぜとぼくはいった。ぼくらは何度も笑い合った。昔とまるで変わっちゃいない。すっかりおんなじか、もっといいくらいだ。そうじゃないかジョー、とぼくは訊いた。ほんとだなとジョーが答える。学校や試験とかいったクソみたいなことよりこうしてたほうがずっといいだろ？　昔みたいにカウボーイの真似をやってくれよ、とぼくはジョーに頼んだ。あんなこともうできないよとジョーはいう。

いいからやってみろよ、ジョー。できないって、もうずっとやってないんだから。そりゃわかってるさ、でもいまだってぜったいにできるよ。いいや、できないよ。けれどぼくにはジョーならできるってわかっていた。さあやってみろよジョー。するとジョーはやっとのことでうなずいた――オーケー、野郎ども、みんな馬に乗るんだ！

ほらみろ、とぼくはいった。できるじゃないかジョー！

ほんとジョン・ウェインにそっくりだった。誰が聞いたってジョン・ウェインの物真似だとわかっただろう。ぼくはすっかりうれしくなってしまった。昔のジョーは銀色のコルトをくるくるまわしてはよくこの口真似をしたもんだ――オーケー、野郎ども、みんな馬に乗るんだ！　もう一回やってくれよジョー、お願いだからさ！　ぼくはしつこくせがんだ。でも結局はあきらめざるをえなかったっていうのもジョーが目の下を赤くしているのがわかったからでジョーをいらいらさせる気なんてこっちにはまったくなかったんだけどジョーはもうじゅうぶんだろなんだか疲れたし家に帰らなくちゃといった。ぼくはジョーを送っていっしょに町まで行ってからひとりで川へ引き返した。自分でも口真似をやってみたけど逆立ちしたってジョーにはかなわない。ジョーが寝転がってたせいで黄色い草がつぶれているところに横になって何度もやってみたけどてんでだめだった。ジョン・ウェインになんかちっとも似ていない。例の黄色い鳥のセリフみたいに聞こえるだけだ――やっぱい、やっぱい、見たネコたん（アニメ『ルーニー・テューンズ』に登場する小鳥のトゥイティーのセリフ）。

山に行って探険しようぜとぼくはジョーにうるさくせがんだ。昔みたいにマニトウに祈りを捧げるんだ――ぜったいに面白いって。するとジョーはいった。おいおいフランシー――いったいなんの話だよ！

マニトウを忘れたのか？――ヤンマ、ヤンマ、ヤンマ、ここへ入りきたりし犬どもに死を！　ってやつさ。決まってんじゃないかジョー！

ぼくがそういうとジョーは笑ってオーケーと答えたんできょうはぼくにとってこれまでの人生で最高の日だニュージェント家のやつらのこともブタの学校のこともティドリーのこともすべてなかったように思えてくる。ぼくらは湖に石を投げて水切りをした。ジョーが石を投げているのを見ていると言葉ではいいあらわせないくらいの喜びがこみあげてきてぼくはもうすこしで泣きだしそうになってしまった。目に映るすべてのものがくっきりとピカピカ光って見える。ぼくは心のなかでつぶやいた――小道で遊んだあの頃のことは、夢や想像なんかじゃない。あの頃もいまこの瞬間とおなじくらい輝いてたんだ。

目をつぶってそう考えていたときバッツィーの声がした。バッツィーはベルトに両手の親指をひっかけてぼくの目の前に立っていた。

釣り竿をかかえたデヴリンがそばでマッチ棒を噛んでいる。

おやおや。どうやらきょうはついてるらしいな、とバッツィーがいう。

デヴリンはトランプで大勝したみたいに両手をこすりあわせている。バッツィーがジョーに目を向けた。

おまえをごたごたに巻きこむつもりはねえんだ、パーセル、とバッツィーがいい、用があるのはこいつだけだからな、とデヴリンがいう。きさま、後悔することになるぜ。自分のしでかしたことを後悔することにな、ブレイディー。

どこの誰が後悔させるっていうんだい？　ぼくがそういうとバッツィーは真っ青になった。

よせよフランシー、とジョーの声がする。喧嘩なんかしちゃだめだ。

おれたちが後悔させてやるってんだよ。一声そう叫んでデヴリンが殴りつけてきた。ぼくはひょいと身をかわしたものの石をふんづけて足首をひねってしまった。

そこをバッツィーに蹴りつけられてぼくは地面にひっくりかえった。

かかってきやがれ！　デヴリンがでっかいブーツでぎゅっと地面を踏みしめた。つぎの瞬間バッツィーがハンティングナイフを抜いた。ナイフを握る手が震えている。どうなるかはわかってんだろうな、ブレイディー、とデヴリンがいう。ブタみたいにきさまのはらわたを引きずりだしてやるよ。

おまえが妹にやったことは許しちゃおけねえ、とバッツィーがいう。おかげであいつの神経はすっかりおかしくなっちまったんだ。

バッツィーの顔は蒼白で額の汗が光っているのが見える。ちゃんと聞いてんのか？　妹はあのあと医者にかかる羽目になったんだぞ！　ローチは錠剤を三種類も処方したんだ——**三種類もな！**

挫《くじ》いたぼくの足首をデヴリンが蹴りつけた。このロクでなしめが。デヴリンがそう怒鳴るのを聞いてぼくは声を上げて泣きはじめた。

思い知ったか！　バッツィーはさらに興奮して……

こいつのざまを見てみろよ、とデヴリンの声がした。

これでいいんだ、とバッツィー。

な、デヴリン、おれのいったとおりだろ。バッツィーは冷静さを取り戻し、ナイフをポケットに戻した。こいつは口じゃツベコベ抜かしてやがるがいざとなりゃてんで意気地がないのさ。ぼくはいった。自分のやったことが悪いことだっていうのはわかってたんだよ、バッツィー。わかってたんだ！　ぼくはジョーに目で合図を送ろうとしたけどジョーのやつはすっかりビビっていて気づくどころの騒ぎじゃないらしい。

女相手がせいぜいってわけさ、とデヴリンが嘲笑う。女が相手ならどんなきたねえことでもできるがおまえやおれが相手だと話がちがうってわけだ。そうじゃないかバッツィー？

やがてふたりは、これからぼくをどうするか小声で相談をはじめた。

どんなことでもしますとぼくはいった。そんなこたあ他人の家に押し入るまえに考えるべきだったんだよといってデヴリンがブーツの先でぼくを小突く。

いいか、この野郎をよく見るんだ！　目ん玉をかっぽじってな！　こいつがおまえの相棒のほんとの姿なんだぞパーセル。集合住宅に住んでるおまえの相棒のな！

バッツィーは煙草をとりだして火をつけた。

それからジョーのそばへ行って話しかける。なんだってこんな野郎とつるんで遊んでるんだ？

おまえの親父はなんていってる？

するとジョーは答えた――ぼくはこいつとつるんでなんかいないよ。いっしょにつるんでたのは**昔の話**なんだ！

ぼくに見えるのはバッツィーの口へと運ばれていく火のついた煙草だけだった。やがてバッツィーがうなずきながらジョーにまたなにかいうと煙を吐きだしてぽんぽんと煙草の灰を落としてから腕で額をぬぐったんでいまがチャンスだとばかりにぼくはガツン！　と一発お見舞いしてやったんだけどバッツィーのやつはなにが起こったのもわかっちゃいなかっただろう。もしデヴリンとジョーが割って入らなかったら手にした石でバッツィーを何度殴っていたかわからないし最後には殺してたかもしれないけどそんなことは頭に浮かびもしなかったバッツィーがジョーにあんなことをいわせたんだバッツィーが無理強いしなければジョーはぜったいにあんなことといったりはしなかったはずなんだ。ぼくはもう一度バッツィーを蹴りつけようとしたもののふたりが後ろから引き戻してデヴリンがやめろやめろ！フランシー！もうじゅうぶんだこいつはクソも出ないくらい怯えてるじゃないかというんでぼくはこんどはやつに襲いかかろうとしたけど考えてみればデヴリンのことなんかどうだってよくてぼくが話をしたいのはジョーだった。ぼくはどぶに石を投げ捨てるとジョーにおまえはなんだってあんなことをいったりしたんだよと詰めよった。

こっちに向けられたジョーの顔を見て誰かに似ている気がした。最初は誰だかわからなかったけど、ふと思い出した。ドクター・ローチだ。あの医者が相手をじっと見つめるときとそっくりだった。ジョー、お願いだよ、といってみたけどジョーは話す隙をあたえてくれなかった。膝から力が抜けてしまいぼくは胃の底から言葉をしぼりださなきゃならなかった。お願いだよジョー！

　けれどジョーは聞こうとせずにガラスの壁に手を押しあてたまま後ずさっていく。やめてくれよフランシー、いまはなにも聞きたくない。こんなことがあったからにはもうなにも聞きたくない！

　ぼくが話しかけようとするたびにジョーは手を上げ、やめてくれ！　とくりかえした。ぼくはジョーの背中に向かって叫んだ。ジョー――戻ってきてくれよ、お願いだ！　これからはなんでもする。おまえが望むことならなんだってやるよ！　でもジョーは鉄道の門によじのぼっていってしまい目をもう一度向けたときには姿が見えなくなっていた。デヴリンが唇を震わせてこっちを見ていた――もうかんべんしてくれよ、フランシー！

　ぼくは叩きのめしてやろうと思ったけどいったいなんになるっていうんだクソほどの意味もないじゃないかといってその場をあとにした**もうかんべんしてくれよ、フランシー**とデヴリンがくりかえしているそばでバッツィーが地面を這いずりまわっていた。ウッ！　ウッ！　誰か助けてくれ！

　ぼくはカーニバルを見にいった。回転ブランコから吊り下がったボートが地面を離れて空に向かって浮かびあがっていく。こんなにたくさんの人たちの金切り声を聞くのははじめてだった。女の子たちはボーイフレンドにしがみついて**もういや！**と叫んでいる。ジム・リーヴズもでっかいピンクのテディベアも火花を散らすゴーカートもそろってるけどそんなものが見たいわけじゃない。ぼくはまっすぐ射的場に行って金魚を眺めた。大きな水槽のなかにいったい何匹くらいいるだろう。

五十匹はいるだろうか。金魚が身をひるがえすたびに銀色の小さな光がきらめく。ぼくは泳ぎまわる金魚をだいぶ長いこと見つめていた。ゴーカート乗り場のそばに女の子が何人かすわって脚をぶらぶらさせたり口に手をあててクスクス笑っているのが目に入った。女の子たちはぼくを見るとたがいに肘でつつきあってまたもやクスクス笑いをはじめた。なかに小柄なブロンドの子がひとりいてほかの子たちは彼女をぼくのほうに押しやってなにかいわせようとしている。いちばん年上の女の子がピンク色の風船ガムをふくらませながら行きなさいよとけしかけるとブロンドの子はいやだったらと声を上げた。

女の子たちはしばらくそうやって押し問答していたんでどうするつもりだろうと思っていると最後になかの三人がいっしょになってこっちへやってきた。三人は腕を組んで横になったままあなたが訊きなさいよあなたのほうこそ訊けばいいでしょと言い合っているもんだからぼくはどこに目を向けていいかわからず顔を真っ赤にしてしまった。女の子たちがなにをしているかもわからなかったしなんといったらいいかもわからなかったからだ。三人にはぼくの顔が赤くなったのがわかっていたしぼくには彼女たちがそのことを笑っているのがわかっていた。見なさいよ、真っ赤になっちゃったじゃないの。なんで赤くなる必要なんてあるの？　たぶんそんなふうに考えてるんだとぼくは思ったけどいまになって考えてみればじつはなにも考えちゃいなかったのかもしれない。三人が訊きたがっていたのはジョーのことだった。あなたジョー・パーセルの友だちなんでしょ？　いいこと教えてあげましょうか。この子ったらジョーのことが好きなのよ！

女の子たちがまた押したのでブロンドの子はよろめいてぼくにぶつかってしまった。気をつけてとかだいじょうぶかいとか声をかけようとしたものの口ごもってしまってなにもいえなかったけどそんなことぜんぜん問題じゃなかったっていうのも女の子たちはジョーのことを話しながらクスクス笑ってどこかに行ってしまったからだ。

家に帰ると部屋には酒壜がいくつも転がっていた。父さんはトランペットをわきにおいたままソファで眠りこけていて帽子をかぶったどこかの爺さんが椅子にすわっている。今夜はわれらがタワー酒場でみんなして昔話に花をさかせたんだと爺さんがいった。気に病んだりすんなってお父さんにいっといてくれローチがなにをいおうが知ったことかいブレイディー家の男はみんなタフで頑健にできとるんだ。胸の痛みくらいじゃびくともせん。そうだろうフランシー？　もちろんですともとぼくは答えた。なんの話かはてんでわからなかったけどとにかくローチのことなんて金輪際耳にしたくなかった。やがて爺さんは胸にあごをうずめてボロ人形みたいに眠ってしまった。ぼくもいますぐ寝たかった。もう何日かすれば悩むことなどなにひとつなくなっているだろう。ジョーといっしょにきょうのことを笑い飛ばしてるはずだ。ぼくはジョーがバッツィーの物真似をするのがいまから待ち遠しくてたまらなかった。ウッ！　ウッ！　**誰か助けてくれ！**

この町には笑っちまうようなことがいろいろあるよなジョーとぼくは話しかける。それからふたりして川面に顔をつっこんでサカナたちになにをすべきか説教してやる。そんなこんなが頭のなかでいろいろと渦巻いてるもんだからぼくは眠れないいんじゃないかと思ったくらいだった。ところがどっこい、ぐっすり眠りこんでしまったらしい。夢のなかのぼくはヤンマ、ヤンマ、ヤンマと叫びながら町の上空をぐるっとすべっていき湖に戻ると笑みを浮かべてうずくまっていたジョーが顔を上げてぼくに声をかけてくる。口喧嘩したのがなんだっていうんだ？　おれたちは血をわけた兄弟じゃないか！

そうとも、これからだってずっとな、とぼくは答える。それでこそわれらがフランシーだ！

それから何日かはほとぼりをさますために家にいたけどもういまごろは向こうだって気にしちゃいないだろうと思ってジョーの家へ行きミスター・パーセルにジョーはいますかと訊ねた。いや、おらんよ、とミスター・パーセルは答えた。週末はあの子の叔父の家に行ってるから月曜にならないと戻らない。ああだったら月曜日にまたきてみますといったもののぼくは二階のカーテンごしにジョーの姿をはっきり見た気がした。でもつまらない押し問答をしたってまるで無意味だからなにもいわなかった。そうしてくれ、あの子には伝えておくよとミスター・パーセルはいった。ありがとうございますと答えてぼくはその場をあとにした。でも月曜日にも結局ジョーには会えなかった。ジョーは学校からミスター・パーセルの車で帰ってきたもんだからぼくに見えたのは通りすぎる車の曇ったガラス窓だけで通りの角かどこかにぼくが立っていないかとジョーが外をのぞいているかさえわからなかった。

けさレッディーと話をしたんだ、と父さんが声をかけてきた。でもそれから父さんはシーツくらいでっかいハンカチに向かって呟きこみはじめた。

ぼくは父さんのひとりごとにつきあう気なんてなかったから話の続きを待ったりはしなかった。

しばらくして当のレッディーが膝の上まであるゴム長靴をカポカポいわせながら通りをやってくるのにばったり出くわした。あの男がやってくると実際に姿が見える三十分もまえからブタのクソの臭いが漂ってくる。おまえはうちにきて手伝いをするはずじゃなかったのかとレッディーはいった。まったくこの男ときたら、とぼくは思った。ほんとブタにそっくりだ！ ぼくとレッディーをくらべたら、やつのほうがよっぽどブタに似ていた。あんまり長いことブタにまみれて仕事をしてきたせいで自分もブタになっちまったのだ。でっかい顔はピンク色だし鼻は上向きにひしゃげてる。ぼくなんかいなくてもブタならいくらでもいるじゃないですかとぼくはいってやった。ブタにはもううんざりなんです。でもお言葉だけはありがたく受けとっときますよ。まあ勝手にしろといってレッディーはカポカポと通りを去っていった。

ぼくはジョーの家に行ってみた。こんにちはパーセルさん、ジョーはどうしてるかなと思ってきてみたんですけど？ ミスター・パーセルはしばらくなにもいわずに唇の内側を噛んでいたけれどようやくのことで口を開いた。きみはけさもここにこなかったかね？ ええきました、とぼく。それでうちの家内はそのときになんといった？ えーっとジョーは台所でおばさんの手伝いをしてるからいま忙しいって。そう、そのとおりだ。たぶんあいつは夕方もずっと忙しいだろう。なら失礼するよ。そういったきりなんとミスター・パーセルは玄関のドアを閉めてしまった。ミスター・パーセルがこんなふうにきちんと話しかけてくれたのははじめてだった。ぼくは青いペンキの塗られたドアを見つめたままその場に立ちつくした。いまいわれたことをどう考えていいかわからなかったからだ。そのつぎにまたジョーの家に行くとこんど出てきたのはミセス・パーセルでジョーといっしょに川へ遊びに行こうと思ったんですというとジョーならいま音楽を習いに行っているという。音楽？　ジョーが音楽を習ってるなんて初耳ですけどいったいどこで習ってるんです？　女子修道院よ、音楽を勉強する子はみんなあそこへ行ってるわ。女子修道院ですか、とぼくはいった。でもジョーが音楽を習いに行ってるなんてほんと知りませんでしたよミセス・パーセル。昔は習ってなんかいなかったでしょう？　ええ、習ってなかったわ、と答えると、ミセス・パーセルもドアを閉めはじめた。小道のつきあたりでガソリン運搬車がUターンしようとしているのが見えた。ぼくはそれをしばらく眺めてからミセス・パーセルに向かってわかりましたミセス・パーセルあとでまたきてみますよそしたらジョーも帰ってきてるかもしれないし、といった。ミセス・パーセルはドアの細い隙間からこちらをのぞくとそうしてちょうだいフランシスといって静かにカチャッとドアを閉じた。ぼくはそこに立ったまま、そうしてちょうだいフランシス、といったときのミセス・パーセルの口調を思い起こした。なかになにが入っているか封筒を光に透かして見るようにそのときの様子をじっくり考えてみる。そしてはたと気がついた。ミセス・パーセルはほんとはぼくにもう二度ときてほしくないのだ。間違えて飲みこんでしまったチキンの骨が喉の奥でうごめいているのにどうしても吐きだせないときみたいな気分だった。誰かがこっちを見下ろしていないかと寝室の窓に目を向けてみる。だけどももちろん誰もいやしなかった。そんなことを考えるなんてぼくはなんて馬鹿なんだろう。このあいだジョーがいた気がしたからってこんどもいることにはならないし、そもそもこのあいだだってほんとはいなかったのかもしれないのだから。ぼくは散歩でもしようと思って小道を歩きはじめたもののすぐにまた引き返した。音楽を習ってるからにはピアノを持ってなきゃおかしいと気づいたからだ。ギターを弾いてるのかもしれないけど、修道女はギターなんか教えていない。居間の窓をジャンパーの袖でふいてなかを見ると思ったとおりやっぱりあった。新しいマホガニーのピアノで楽譜立てには霧のかかった緑の山を下りてくるロバに引かれた荷車の表紙の楽譜集がおいてある。ここからではタイトルは読めなかったけどぼくはそれがなんだか知っていた——『アイルランドの緑の宝石』だ。

楽譜ケースを振りふり鼻歌をうたいながらフィリップがミセス・コノリーの家の生け垣の前を歩いてくる。ぼくは門のところから飛びだすと、ようフィリップと声をかけた。やつはまた体をよじりはじめたけど今回は楽譜ケースの把手をよじっただけに終わってしまった。やあフランシスとやつがいうのが聞こえた気がした。フランシーだよ、フランシスじゃない、とぼくはいった。フランシー、といいなおし、フィリップはなぜか顔を赤くした。ぼくはどう話を切りだしたらいいかわからなかった。いくつか話すことを考えてあったんだけどどれもこの場にはそぐわない気がしたのだ。結局、単刀直入に訊くことにした——おまえ、ジョー・パーセルに楽譜集をあげただろう？

いったいなんのことだいとフィリップが眉をひそめたんでぼくはおんなじ質問をくりかえした。あげてなんかいないよとフィリップはいう。そんなはずはないんだがなといってもあげてないの一点張りだ。おまえがあげてないっていうんなら、あの楽譜集はそのケースのなかに入ってるはずだよな、そうだろ？　うんと答えたもののフィリップはぼくのいうことなんかほとんど聞いちゃいないらしかった。楽譜ケースの把手をひねりながらぼくの肩ごしになにかを見ている。おれに楽譜ケースのなかを見せてくれよ、そしたら白黒はっきりするだろ？　そいつをちょっと貸してくれないかフィリップ？　フィリップはケースを渡してよこすと目をそらした。ぼくは磨きあげられた鰐革に指をすべらせた。薄い皮が古いペンキみたいにはがれて指にくっついてくるのがたまらなくいい感じだ。なかには楽譜集がどっさり入っていた。どれもこれも誰も聞いたことのないような曲がぎっしりつまってるんだろう。二本のヤシの木の前で男が月に向かって歌をうたっている表紙のやつがあるかと思えば、そよ風に揺れる青いジャスミンの咲きほこった春の草原を青いドレスの少女がランランランとスキップしている表紙のやつもある。さらには『ヘ調を学ぼう』なんてのもあって、ケースの底にはペンが一本落ちていた。ぼくは例の楽譜集があるか調べるためにそれをぜんぶ地面にばらまいた。おっとごめんよフィリップとぼくはいった。しかもそばに水たまりがあるのに気づかなかったせいでなかの一冊をすこし濡らしてしまった。さっきの『ヘ調を学ぼう』だ。ぼくは何度も何度もあやまった。でもフィリップは気にしないでいいという。誰かに怒られたりしないかと訊いても、いいんだいいんだとしかいわない。そこでぼくは楽譜集を一冊ずつ調べていき、何度か確認したうえでいった。ここにはないぜフィリップ。なんでないかなんてわかんないよフランシーたぶん家にあるんじゃないかな。いいやそいつはちがうな家になんかあるもんかそれはおまえもよく知ってるはずだぞフィリップおまえはあの楽譜集をジョー・パーセルにあげたんだ貸しただけかもしれないけどそれだってあげたも同然さ。ちょっと待ってくれよフランシーとフィリップはいった。ほんとのことを話したほうがいいぞおれはジョーの家のピアノの上にあの楽譜集がのってるのを見たんだ。するとフィリップはまたおんなじことをくりかえした。でもわかんないんだよフランシー、ジョーは自分で自分のを買ったのかもしれないじゃないか。もしかしたらぼくがあげたんだったかもしれないけど憶えてないんだ。なら自分であげたかあげてないかもわかんないっていうんだなとぼくは訊いた。もしかしたらあげたのかもしれないとフィリップがまたもやおなじことをいうんでぼくはいいかフィリップもしかしたらなんていってもぜんぜん意味ないんだぜといった。おまえはあの楽譜集をジョー・パーセルにあげたんだ間違いないよおれはあれがこのケースに入ってるとこをはっきり見たんだからなロバの引く荷車が山を下りてくる表紙までそっくりおんなじだった。おまえはあれをジョー・パーセルにあげておいて口ではあげてないといってるだけなんだ。ほんとはあげたんだろ？　もしかしたら貸しただけかもしれないけどそれだって結局はあげたも同然だ、そうじゃないか？　おまえはほんとのことを話してくれりゃそれでいいんだおれが知りたいのはそのことだけなんだから。するとフィリップは早口にああそうさあげたよあげたよぼくがあげたんだとまくしたててちょっぴり鼻をすすった。ぼくはそもそもやつにそういわせたかったわけだけどいざその答えを耳にするとこんどはこんどでそれが気にくわなかった。その答えを聞くまではフィリップが白状したらほらやっぱりそうだろだったらこれでこの件はおしまいさ、最初っからそういえばよかったんだといってすまそうと思ってた。でもいざとなると口をついて出た言葉はべつのものだった。ぼくはいった――いったいぜんたいなんだってそんなことしたんだ？　するとフィリップは音楽の先生にいわれたんであげたんだよフランシーという。それを聞いたとたん、音楽の先生の部屋にフィリップとジョーが立っているさまが目に浮かんだ。さあどうぞといってフィリップがジョーに楽譜集を差しだす。どうもありがとうとジョーがいう。するとフィリップはにっこりと微笑む。ぼくはフィリップに訊いた。それはあの金魚のこととなにか関係があるのか？　しかしフィリップはこういっただけだった。金魚って？　いったいなんのことだいフランシー。

やつが面と向かってそういうのを聞いて、こっちは心のなかでうめかずにはいられなかった。頼むよ、フィリップ。おふくろさんみたいな口をきくのはよしてくれ。ぼくはすべてを説明してやった。ぼくが例の学校へ行ってるあいだに金魚をジョーにあげたことはかまわない。でもそいつはもうぜんぶ終わったことなんだ。ジョーに楽譜集をあげたからっておれたちの仲間になれると思われちゃ困るんだよ、フィリップ。おまえに嘘をつくのは卑怯だと思うからこそいってるんだぜ。おれのいってる意味がわかるか？　やつはわかるよと答えた。がっかりはしたかもしれないけど真実を知ったほうがフィリップのためなのだ。

でもなフィリップ、いつかおれたちふたりが山へ探険に行くときにおまえを連れてってやってもいいんだぜ。どうだい？　でもおふくろさんには話しちゃだめだ。おふくろさんがなにをするかはおまえにもわかるだろ？　うんとフィリップは答えた。ぼくは楽譜集を拾い集めてケースのなかに戻した。それからやつといっしょにすこしだけ歩き、通りの角のところでじゃあまたなと声をかけ、家に帰った。

家に帰るとなかはしんと静まり返っていてハエの羽音以外はなんの音もしていなかった。ラジオの横の安楽椅子に父さんがすわってるだけで部屋はがらんとしている。ぼくは父さんに向かってフィリップのことや人に対してははっきりとありのままを話すべきであっていつまでもまとわりついて悩ませるのはよくないとかいった話をべらべらとしゃべりつづけた。紅茶をいれて父さんにも飲むかと訊いてみる。それにしてもいったいここでなにをしてるの？　スノードロップでも見てるのかい？　そう声をかけてからぼくはさらに話をつづけた。いちばんの親友同士なのは結局のところぼくとジョーなんだってことさえ忘れなければフィリップのやつがぼくらといっしょに川へ行きたいといったってちっともかまわないんだ。どうやら父さんはタワー酒場で**あの懐かしい日々のことを憶えてるかい**パーティーに巻きこまれたらしく部屋にはそこらじゅうに酒壜が落ちているし壁ぎわにはトランペットが転がっている。そりゃこっちの質問にぜんぜん答えないのも無理はないってもんだ。ぼくは父さんの肩をそっと揺すってみた。するとポケットからハンカチがすべり落ちてきたんで見てみると一面に乾いた血がついている。おいおい父さん、なんでいってくれなかったんだよ。額に手を当ててみると氷みたいに冷たい。ぼくはいった。心配すんなよ父さん。面倒はぼくがみてやるからさ。きっとすぐによくなるって。これまでは父さんを落ちこませるようなこともいろいろしたけどこれからはちがう！　ほんとだぜ――こんどばっかりはね！　ぼくらはブレイディー家の人間じゃないか――世間のやつらに見せつけてやるんだ！　ぼくらの絆がどんなに強いかってことをね！

それを聞くと父さんはかすかに微笑んだ。ぼくは父さんのすわった椅子を暖炉のそばに近づけた。いいかいここにすわってるんだぜ、いま火をつけるからさ。そう声をかけると裏庭に行って使えるものを手当たり次第に集めて暖炉で盛大に火を燃やした。ぼくの憶えているかぎりこの家の暖炉に火が入ったのはこれがはじめてだ。火はめらめらと燃えあがり、天井じゅうにいろんな影を投げかけた。ぼくはそこらじゅうを漁《あさ》ってパンを探しだすとフォークに刺して火にかけ父さんといっしょにお茶を飲んだ。なにをするでもなくふたりでただ暖炉の前にすわっていただけだけどそれ以外にしたいことなんかなにもありゃしなかった。父さんはぼくを見つめていた。その目があまりに悲しげで傷ついて見えたのでぼくはついこういいそうになってしまった——愛してるよ父さん。

みんながおれにいうんだ。あの子はあんたを見捨てたりしないってな。

もちろんだよ、見捨てたりなんかするもんか。

こんどこそなにもかもうまくいく——そうじゃないか？

そうともとぼくは答えた。いいかフランシー、おれたちは幸せな家族になるんだ。最後にはきっとこうなるっておれにはずっとわかってた。そうだね、ぼくも約束するよ。いまやすべてはぼくひとりの肩にかかっている。ほかのやつなんかお呼びじゃない。すると父さんが**トランペットはどこだトランペットを探してくれ**という。ぼくは床のトランペットを拾いあげて昔みたいな輝きを取り戻すまで磨きあげた。それから父さんがいつもするみたいにフェルト張りのケースにしまうと、長い一日に疲れた赤んぼを寝かしつけるようにそっと横たえた。**ほかのやつらにトランペットを触らせるんじゃないぞ、フランシー！**

心配しなくていいよとぼくはいった。父さんの心配ばかりの日々は終わりをつげたのだ。父さんの心配ばかりの日々は終わったんだよ、とぼくはいった。

それから父さんの手の甲に手を触れた。

ありがとよフランシー、と父さんがいう。親子でこんなふうに話ができてぼくは嬉しさのあまり泣いてしまい、つぎからつぎへと溢れてくる涙を押しとどめることができずに父さんの肩に顔をうずめた。


つぎの日ぼくは自分にいいきかせた。いまやすべてはぼくの肩にかかってるんだほかの誰でもないこのぼくががんばらなきゃならない町のやつらにブレイディー家の人間のすごさを思い知らせてやる！

ぼくは買い物かごを手に町へ行き、お店に入っていった。それを目にしたミセス・コノリーがこっちを指さし、ほかのおばさんたちは額にしわをよせた。フランシー・ブレイディーが買い物かごを抱えてるとこなんかめったなことではお目にかかれないからだ。まったくそのとおりですけどこれからはいやってほど目にすることになりますよとぼくはいった。昔とちがって忙しく働くことになるんでね！　まったくの話なにから手をつけたらいいのかわからないくらいですよミセス・コノリー。

ミセス・コノリーはぼくが冗談をいってるんだと思ったらしいけどこっちがぜんぜん笑ってない

のを見てとると急に真面目な顔をしてええそうよねこんなこと誰も好きでやってるわけじゃないけれど誰かがやらなきゃならないですものねハハハと笑った。まったくよほんとそのとおりだわとほかのおばさんたちがうなずく。買い物をすませたぼくがじゃあみなさん仕事が待ってるんでぼくはこれで失礼します急がなくっちゃなりませんからというとあらフランシーとおばさんたちはいったあたしたちもそろそろ帰る時間だわあたしたちときたらほっとくと半日くらいここで噂話に花をさかせちゃうんだから。ハハハとぼくは笑った。

石炭置き場を掃除しているとなんと例の壊れたテレビが出てきた。ぼくはそいつを運んでいって昔とおんなじテーブルの上においた。掃除が終わったときには石炭置き場は塵ひとつないくらいきれいになっていた。さてこのつぎはなにをしよう？　ぼくは父さんにお茶をいれてやってから二階の片づけをした。ただしどんなときでも『金曜の夜は音楽を！』だけは聞き逃さないように気をつけた。

父さんはこの番組が大のお気に入りなのだ。金曜になると父さんはかならずタワーから帰ってきてこの番組を聴く。放送中に話しかけたりするのはご法度だ。レディース・アンド・ジェントルメン――今宵のホストをご紹介いたしましょう。ミスター・イアン＝プリーストリー・ミッチェルの登場です！

ジェイズフルイドを使って殺菌したけど流しからはいやな臭いがどうしても消えずニシンを狙っ

てあいかわらずハエが飛びまわっているんでぼくは町へ行ってハエ取り紙を買ってきた。スプレーの殺虫剤なんかよりずっといいしなんといっても何匹取れたかが一目でわかる。

ぼくは暇さえあるとハエ取り紙を点検して何匹取れているか数えた。たいして時間はかからなかった。あっというまに十一匹も取れたので、すぐにいっぱいになってしまってはいけないと思いもう一本買いに行くことにした。おやおやとドム神父が声をかけてきた。ずいぶんと忙しそうじゃないかフランシスきょうだけでも通りで五回ほど見かけたぞ。ドムのやつ、いったい自分を誰だと思ってやがるんだろう——スコットランド・ヤードのファビアン警部か？　ええ神父さんちょいと家の大掃除をやってるもんだからあれこれ必要なものが出てくるんですよおわかりでしょう？　そこに持ってるのはなんだねまさか煙草を吸うんじゃあるまいね？　いやちがいますってただのハエ取り紙ですよいくら目をつけてたってぼくが煙草を吸ってるとこなんか捕まえられっこないですよ神父さん。まあこれまでのところはなとドムはいった。ああところでおまえは学校に行くのをすっかりやめてしまったってことだが、そいつはほんとなのかねフランシス？　ええとぼくは答えた。学校ならたしかにやめちゃいましたよ。惜しいことをしたとは思わんのかね？　よくいうだろうが、学問を身につけておけば将来の役にたつとな。ええまあそうだとは思いますよ、世の中そんなもんですからね。じゃあぼくはタワーに行って黒ビールを何本か買わなきゃないんでこれで失礼します。まさか自分で飲むんじゃないだろうなフランシス、いまじゃ酒をやってるなんていわないでくれよ。なにいってるんですか、神父さん、うちの家長殿が飲むんで何本か買っていくだけですよ。ドム神父はいかにもほっとした顔をした。ああなるほど、お父さんがね。きまってるじゃないですかとぼくはいい、じゃあごきげんようといった。神父はふらふらと歩いていってどっかの女の人から声をかけられた。神父さんちょっときていただけません、聞いていただきたいことがあるんです。黒ビールを買うとすっかりお金がなくなってしまった。父さんのポケットを探してみたけどなにも入ってない。いつもの壜の底にもパン屑が落ちているだけだ。ぼくは父さんの横にすわって自分にできることがなにかないか考えた末にレッディーの店に行ってみようと決心した。心配しなくていいよ父さん、とぼくはいった。朝早くから働いて夕方は早めに帰ってくるからさ。だいじょうぶ、まかせときなって。

父さんはぼくを見ていった――おまえはおれを見捨てたりしないよなフランシー？

でも父さんは心配する必要なんかなかったんだ。ぼくは父さんを見捨てたりしない。これからは母さんのことも父さんのこともほかの誰のことも落ちこませたりしないよ。

まえにいたやつはもうブタを積んだトラックはうんざりだといって出てっちまってな、とレッディーがいう。ぼくならなんでもしますよミスター・レッディーとぼくはいった。あたりには小便とクソと汚い内臓の臭いが満ちていた。こんな光景はめったに見られるもんじゃない。屠畜場の横にはコンクリート張りのプールみたいな穴があってウンコや内臓や屑肉がただもうひたすら山積みになっている。ぼくはそこに臓物プールって名前をつけた。グラウス・アームストロングがまだはらわたのついているでっかい白い皮を中庭に引きずっていき、急に立ちどまっては引き裂いたり叩いたりしている。プールからは湯気が立ちのぼり、そこらじゅうを青バエが這いまわっている。まるでプールそのものが動いているみたいで、いきなり立ちあがって中庭をこっちに向かってくるんじゃないかって気がしてくる。レッディーは二秒おきに大きく息を吸いこんでは紙を引き裂くような音をたてて鼻をすすっていた。こんな場所はそうそうあるもんじゃないとレッディーがいうんでその顔を見るとやつがなにを考えているかはすぐにわかった。ほうこいつがあの有名なフランシー・ブレイディーってわけかまあこいつにどれくらい根性があるかはすぐにわかるだろうレッディー様の屠畜場に一歩足を踏み入れれば根性のあるなしはすぐにわかるってもんだ。でもぼくは笑みを浮かべてレッディーがなにか話をするたびにへえそいつは面白そうですねと相づちをうち屠畜場の仕事がいかにつらいかを説明されてもさらに興味を引かれたふりをした。夜が明けると同時に起きて仕事場にこなくちゃならんぞ、それでもいいのか？　もちろんだいじょうぶですよミスター・レッディー。この仕事が楽だと思ってるようなやつは一回脳みそを検査してもらったほうがいいんだ――ここで働く気なら根性がないとやってけんぞ！　わかってますってミスター・レッディー。ミスターと呼ばれてレッディーが気をよくしているのがわかったのでぼくはそれを何回もくりかえしてやった。実際のところほんとはどう思っているかを口にするのは得策じゃなかっただろう。お話ししといたほうがいいと思うんですけどあんたはブタにそっくりですよでっかいピンクのブタ顔なんかしちゃってねなどと口走るよりレッディーに調子を合わせておきたかった。レッディーはまるでブタ切り刻み大学からやってきた客員教授みたいだった。話をすればするほどさらに話がしたくなるらしい。ミスター・レッディーによるブタ学講義ってわけだ。でもそんなことは頭のなかで考えただけで実際には黙ったままふんふんうなずいていた。ああ、そうなんですか。へえー、なるほど。おまえがきっちり仕事をこなさないようだったら即刻クビだからなおれには無駄にしてる時間なんてないんだ。ぼくのことなら心配しないでくださいぜったいだいじょうぶですからミスター・レッディー。いいだろう、この町でおまえなんぞに喜んで仕事をくれるようなやつはそうそういないだろうからな。それからレッディーはさてこいつがいいかなといって檻のなかの子ブタに目を向けた。子ブタは檻の向こうからぼくを見つめていた。おまえ、こいつのことをどう思う？　ぼくは思わず自分の立場を忘れてええとってもかわいいですねといってしまい、すぐにそれがレッディーの期待している答えではなかったことに気がついた。ほう、かわいいだと。おまえはこいつがかわいいっていうのか。いいだろうといってレッディーはその子ブタをすくいあげると両腕に抱いた。いいかこいつをよく見とくんだ。赤んぼの尻みたいなピンク色をした子ブタは大きな目でぼくに訴えかけていた。ぼくはまだ子供なんでなんにもわかっちゃいないんです。お願いです——ぼくに危害をくわえないようにいってくれませんか？　子ブタはレッディーの刺青の上で足をぶらぶらさせていた。剣に蛇がからみついてる絵柄の刺青だ。たしかにこいつはかわいいなまったくかわいいったらありゃしねえといったつぎの瞬間レッディーの手には銃が握られていたといっても本物の銃じゃなくて食肉用の動物を気絶させるための家畜銃《ボルト・ピストル》でそんなもんでいったいなにをするかと思えば銃口を赤んぼブタの頭に当てるとズドン！　とばかりに引き金をひいた。ボルトに頭蓋骨を貫かれた子ブタは一声キーと鳴いた。コンクリートの床にドサリと投げだされても鳴き声ひとつ上げない。ただ目でこう訴えるだけだ。ぼくのことを助けてくれるっていったのになにもしてくれなかったじゃないですか。レッディーがぼくを見ていたホウホウホウどう思うねジョン・ウェインさんよとでもいうような顔をしている。ちょいとびっくりしたらしいな！　えっ？　どうだ？　レッディーはすっかり興奮して下唇を震わせていた。自分で見せかけてるほど根性のある男じゃないのだ。そのうえなにをいうかと思ったら、おれをコケにしようとは考えんことだなブレイディー、ときた。学校の先生とまったくおんなじだ。まったく笑っちまうったらない。さあ、感想のひとつでもないのか、え？とレッディーが訊く。すごいじゃないですか、最高ですよミスター・レッディー、これなら子ブタ射撃大学でも最高の成績でしょうね。さもなきゃこういってやるべきだろうか。ああなんだってこんなひどいことをしたんですかなぜなんですこいつは生まれてこのかた他人を傷つけるようなことなんてなにひとつやっちゃいないじゃないですかあなたって人は冷酷すぎますよミスター・レッディー！　そして口をあけたまま床に転がってるかわいそうなチビの赤んぼブタに向かって身を投げだすのだ。

でも本気でそんなことをする気があったわけじゃない。かわりにぼくは檻のところへ行くとべつの子ブタの足をつかんでをひっぱりあげた。こんどのやつはさっきのよりさらに小さいくらいだった。いま起こったことを見ていたもんだから騒々しく暴れまわって手に負えなくなっている。その目はこういっていた。**お願い、お願いだからぼくを殺さないで。なんだってしますから！**　さてこのチビがいいかなとぼくはいった。どうもこいつは落ち着きがない。そこの銃を取ってくれませんかミスター・レッディーこいつに行儀ってもんを教えてやりますよ。レッディーはすこし離れたところに立ったまま手を腰にあてて笑った。そんなんでおれが騙せると思ってんならおまえもとんだお人好しだな。しかしやる気だけは認めてやるよ。ほんとにそんなことをする度胸をつけるにゃしばらくここで働く必要があるだろうがな、ハハ。そんなことありませんよ、ミスター・レッディー、嘘じゃありません。哀れな友だちが死んじまったのにこのチビをひとりだけこのままにしとくのはかわいそうじゃないですか。いいからその銃を貸してください。こいつのためにもそれがいちばんいいんです。おまえはおれがシャノン川のあぶくから生まれたとでも思ってるらしいなとレッディーは笑った。おまえの悪業の噂なら聞いてるがな、このジミー・レッディー様にゃ通用しないぜ。なんたっておれはベニー・ブレイディーがまだおまえのお袋をコマしてもいない頃バンコクにいたんだからな。ぼくはやつの言葉が気にいらなかったぜんぜん気にいらなかった母さんのことを口にするときは気をつけたほうがいいぜレッディーと叫びそうになったでも父さんとの約束を思い出していいたいことをぐっと飲みこんだ。あなたが経験豊富だってことはわかってますよ世界中行ったことのないとこなんてないんでしょうでもとにかくいまはぼくにその銃を貸してくれませんか。子ブタはいっときもじっとせず、お願いだよフランシーフランシーお願いだからぼくを放してよと身をよじりバタバタあがいている。レッディーはぼくに銃を渡してよこしながらいった。そらよ、そこまでいうなら貸してやるが気をつけるんだぞ。心配いりませんってミスター・レッディー。ぼくはしばらく銃を眺めていたけど見るべきものなどたいしてありはしなかった赤んぼブタは片耳を目の上でパタパタさせながらあいかわらずぼくのことを見てお願いだよフランシーと訴えている。まあこれがほかのときだったらぼくもそいつを床におろすか檻に戻すかしていただろうけどいまはレッディーに雇ってもらいたい一心だったし生活用品やらなにやら買わなくちゃならないもんがいろいろあるのでブタに向かって肩をすくめてみせるとなぜか知らないけどレッディーが妙に息を荒くしていた。ボルトが飛びだすと同時に子ブタは一声キーと鳴いて体をびくっと痙攣させた。ぼくはそれをさっきのやつが横たわっている床に放り投げた。レッディーは刺青をさすりながら、唇を噛んでぼくを見つめていた。レッディーの後ろではモスリンのシャツを着た二匹の子ブタが並んで横たわっている。テーブルの上にのっている牛肉の塊は肋骨が剝きだしで作りかけのボートのように見える。おれとおまえのあいだでひとつだけはっきりさせとかなきゃいかんな。ぼくが家畜銃を返すとレッディーはそういい、途方にくれたような顔でぼくを見つめた。おまえはおれにいわれたことをするんだぞ、ブレイディー。

なんだってしますともブタ隊長とぼくは答えた。というのは嘘でほんとはこういいったいますぐに仕事をはじめていいですかミスター・レッディー?

あしたの朝九時にここへこいとレッディーはいってあいかわらず刺青をさすったままぼくのことを上から下までじろじろと眺めまわした。ぼくはごきげんようミスター・レッディーと挨拶して表へ飛びだすとでっかい声でウィーッホーと叫びながら通りを走っていった。いまやぼくはきちんとした仕事をまかせられているのだ。すごくいい気分だった。ぼく仕事をもらったんだよ父さん。おまえのようなやつには当たりまえのことさ、フランシー。おまえがいい子だってことはわかってたんだ。これでぼくも労働者の仲間入りだ、とぼくは思った。この町がぜんぶ自分のものになったような気がした。

ぼくは奥さん連に会うとねえみなさんと話しかけたねえねえみなさんこんどぼくレッディーの店で働くことになったんです！　それはすごいじゃないとおばさんたちは口をそろえた。ほんとにそうなんですよ。そのうちミスター・アルジャーノン・カラザーズ・ブレイディーって改名しますからそれまで待っててくださいね。おばさんたちはぼくがなにをいってるのかわかっちゃいなかったけれどとにかく笑うだけは笑ってくれた。まったくもう、あなたったらほんとにおかしな子ね、ミスター・アルジャーノン・カラザーズ・ブレイディー！　いったいどこからそんな名前を思いついたんでしょ！

じゃあみなさんぼくはこれで。おしゃべりして時間をつぶしてる暇はないんですもう行かなきゃ。やんなくちゃならないことがこんなにたくさんあると最後にはどうなっちゃうのか自分でもわからないくらいですよ。

仕事にもついたんだからこれからはもっと忙しくなるわね。

そうなんです。でもこのあいだもおっしゃってたじゃないですか。結局は誰かがやらないわけにはいかないって。

責任重大ってわけねフランシー！

まったくそのとおりですよ、みなさん――いまじゃすべてがぼくの肩にかかってるんです！

じゃあねフランシー。三つの手が風に吹かれた木の葉みたいに揺れていた。

毎日ぼくは農家に行って手押し車を借りてくると近所の家やホテルをまわってジャガイモの皮や

腐った食べ物を集めた。みんなはそれを残飯と呼ぶ。集めてまわりますは残飯男のフランシー。レッディーが屠畜場にいないときは檻のなかを駆けまわってるブタたちに声をかけた。いいかブタ公、ここはどんづまりの終点なんだぜ。それからバキューン！といって家畜銃でまるまるした頭をぶち抜くふりをする。この牛たちを連れてミズーリへ出発だ、とぼくは叫ぶ。ああ頼むから殺さないでぼくは太りすぎてて逃げることもできないんだ！　悪いな、ブタ公！　バキューン！　こざかしい子ブタどもめ――鉛の弾丸でも食らいやがれ！

そんなある日レッディーが声をかけてきた。たしかにおまえの働きぶりは最低ってわけじゃないようだなこれからは店のカウンターで仕事を手伝ってもらうぞ。ほらみたことか！　こうなるってことはわかってたんだ！　肉屋の小僧《ブッチャー・ボーイ》フランシー・ブレイディーの誕生だ！　オッホー、肉屋の小僧といったってあの歌に出てくるやつとはまったくちがう。こっちの肉屋の小僧は幸せいっぱい、他人を落ちこませたりはぜったいしない。そうともさ！　やあいらっしゃい、奥さん！　これで一ポンド半ちょいになりますけどよろしいですか？　ええけっこうよフランシスお世話さまね。そのつぎに言い渡されたのは配達の仕事だった。ぼくは横っちょにJ・レッディー精肉店とペンキで書かれた配達用自転車に乗り、山や泥炭地や田舎道へリンリンリンと出かけていく。さあ肉屋の小僧のお出ましだ。青い縞のエプロンをして高らかに口笛を吹き鳴らし、いつだって陽気で愛想がいい。悪くない天気じゃありませんか、奥さん。ほんとうにそうねフランシーありがたいわ。おや、あそこにいるのは老いぼれの田舎もん、じゃなくて農家のおじさんだ。刈り入れはまだなんですか？　おまえさんはずいぶん忙しいみたいだな！　ええもちろんですとも！

じゃあさようなら！　リンリンリン！　響く口笛ワンワンワン――なんだイヌ公あっちに行け！　おはようございます、親方！　来週もおんなじものでいいですか？　さてどうすっかな。ポークチョップが二ポンドに、腎臓《キドニー》がふたつ、それにサーロイン・ロースト。ああそれからボンゾのやつに骨をちょっくらもらおうか！　おやすいご用ですよまかせといてください親方！　じゃよろしくな！

そういうと親方は仕事に戻ってバンバンバン！　洗濯物を干している女の人に向かってぼくは声をかけた。おやおやこりゃ驚いたねダーリン。

女の人は顔をしかめた――えっ、なんですって？

おやまた会ったわね、フランシー、まったく驚いちゃうわどこに行ってもいるんですもの！　と奥さん連がいう。ぼくはいやほんとそのとおりなんですよといいながら大理石のカウンターの上で肉の包みをくるくるまわす。

おおフランシーじゃないかとわれらがすばらしきドム神父が声をかけてくるすみませんけど立ち話なんかしてられないんです神父さん事情がまえとはちがいますからねいろいろとやんなきゃならない仕事があるんですいまじゃぼくもすっかり頼りにされてるんで噂話にうつつを抜かしてる暇はないんですよ。けれどいちばん相手にしたくない手合いといったらローチみたいなやつだっていうのにある日ぼくはそのローチに呼びとめられてしまった。やつは黒い鞄を持ってぼくの前に立ちふさがってこっちのことをじろじろ見つめてきた。いつものとおりどこからともなくいきなり現われたのはいうまでもない。いいかローチ、とぼくはいってやりたかった。いやがらせをしたいんだったら誰かほかのやつんとこに行ってやってくんないかな。こっちはいろいろやらなきゃならないことがあって忙しいんだ。だいじな仕事をまかされてるんでぶらぶら時間を無駄にしたりあんたみたいなやつを相手にアホな話なんかしてる暇はないんだよあんたはあんたで自分の仕事をやってりゃいいだろ他人の仕事の邪魔をしないでくれないか。黒い眉のローチに向かってぼくはそういってやりたくてたまらなかった。

ローチにはもううんざりだったしローチに関係のあるすべてのことにもうんざりだったんで面と向かってそういってやるべきだったんだろう。でもぼくは黙っていた。するとやつはなにを思ったかこっちに近づいてきてすぐわきに立ったんでぼくは顔じゅうが真っ赤になってしまったけどなぜ赤くなったかはわからなかった。きみはレッディーの店で働いているそうじゃないか。

ええ、そうですよ。それのどこが悪いっていうんです？

悪いなどとはいっちゃおらんよ。ただ訊いてみただけのことさ。

ぼくはいってやりたかった——こっちはなにも訊かれたかないんだよローチ、**なにも訊かないでくれ！**

あそこでの仕事には満足してるかねといってローチは懐中時計の竜頭《りゅうず》をくるくるまわしはじめた。

ええ、週に十シリングになりますからね。

そのお金でなにをするんだね？

ローチの魂胆ならわかっていた。父さんのために黒ビールを買うといわせたいのだ。だからぼくはいってやった。郵便局に行って貯金するんですよ、ドクター。

そいつは賢いやり方だ。

ええ、まあ。

わたしが話をしたかったのはきみのお父さんのことなんだ——お父さんはわたしの診療所へくるはずだったんだがちっとも顔を見せんのだよ。

へえ、そうなんですか?

今晩かあすにでも寄るように伝えてくれないか。

ええもちろんです。ちゃんといっときますよ。

忘れずにだよ?

だいじょうぶですよ、とぼくが答えるとローチは忘れないでくれよともう一度くりかえしてこっちのことをまた上から下まで眺めまわした。この視線のいちばんいやなところは自分は額に汗をかいてやしないだろうかとつい考えてしまうことでそうするとほんとに汗が浮かんできてしまうのだ。いまやぼくの額には玉のような汗がにじみだしていた。それを意識すると汗の玉はますます大きくなってベリーの実くらいもあるように感じられてきて気づいたときにはぼくは思わず口走っていたああ忘れてましたよドクター父さんならアロおじさんに会いにイングランドへ行っちゃってるんです。

なんだって?　ローチは眉をひそめた。**どういうことかね?**

話をひっこめるにはもう遅かったし冗談だとごまかすこともできなかったんでぼくは作り話を一

からすっかりでっちあげてそのまましゃべりつづけなくちゃならなかった。

ほう、そうなのか。ローチはうなずきながらさっきにもまして丹念にぼくを眺めまわした。ぼくは手が震えたりしないようにポケットに両手をつっこんだなぜってもし震えたらローチが見逃すはずはないからだこいつがなにかを見逃すなんてことはぜったいにありゃしないそうだろ？

やがてローチは顎をなでながらいった。それなら――もしお父さんが帰ってきたら、わたしがすぐに会いたいといっていたと伝えてくれ。これはとても大切なことなんだ。

わかりましたよ、ドクター。そんなことならぜんぜん面倒じゃありませんからといわんばかりの顔をしてぼくは頭を下げた。でもローチがぼくに面倒をかけてると思ってないのは一目でわかった。やつはそんな顔なんかぜんぜんしちゃいなかった。


レッディーの店へすぐに戻るのはよそうと心のなかでつぶやき道のはずれに手押し車をおいてその場にすわっていろいろ考えているとそれだけですっかり気分がよくなってこれからもうまくやっていけるって気がしてきたんだけどそれもカフェを通りかかってジョーの姿を目にするまでだった。カフェは窓があいたままで音楽が大きな音で流れだしていた。ジョーは例のブロンドの女の子ともうひとりべつの女の子にはさまれて楽しげに笑っていた。そのまた隣に目をやるとなんとそこにすわっていたのはフィリップ・ニュージェントだった。やつは宙に指で絵を描いてもうひとりの女の子のほうになにか説明していた。ジョーは煙草を吸いながらブロンドの子がなにかいうたびにうなずいている。ブロンドの子が目から髪の毛をはねあげジョーの言葉に声をあげて笑う。それから彼女は頬杖をついてとんとんと煙草の灰を落とした。フィリップ・ニュージェントは音楽に合わせてフォーマイカのテーブルを叩いている。突っ立ったまま窓のなかをのぞきこんでいるぼくの頭のなかでは音楽がぐるぐるまわっていた。**おまえがそばにきたとたん、おれの体に震えが走った！**

するとそのときジョーの唇がもう一曲入れてこようかと動くのが見え、ブロンドの女の子がうなずいた。でもジョーがなにをいおうと彼女はええそうしましょうよジョーと答えていたにちがいない。ジョーが立ちあがった瞬間、窓ごしにぼくらの目と目が合った。これがもしほかのやつだったらぼくは得意の肉屋小僧ウィンクを飛ばしてでっかい笑みを浮かべてやっていただろうけど相手はほかならぬジョーだったんでぼくは生まれてはじめて彼に向かってなんといっていいかわからなくなってしまった。ジョーはよく知らない相手かさもなきゃそもそもぜんぜん知らない相手に挨拶するみたいにちょっとだけうなずくとジュークボックスの前まで歩いていって曲のリズムに合わせてボックスの横っちょを指でたたきはじめた。ぼくはジョーが振り返って入ってこいよとかなんとか声をかけてくれるのを待った。でもやつはあいかわらずボックスをたたきながら曲に合わせて歌詞を口ずさんでいる。するとブロンドの子が目を上げてぼくを見つけると口もとを手で隠してもうひとりの女の子とフィリップ・ニュージェントになにやらささやきかけた。もうひとりの女の子はぼくを見ようと顔を上げたけどそのときもうぼくはそこにいなかった。

週末になるとレッディーはぼくを呼んで世間のやつらがなんといおうとおまえの働きぶりはどうしてなかなかのもんだぜブレイディーさあほら十シリングだといった。ウィーッホーと叫びながらぼくはタワー酒場めざして弾丸みたいに駆けていくと黒ビールを何本か買ってからこんどはいつもの店に行って一ポンド入りのコンビーフを買った。父さんはいつも四分の一ポンドの缶しか買わないからこいつを見たら目を輝かせるだろう。これをぜんぶ父さんにあげるのだ！　そうしたからってなんの問題がある？　お金はまだまだたくさん残ってる。その気になれば缶詰をぜんぶ買いしめることだってできる。店の女の子に声をかけりゃいい。あそこにコンビーフの缶詰があるだろ？あいつをぜんぶくれないか！

そうすりゃ店の子はこっちのいうとおりにしてくれるだろう。ぼくが通りを歩いているとジョーとブロンドの子がカーニバルに行くためにダイヤモンド広場をこっちへやってくるのが見えた。すれちがって顔を見られるとまずいと思ってぼくは車の陰に隠れたけどそんな心配をする必要なんてぜんぜんなかったっていうのも例のもうひとりの女の子が何人かの友だちとやってきてハイ！　と声をかけるとふたりはみんなといっしょに行ってしまったからだ。まあ勝手に行ってくれよぼくは邪魔する気なんてぜんぜんないぼくがなんでやつらのことなんか気にかけなきゃいけないんだぼくにはぼくの仕事があるそうだろフランシーさあズラかろうぜといってぼくはいつもの店に入っていった。それにしてもジョーはあのブロンドの子になにを話していたんだろう。音楽の話でもしてたんだろうか。まあジョン・ウェインの話をしてたとは思えない。ジョン・ウェイン？——まさか！

ぼくは店の女の子にコンビーフをくださいと声をかけた。ずいぶんたくさんサンドイッチをつくるみたいねと店の女の子がいうんでぼくはちがうよ！　サンドイッチなんかつくるもんかといってやった。いったいなんの話をしてるのさ——サンドイッチだって？　店の女の子は顔を赤くしてただ訊いてみただけじゃないそんなに大きな声で怒鳴ることないでしょといった。ぼくはそれを聞いてすっかりイライラしてしまい店を出るときにコンビーフの缶を落としてしまった。なんでみんなぼくのことを見てるんだ？　ミセス・コノリーは見ていないふりをしていたけどこっちが目を向けた瞬間にさっと顔をそむけるのをぼくはちゃんと見ていた。なのに食パンをなでるふりをしながらこれってまだ新しいのとか訊いている。なんでこっちをじろじろ見てるんですミセス・コノリーいいたいことがあるんならいったらいいじゃないですかといってやりたかった。でも言葉が口から出る寸前にぼくはぐっとこらえていやそんなこといっちゃだめだべつにどうってことじゃないしそもそもミセス・コノリーはこっちのことなど見ちゃいなかったのかもしれないだろと自分にいいきかせた。だいたいぼくは店の女の子にあんなことをいったりすべきじゃなかったのだ。でも店のなかに戻ってあんなことというつもりはなかったんだと言い訳する気にはならなかった。**ほんとはサンドイッチをつくるつもりなんだよ。**けれど店の子もおばさんたちもぜんぜん気にしちゃいなかったのかさもなきゃたいしたことじゃないんですぐに忘れてしまったらしくてつぎに顔を合わせたときもそのことでなにかいったりはしなかった。ぼくはサンドイッチをぜんぶ三角に切って皿にのせた。どうだい父さん？　もっとつくってあげようか？　ああいいよ――もうすこしつくってきてあげるよ。ぼくは嬉しくて鼻歌をうたいながらパンにバターを塗った。排水溝にスノードロップが咲いていた。ぼくは父さんにスノードロップの話や小道で遊んでる子供たちの話をしてやった。ああいった美しいものがあるとやっぱりちがうよね父さん。ああいったもんがあってほんとによかったよ。ぼくは何時間もスノードロップを見つめながらラジオを聴いた。『金曜の夜は音楽を！』。ほらはじまったよ父さんと声をかけると父さんは微笑んだ。ときには店に行ってフラッシュ・バーを三十本買うこともあった。三十本でたったの半クラウンしかしない。まったくただも同然だ。ぼくはそいつをつぎつぎに口のなかへつっこんでいく。ぼくとジョーはいつだって、半クラウンあればまっすぐにメアリーの店へ行ったもんだ――フラッシュ・バーを三十本ください。メアリーには抱えきれないほどだった。そのあとでぼくは自分の顔を鏡に映してみた。チョコレートの髭がついている。なんてこった！　ときには例の子供たちが水たまりで遊んでいないかと小道に行ってみることもあった。あの水たまりが見えるかいと声をかけ、ぼくは子供たちにジョーとぼくの話をしてやる。スカーフと房飾りの例の子供がいう。その話ならもう聞いたよ。おんなじ話を何度も何度もするのはやめてくんないか！

ぼくはニワトリ小屋に裏から入りこむとおがくずの敷きつめられた世界に立ちつくしたまま鉤爪がブリキをつつく音や町を動かしつづける換気扇のブーンという音に耳をすませた。ここにふたりきりでいるときぼくとジョーは思ったものだった――悪いことなんかなにも起こりっこない。けれどいまやすべてが変わってしまった。

ハエ取り紙の数はいまじゃぜんぶで五本になっていた。ぼくはそれを古着の入っている戸棚にしまっていた。クリスマスのお楽しみといったら、なんたってブラスバンドだよね父さん、いつも礼拝堂の庭で演奏してたんでしょ、とぼくはいう。そうともと父さんが答える。集まった町の人たちが口々に声をかけてくる。来年のクリスマスにもみんながこうしてすこやかでありますように。ぼくと父さんは母さんのことや口癖なんかを思い出してひとしきり笑い合う。あら、あたしのスノードロップ、今年も顔を出したわ、と母さんがいう。ぼくは暗闇にすわってるんで見えるのはラジオで点滅している小さなまるい緑のランプだけだ。表の小道じゃ換気扇がブーンと鈍い音を立てている。町のはずれからはカーニバルの音楽が聞こえてくる。遠い昔のバンドランでもこんなふうだったんだろう。フライドチキンの匂いがただよう海辺にふたりは立っている。音楽だけはいまとちがってるあの頃の回転ブランコで流れる曲といえば〈明るい表通りで〉に決まっていたからだベニー怖いわと母さんが金切り声を上げる父さんは母さんの指に自分の指をからめてこの曲は町のバンドでもよく演奏するんだという。ふたりはその場に立ったまま、静かになさいという海の声に耳をかたむける。カーニバルはもう閉場しているからほかにはなにも聞こえない。シーッと海がいう。海はただそれしかいわない。シーッ。あたしたち幸せになれるわよねベニー？　と母さんがいう。もちろんさ、と父さんが答える。おれたちは世界でいちばん幸せになるんだ。それから父さんは母さんを抱きしめてキスをする。父さんと母さんがキスするなんて考えもできないけどほんとにキスしたんだ。月がとっても近くに見えるもんだから父さんの腕に抱かれて横たわる母さんが手をのばせばそのままつかんでポケットに入れてしまえそうだ。

ふたりが宿屋に帰りつくと女主人がマットの下に鍵を忍ばせてくれている。鍵の横には女主人のメモがある。わたしの大好きな歌をうたってくれた人のために――〈大理石の宮殿に住んでいる夢を見たの〉！

その曲を歌ってあげたの、父さん？

ああそうだ。あの女主人がおれたちふたりのことをなんて呼んでたか知ってるか？

なんて呼んでたんだい、父さん？

おしどりカップルさ。

ぼくは父さんと母さんがキャンドルウィック刺繍のついたピンクのベッドカバーに横たわっているところを思い浮かべた。ぼくにはわかる。ふたりはおなじことを考えていた。この世にあるすべての美しいもののことを。

ぼくがレッディーの店で働くようになってから変わったものがもうひとつある。この町だ。

これまでのこの町は海の底に沈むでっかい豪華客船みたいなもんだったけどそれがいま波をつきやぶって浮きあがってきたのだ。きらめく明かりとたなびく旗に彩られた船はぼくが望む場所へ向けていつでも出航できるように準備を整えている。もしジョーの家に行ってこのことが話せたらすごくよかったろうほんと最高だったにちがいない。ぼくはジョーの家への道すがら心のなかでつぶやいた好きなもんをなんでもいってみろよジョーそしたらそいつはもうおまえのもんだぜぼくがなんだって買ってやるよ。ぼくはジョーをデッキに連れていって目の前に広がる光景を指ししめす。なんでもほしいものをいってみろよそいつがぜんぶおまえのもんなんだぜ。デッキからは遥かかなたの街の灯まで見える。どこに行きたいジョー？　おまえのいうとおりにするよ。ぼくは街に広がる屋根を見渡して手に握った十シリング紙幣の束を紙吹雪みたいに投げ飛ばす。もしほんとにそんなことができてジョーがいっしょだったらいうことなしだったろうけど実際にはそんなことできなかったから考えるだけ無駄ってもんだった。

ぼくがタワーに行ってサンドイッチといっしょに飲むための黒ビールを何本か買ってから店を出てくるとちょうどミスター・パーセルが車から降りてくるところだった。黒ビールの壜はカチャカチャ音をたてて静かにしようとしない。きさまらカチャカチャいうのはやめるんだと叱りつけてぼくは姿を見られないように小道に身を隠した。ミスター・パーセルが車のドアを閉めてレインコートをたたんだ。するとつづいてジョーがその横に立って通りをきょろきょろ見渡した。しかも驚いたことにこんどは反対側のドアからフィリップ・ニュージェントが降りてきやがった。目の上にかかるくらい髪をのばしたフィリップを見た瞬間、ぼくは全身が冷たくなるのがわかった。フィリップはぐるっと車をまわってきてジョーの横に立ち、手にした本を開いてなにかを見せた。ふたりは声を上げて笑っている。ミスター・ニュージェントがべつのドアを開けてミセス・ニュージェントを降ろした。ミスター・ニュージェントはさあ手を貸してごらんほらそれでいいと声をかけている。それからみんなはパーセルの家に入っていってドアを閉めた。雨が降りはじめた。ぼくは通りを渡って家の前に行くと窓の外にしゃがみこんだ。居間でテレビのスイッチを入れたらしく灰色の光がちらついている。ジョーがなにかを指さしているのが見える。そこに髪をかきあげながらフィリップがやってきた。おいおい見なよとジョーの声がする。ジョニー・キッド&パイレーツが出てるぜ。

窓の外からはちらちらする灰色の影しか見えなかったけど激しいギターの音だけは聞こえた。ぼくはいやな気分だったというのもそんなバンドも彼らの曲もぜんぜん知らなかったからだ。ぼくは心のなかでつぶやいた。おまえが知ってるのはジョン・ウェインのことだけじゃないかフランシー。テレビの音が邪魔をしてみんながなにをしゃべっているかはよく聞きとれなかった。ミスター・ニュージェントとミスター・パーセルは庭いじりのことや種じゃがいもの植えつけのことを話しているらしい。そうそうまったくそのとおりですなとミスター・ニュージェントがいい、やがて話題はじゃがいもを荒らす地虫かなんかの話に移っていった。ミセス・パーセルはすっかり上機嫌で、ミセス・ニュージェントにぺらぺらまくしたてている。最初のうちぼくはミセス・パーセルのしゃべってるのがほかならぬぼくとジョーの話だってことに気づかなかった。テレビの女の人の声とごっちゃになっていたからだ。うちのジョーにとってこんなによかったことはないと思うんですよとミセス・パーセルの声がする。例の子と遊びまわってばかりいたときはどんなに心配したことか。あらいまじゃジョーゼフはとってもいい子じゃありませんかとミセス・ニュージェントがいう。嘘じゃありませんわ。わたしも主人もあの子のことがとっても好きですの。ふたりともすっかり音楽に夢中になってしまってとミセス・パーセルがいう。まあそれをいったら十代の子はみんなそうですけど。

　ほんとうですわねとミセス・ニュージェントがうなずく。でもいまは自由を満喫させてあげましょうよ。思い返せばわたしたちにもあんな頃があったわけだし。そうじゃありませんこと？

　ほんとほんと、まったくおっしゃるとおりですわ。いまはやりたいようにさせときましょう来年になったらそんな暇もなくなってしまいますものね。来年からはしっかり身をいれて勉強に励んでもらわなきゃ。もう遊び歩いてなんかいられなくなりますわ！

ミセス・パーセルは腕を組んだ。

あらそれで思い出しましたけど、以前にお話ししたセント・ヴィンセント・カレッジのこと憶えていらっしゃいます？　とミセス・ニュージェントがいう。

ジョーとフィリップはそこで部屋を出て二階に上がっていった。しばらくすると例のおまえがそばにきたとたんっていう曲が聞こえてきた。あれは本物のギターの音らしい。たぶんフィリップが弾いているんだろう。そのときミセス・ニュージェントがトレイを手に部屋へ入ってくるのが見えた。ミセス・ニュージェントは部屋のまんなかに立つと声をかけた。スコーンをすこし召し上がりません、ミセス・パーセル？

黒ビールの壜を置き忘れてきてしまったことに気づいたのは家に帰ってからだった。すぐに引き返してみたけれど黒ビールはなくなっていた。ミスター・パーセルの車も消えていて真っ暗な通りには人っこひとりいない。聞こえてくるのは風に吹かれてダイヤモンド広場を転がるブリキの缶の音だけだった。

つぎの日ぼくはレッディーに質問をぶつけてみたけどいきなり怒鳴りつけられただけだった。アホかおまえは、スノードロップだかオレンジ色の空だか知らんがうわごといってないでさっさと仕事をしろ。そういわれてぼくはたしかにレッディーのいうとおりかもしれないと思った。スノードロップもオレンジ色の空も子供たちもなにもかもクソくらえだ。そこでその夜ぼくは父さんにきょうは遅くなるまで家には帰らないけど父さんはだいじょうぶだよねと声をかけてからタワー酒場に行っておまえを最後の一ペニーまで使いきらなきゃ家には帰らないぞと十シリング札に声をかけてから豪華客船のデッキにのぼっていった。さあ出航だ、目的地はどこだってかまうもんか。ウィーッホー！　ウィスキーにすっかり酔っ払ったぼくはそう叫ぶとよろめいて通りにへたりこんだ。例の酔っ払い男が吠えるような声で話しかけてきた――**おまえ、おれのこと知ってるか？**

ぼくはちょいとふらつきながらも肩をぐっと張って叫び返した。おまえこそ**ぼくのこと**知ってんのかよ！

いいや知らんねと酔っ払い男は答えた。それよりおまえは**おれを**知ってるか？　ぼくらはずいぶん長いことそんな問答をつづけていたけれどしまいにはダイヤモンド広場に寝転んで歌をうたいはじめた。**いまごろあの娘は誰とキスしているのやら**。

ぼくは銀行の入口のステップに立って叫んだ。おいらはブタのブレイディー、メンドリせっかく飛んだのに、オンドリつぶしたぺしゃんこに！

おまえにゃ見込みがあると酔っ払い男がいう。おまえはいいやつだよブレイディー！　ぼくらは町じゅうのパブをはしごしてまわった。ぼくはブタ男のお通りだいと大声を張りあげ、よつんばいになって酔っ払い男を背中にのせるといまごろあの娘は誰とキスしているのやらと歌ってみせた。ぼくらふたりがこれをやるとどこのパブでもやんやの喝采だった。酔っ払い男が笑いながらブタが歌をうたえるとは知らなかったぜという。でももうこれでわかっただろ。それにブタはウィスキーだって飲めるんださあさあ飲もう。ぼくはブヒーと鳴いて乾杯する。

酔っ払い男が見当たらないときはタワーの入口に横になってビール壜のなかに向かって歌をうたった。

ぼくはダンスホールにも行ってみたけど誰もいっしょに踊ってくれないのはわかっていた。悪いけどあたしブタとは踊らないのと女の子たちはいうだろう。だからどうだってんだ？　ぼくが気にするとでも思ってんのか？　二十本入りの煙草を手にしたピンクのカーディガンの女の子がぼくが近づいてくるのを見ると目をそらした。ようようしいっちょあの娘にダンスを申しこんでこいよと酔っ払い男がしつこくいうんでぼくはいいとも行ってくるからそこをどいてくれよといった。失礼ですけどとぼくは声をかけた。ぼくと踊りませんか？　女の子は黒いヘアバンドを直すふりをしながら答えた。遠慮しとくわ、友だちといっしょなの。酔っ払い男が大笑いしてるのが見える。ブレイディーのやつを見てみろよほらほら見てみろって。酔っ払い男がまだこっちを見てるのはわかってたんでぼくは女の子にいった。踊らないんならなんで編み物でも持ってこなかったんだい？　すると女の子は真っ赤になってしまった。ぼくは大声で笑ってやった。酔っ払い男はすっかりそれが気にいってしまったらしい。こいつはいいや、おまえはこの町で最高の男だぜ――**編み物を持ってこいとはな！**　酔っ払い男は誰かれかまわずこの話をくりかえした。それからというものぼくの女の子に対する毒舌はとどまることを知らなかった。もう女の子たちは遠慮しとくわなんていったりしない。こっちがそんな隙をあたえないからだ。酔っ払い男はぼくに女のことをいろいろ教えてくれた。**女なんぞ押し倒しちまえばみんなおんなじさ！　なあおいあの女が見えるか？　あいつにおれのイチモツをぱっちり突っこんでみせてやる。なんたって早業だからな、あっちが気づいたときにゃもうなかに入ってるって寸法さ！**　ぼくらはステージに腰をおろしてバンドのやつらに向かって叫んだりもした。あんたらなんでも演奏できんだろ！　白いスーツに身をつつんだバンドの面々は〈わが母を愛す〉や〈ディキシーに連れて帰って〉を歌った。ダンスホールじゃ酒を売っていないんでぼくと酔っ払い男はなかへ入るまえに買いこんで持ちこみをきめこんだ。するとホールの用心棒がここじゃ酒は禁止だというんでぼくはなんでだよといってやった。おれがそういってるからさと用心棒はうそぶく。ぼくは面と向かって笑い飛ばした。用心棒は鼻がつぶれていて顔ときたらゆでたてのエビみたいだった。おれは笑われるのが好きじゃねえんだ、**出ていきな！**　いやだね、とぼくは答えた。すると酔っ払い男がいったおいおいそんな口をきくんじゃないあいつは軍隊にいたんだぞ。用心棒はぼくをふんづかまえて投げ飛ばし、丸めた新聞紙みたいにホールじゅうを蹴飛ばしてまわった。女の子たちがキャーキャーと悲鳴を上げる。用心棒はぼくを外に連れだすとさらにこっぴどく蹴飛ばした。あっちこっちにすっとばされぼんやりにじんだ明かりしか目にはいらず聞こえるのは国歌をかき鳴らすギターの音だけだ。用心棒はぼくを車のトランクにもたせかけると唇をなめてずんぐりした指でぼくの顎を持ちあげた。こんどここでおまえの顔を見かけたらこんなもんじゃすまねえからそう思えブレイディー。ぼくは泣きべそをかきながら、はいと答えた。けれど一週間後には酔っ払い男とまたその店に行ってジョニー・ウォーカーをぐいぐいやってたもんだから用心棒がこっちにやってきたおいおいてめえおれが先週いったことをもう忘れたのかブレイディー？　おかげでレッディーによく訊かれたもんだ。いったいぜんたいなんだっておまえはそんなに痣《あざ》だらけなんだ？　自分の顔を見てみろ。ああこれですかとぼくは答えた。藁にすべって転んでメンドリに蹴飛ばされたんですよ。それからのぼくはいろんなダンスホールに足を運んでは店に入るとホールをぐるっとぶらついてから奥のほうに陣どって腕っぷしに自信のありそうなやつが現われるのを待った。ダンスを踊りながら女の子の耳に向かっておれはクリフ・リチャードが好きなんだとかバンドのギタリストはおれの従兄《いとこ》なんだとか嘘八百を並べたてているようなやつだ。ぼくはそいつにわざと体をぶつけてやる。するとそいつは気をつけて歩きやがれと叫ぶ。でもぼくは無視するか、さもなきゃいまにも笑いだしそうなマヌケ面をぶらさげたまま黙ってる。きさまいったいなにを見てやがんだといわれてもぜんぜんなにも答えずに鼻の頭をかくか鼻の穴をほじるかしていっさい口をつぐんでる。すると男はすっかり頭にきちまう。女の子に**こいつにこんな真似をされてそのまま黙ってるつもりなの？**といわれてるような気がするんだろう。そこでいきなり殴りつけてくるわけだ。でも例の用心棒みたいなわけにはいかない。こっちだっておとなしく蹴られてなんかいないからだ。喧嘩が終わったときには相手の男は助けてくれとうめきながら床を這いまわり女の子のほうはすっかり恋からさめている。ぼくは拳を握りしめて男の前に立ちはだかりさあかかってこいよクソ野郎と声をかけるけど相手は床にのびたまま動かない。家に帰りつく頃には夜が明けかけているんでもう寝てもしょうがないからぼくは父さんの横にすわって考えごとをする。啞のやつらは声を上げて泣けないから胃に黒い穴があいてるにちがいないってなことを。

週末になるとぼくはいつも酔っ払い男といっしょに町へくりだしたけど父さんは気になんかしなかったというのもぼくが毛布をかけなおしてやって行き先をちゃんと教えておくからで父さんはタワーの連中に会ったらよろしく伝えてくれというんでぼくはもちろんさと答えて家を出るのだった。ぼくたちはダイヤモンド酒場に行った。酔っ払い男はぼくの体に腕をまわしておれはおまえを知ってるしおまえはおれを知っているとくりかえす。音楽が鳴り響くとぼくは自分が生まれたメイヨーの町のことを思い出した。おまえらなんぞどいつもこいつもみーんなクソ野郎だぁぁぁ！　と酔っ払い男が叫ぶ。店にはダーツがあってほんとにいまの政府は最低だとかもう一杯くらい飲まないかとかいややめとくよまあそういわずにとかキューバじゃ一触即発の状況らしいなとかいった会話が渦を巻いていてしまいにぼくは頭が痛くなってきて店内のやかましい音がすべてかすんでしまうくらいの大声で酔っ払い男が叫ぶのが聞こえたおまえどこへ行くつもりだ帰ってこいよ！　ぼくは川に向かって裏道を歩いていった。誰かいるんじゃないかと思ってカフェをのぞいてみたけどもうとっくに閉まっていて明かりもぜんぶ消えている。ぼくはダイヤモンド広場に立って叫びたかった。**ぼくの声が聞こえるか？**　でもいったいなにを聞いてもらいたいのか自分でもわからなかった。それから薬局の裏にまわってなかに入った。そこにいると不思議に気持ちが安らいだ。ぼくは心のなかでつぶやいた。なんでこんなところにいくつもカメラがあるんだろう？　おいカメラども――おまえらはいったいなんだってカメラ屋じゃなくて薬屋にいるんだ？

　ぼくは腹をかかえて笑いころげた。あんまりいつまでも笑いがとまらないんでここにある錠剤を飲めば治るんじゃないかとちょっと試してみようって気になってくる。店にはずんぐりした茶色い壜がわんさかあった。まるで小さなサッカー選手がツートンカラーのジャージを着て並んでるみたいだ。こいつはなんの薬だろう？　ぼくにわかるわけがない。ひょいと口に入れると、錠剤はティドリーのロロよりも速くとけていく。と思っているといきなり頭がぼんやりしてきて自分が糖蜜になってしまった気がした。日焼けオイルかなにかの広告とおぼしき女の子の写真が見える。タオルを片手に白い砂浜を歩くその子はぼくに微笑んでフランシーと声をかけ、唇でそっとやさしくポンという音をたててみせた。女の子の後ろで揺れるヤシの木の向こうからは暖かい太陽の光がふりそそいでくる。ぼくはものすごく眠たかった。女の子の声がする。あなたがここにいっしょにいられないなんてほんと残念だわ。

　そうだね、とぼくは答える。ぼくがいまなによりしたいのはきみといっしょにいることなのに。

　わかってるわ、と女の子がいう。でもアロおじさんが帰ってくるんですものね。女の子にいわれなければぼくはそのことをすっかり忘れていただろう。急いだほうがいいわよフランシー！　さあ早く！　いますぐ行かなきゃ！　ぐずぐずしないで！　アロおじさんを落ちこませたくないでしょう？

ぼくは熱いフライパンに落ちて逃げ場をなくした水滴みたいに店のなかを駆けずりまわった。ちょっと考えなきゃ、と声に出していってみる。そのとき家にはなんにもないことに気がついた。ぼくは裏の窓から外へ這いだした。一瞬頭が混乱してしまい、そこがどこなのかぜんぜんわからなかった。でもすぐに思い出して自分にいいきかせる。だいじょうぶだフランシーさあ行くぞ。ぼくはビューンとばかりに通りを走ってパン屋へ行き、音をたてずに裏からなかに入ると腕にかかえられるだけケーキをかかえた。バタフライケーキはないかとそこらじゅうを探してみたけどどこにも見あたらない。かわりに見つかったもののなかでいちばんの戦利品はクリーム・コーンだった。アロおじさんなら気に入ってくれるだろう——そう思って十個ほど持っていくことにした。

それからこんどはタワー酒場の裏にある貯蔵庫に行ってウィスキーを物色した。そのときぼくは動揺のあまりすっかり体が熱くなってしまった。なんてこった！　なんで忘れてきたりしたんだろう！　何百個も何千個もあったのに！　ぼくはケーキを取ってくるためにもう一度パン屋へ引き返さなきゃならなかった！　家に帰るとハエ取り紙をはずして新しいものにつけかえた。ハエ取り紙だけはどっさり予備がある。部屋のなかがまた犬臭くなっていたので薬屋へとってかえし、持てるだけの商品をごっそり運んできた。臭いを消し去るには香水や芳香剤やタルカムパウダーを総動員しなくちゃならなかった。こんな臭いのする家にはとてもじゃないけど人なんか招待できるもんじゃない。香水とタルカムパウダーのおかげで臭いはすっかりわからなくなった。そこでつぎにケーキを積みあげていまにも倒れそうなでっかいお城をつくった。これぞまさにケーキの館だ。ぼくは父さんの腕を揺すってもうすぐだからねと声をかけ、台所へビュンと飛んでいって窓から外をのぞいてみた。おじさんがくる気配はまだない。そこでちょっとだけウィスキーを飲んだ。するとしばらくして車のドアの閉まる音が聞こえてきた。父さん！　とぼくは叫んだ。顔が真っ赤にほてっているのが恥ずかしかったけど気分は最高だった。やあ、いらっしゃい！　ぞろぞろとなかに入ってくるみんなに向かってぼくは叫んだ。みんなも頬を赤くして雪がちらほらついたオーバーコートを着たまま腕を差しのべてくるおやおやいったい誰かと思ったらフランシー・ブレイディーじゃないかクリスマスおめでとうこの家の全員に神のご加護がありますように！　みんなのいちばん前には満面の笑みを浮かべたメアリーが立っている。アロはまだなの？　とメアリーが訊く。彼女は色とりどりの小さなお菓子が詰まった袋を持っている。そうなんですよ、メアリーさん、でももうすぐくると思いますよ、とぼくは答える。ねえ、あなた知ってる？　あたしはあの人がくるのが待ちきれないのとメアリーはいう。あなたは知らないと思うけどあたしはあの人に夢中なの。知らなかったでしょ！

残念ですけどね、メアリーさん、もちろん知ってましたよ——ずっとまえからね！

カムデンに行って今年の冬で二十年になるっていうじゃないか誰がそんなこと予想できたねコルクを抜く音がポンポンと響きぼくたちは全員ピアノのまわりに集まってアロおじさんがくるのを待つ。弟のやつときたらいったいどこに行っちまったんだろうなと父さんがいう。まったくほんとあいつはたいした男だよ！　弟がくるまでなにか一曲聞かせてくれないかメアリー？　もちろんですともと答えてメアリーはまず何回か指を曲げ伸ばししてから〈緑深きティローン〉を弾きはじめる。

ぼくはその曲をちょっとだけ歌うとお酒のお代わりを用意するためにビューンと台所へ飛んでいく。壜の口を開けようとしていたちょうどそのときドア口にアロおじさんが立っているのが目に入る。ブルーのスーツを着て胸のポケットにはいつもの赤いハンカチーフをさしている。アロじゃないか、やっとのことでご登場ってわけか？　父さんがそう声をかけておじさんをがっしり抱きしめる。おまえの顔をよく見せてくれと父さんはいい、やがてふたりはつもる話に花をさかせはじめる。それよりあの話はどうだいと父さんがいう。長老教会の果樹園にふたりで盗みに入ったことは忘れちゃいないだろう？　憶えてるかアロ？　もちろん憶えてるさ、忘れたことなんか一度でもあったかい？　お茶をもっとどうです、とぼくは声をかける。ケーキもどんどん食べてよねまだまだどっさりあるからさ。アロおじさんはメアリーの肩に手をおくと〈きみが花の十六歳だったとき〉を歌う。するとメアリーはいきなり立ちあがって両腕をアロおじさんに巻きつける。ああ、アロ、愛してるわ。結婚してほしいの。いいぞいいぞとはやしたてながらみんなが拍手する。みなさんケーキは足りてますか？　ぼくは台所から大声で呼びかける。それでこそアロだ！　と父さんが叫ぶ。アロおじさんはその場に立ったままメアリーを抱きしめてじっと彼女の目をのぞきこんでいる。ふと外に目をやると雪が降っている。外で遊んでいる子供たちの声が聞こえた気がしたけどこんなに遅い時間だからそんなはずあるわけがない。さておつぎはどなたのために歌いましょうかねといってアロおじさんが咳払いをする。ぼくは誰かケーキはいりませんかと声をかけようと思ったけどそれはさっき訊いたばかりだ。小道の水たまりはいまごろ凍っているだろうか。もちろん凍っているだろう。メアリーはアロおじさんの膝にすわって歌をうたうおじさんの顔をなでている。みんながハミングする声が居間に満ちあふれる。ぼくは部屋じゅうを駆けまわってみんながくつろげるように声をかけてまわる。もっとケーキはいりませんか楽しんでいただいてますか？　故郷に帰ってきたアロおじさんに会えるなんてすごいですよね？　なんたって部下が十人もいるんですよ。ぼくは盛大に手を叩いて大声でヤッホーと叫ぶ。

最初、その巡査部長が誰だかわからなかった。ひょいと外をのぞいてみると長いレインコートを着て中庭に立っていたのだ。巡査部長のほうもぼくのことを見つめていた。でも水のなかにいるみたいに顔がぼやけていてはっきり見えない。ぼくにわかったのはそこに巡査部長がいるってことだけだった。

アロおじさんがメアリーに向かって声をかけた――おい、ちょっとこっちへきてくれないか。それからおじさんはぼくに手をのばした。さあもうだいじょうぶだよフランシー。

アロおじさん、ぼくを助けてくれる？

でもおじさんは助けてくれなかった。なぜってその人はアロおじさんじゃなく、ドクター・ローチだったからだ。

ああ、アロおじさん、と思わずぼくは声をもらした。お客さんたちはいつのまにか全員いなくなっていた。みんなさよならもいわずに帰ってしまったのだ。部屋じゅうを見まわしてみたけど父さんもどこかに行ってしまって姿がない。ピアノの上においたケーキにはハエがたかっている。

誰かの冷たい手が触れるのを感じた。その手は父さんの額くらい冷たかった。いろんな人たちの声が煙みたいにあたりを渦巻いていた。

アロおじさん、とぼくは呼びかけた。

巡査部長がべつの警官になにかいっている。すごいウジだな――この男はすっかり食い荒らされてるぞ。

話しかけられた警官がいった。ああ、こりゃひどい。

もうだいじょうぶだよフランシーとドクター・ローチがいった。悪いことをしようなんて気はぜんぜんなかったんだ、とぼくはいった。わかっているよといってドクター・ローチはぼくの袖をめくりあげた。ちょっとだけチクッとしたかと思うとぼくはいつのまにかスノードロップの草むらに横たわっていた。

なんだこんなとこにいたのか、探したんだぜ、とジョーがいう。近くからは水の流れる音がかすかに聞こえてくる。

川だ、とぼくはつぶやく。ジョーはこっちを向こうともしない。

もちろん川さ、きまってるじゃないか、とジョーがいう。なんだと思ったんだよ――リオ・グランデか？

あのロクデナシのソーセージ巡査部長めが！　またかよ！　あいつときたら田舎まで車を走らせてぼくをゴミ溜めに放りこむ以外、ほかにやることがないんだろうか？　あいつの考えなんてお見通しだ――まあちょっくら車でも出してブルルーンとばかりに窓が百個ある宿屋までフランシー・ブレイディーを連れてってやるとするか。こんどの宿屋はどうだね、フランシー。気に入ったか？

ホッホ！　ハッハ！　こんどこそ礼儀ってもんをたたきこんでもらうんだな！

そこにはカビたパンツと消毒液をまぜたみたいな悪臭がただよっていた。ぼくが最後に目にしたのはずらりと並ぶベッドの向こうに立って窓の外を見ているシャボン玉の姿だった。シャボン玉は背中の後ろで指をパチパチ鳴らしていたけど、やがてゆっくりこちらを振り返ってぼくの目をじっとのぞきこんだ。やつの首から上についているのはでっかいスズメバチみたいな宇宙人の頭だった。おかしかったのは――それでもそいつがシャボン玉に似てたってことだ。顔はスズメバチそっくりだし、体からは細かい毛に覆われた触手が伸びているっていうのに、なぜかそれがシャボン玉だってことはわかるのだ。ゲッ、なんだこりゃ！　ぼくは大声で叫んだ。怖がるべきなのかどうかさえわからなかった。やつは身じろぎもせず、ただ突っ立ったままこちらを見ている。ぼくはまわりを見まわして誰か怖がってるやつがいないか探してみた。でも、いるのはぼくとウチュウジン神父と化したシャボン玉だけだ。やがてぼくはまた眠りに落ちた。目を覚ますとウチュウジン神父は消えていて眠るまえに見たのとおなじ窓からまぶしいくらいの太陽の光が差しこんでいた。すべてのものの輪郭が水晶みたいにはっきりと見える。そのとき音楽が聞こえてきた。ぼくの知っている歌だ。ウィーッホー！　なんて題名だったかは思い出せなかったけどスノードロップと小道で声を上げて遊ぶ子供たちに関係のある曲だったことだけはたしかだ。その曲はこんなふうに語りかけている気がした。おまえはすべてを誤解してるだけなんじゃないかフランシー。こうしたことはどれも美しくて、経験しておく価値のあることなんだぞ。その曲さえ聞けばぼくのいってる意味は誰にでもわかってもらえると思う。その曲は波のように押し寄せてきた。羽のはえた音楽、〈**音楽を飛ぶ鳥**〉だ。その曲はもう悪いことは起こったりしないよとささやいていた。聴いていると体に喜びが満ちあふれてきて、ぼくは町じゅうの煙突のすぐ上をすべるように飛びながら父さんと母さんに向かって叫んだ。もうこれからはすべてうまくいくんだよ！　鳥になったぼくの目には排水溝で咲いている子供たちが色とりどりの染みになっている。はるか下の小道ではばかでっかい靴をはいてドタドタと歩いている子供たちが色とりどりの染みになっている。梱包用の木箱にのっているのはおもちゃのティーセットらしい。房飾りの子は水たまりの氷を割っている。空中でぐるっと旋回すると胃の奥の黒い穴が光で満たされた。ぼくは木の枝にとまってしばらく房飾りの子を眺めてから声をかけた。友だちのブレンディーはこないのかい？　そいつがこの水たまりを仕切ってるんだろう？

ぼくが話しかけると房飾りの子はすこしだけびくっとした。それから手にしていた棒を落として一目散に小道を駆けだしたかと思うと、大声で叫びはじめた。おいおい、みんな！　木の上になにがいると思う？　しゃべる鳥だぜ！

まったくいやになっちまう！

それとはまたべつの日にぼくはおなじ場所でその子とブレンディーに話しかけた。もしきみたちが百千万億兆ドル持ってたらどうする？

房飾りじゃないほうの子がそうだなぁといって唇に指をあてた。ふたりはぼくが鳥であることに慣れてしまってそんなことはてんで気にしていなかった。ぼくは歓喜の声を上げたかった。ぼくは木の枝を飛び立って空へと舞いあがった。空は何色だったかって?

もちろんオレンジ色だった。

つぎに目を覚ますと例の宇宙人だかスズメバチだかわからないやつがまたやってきたけどこんどはシャボン玉じゃなくてレッディーの顔をしていた。いったいぜんたいなにがどうなってるんだよとぼやいたもののそれからもおなじことがずいぶん長いあいだつづきぼくにできることはなにひとつなかった。

ヘンテコなことが起こってばかりですっかりうんざりしてしまいベッドから出ようとしてみたこともあったけど木の幹みたいに太い腕をした白衣の男の人におっとっとそんなにいきなり動いちゃいけないいなといわれてすぐまた寝かしつけられた。

ぼくはそこに何百週間も横になっていた。さもなきゃ何百カ月かもしれない。それからようやく医者がやってきていった——よかったらベッドから出てすこしだけ歩いてごらん。ぼくは例のスズメバチ宇宙人がいないかと窓のところへ行ってみたけどあの人間だか虫ケラだかわからないへんてこな生きものはどこかへ消えていて影も形もありゃしなかった。ガウンを着た老いぼれが近づいてきてぼくに向かって片目をつぶってよこした。わしを騙そうだなんてことは考えないほうがいいぞ、このいけ好《カヴァン》かんアホ野郎めが。ぼくはカヴァンの生まれなんかじゃありゃしないよと悪態のひとつでもついてやろうかと考えていると老いぼれはその隙さえあたえずにビュンとばかりに病室の反対側まで逃げていき、ぼくのことを指さしながら、焼けこげた木の枝みたいに髪の毛をおっ立てた男に向かってなにやらコソコソささやきはじめた。老いぼれはしきりにうなずいていた。ああ、そうともさ。間違いねえよ。ほんとまったくだ。おおかたそんなことでもしゃべってたのにちがいない。

ときどきぼくは医者に連れられてジョン・F・ケネディと聖母マリアさまの肖像画の飾ってある部屋に行った。おやおやまたお会いしましたねと声をかけてマリアさまにウィンクを投げる。ブタの学校にいたときに泥炭地でご拝顔してからもうずいぶんたつじゃないですかというとマリアさまは声を上げて笑いはじめた。やつらはみんなその話にすごく興味をそそられたらしかった。で、ほかには誰を見たんだね？　ああそりゃもう数えきれないほどですよとぼくは答えた。聖テレサだとかそれこそわんさかね。医者のひとりに『ビーノ』で連載してる「わんぱくデニス」に出てくるガリ勉メガネのウォルターにそっくりのやつがいてぼくの話すことを狂ったようにメモしていた。口の端から舌を突き出してカリカリカリとペンを走らせている。やつらは聖者たちの話だけじゃ満足しなかった。ぼくは煙草をねだってからさらにたくさんのことを話してやった。ぼくとマリアさまはもう古くからのつきあいなんですよ。ごぞんじだとは思いますけどマリアさまはどんなやつの前にでも現われるってわけじゃないんです。うんうんそりゃそうだともカリカリカリ。つぎにやつらは夢の話を聞きたがった。きみは夢を見ることはあるかね？　ええ見ますよとぼくは答えた。もちろん見ます。さらに煙草を何本か。で、いったいどんな夢なんだね？　シャボン玉の顔をしたスズメバチの夢なんです。それともスズメバチの顔をしたシャボン玉の夢っていったほうがいいかな。するとやつらはシャボン玉のことをしきりに質問してきたんでぼくはやつに関することを洗いざらい話してやった。夢の内容がおぞましければおぞましいほど医者が喜ぶんで、でたらめな話をどっさりでっちあげることも忘れなかった。シャボン玉は鋭い針でぼくを刺して頭を食いちぎり死ねこの卑しい地球人めって叫ぶんです！　それから笑いはじめるんですよ。腹の底からって感じでね。シャボン玉が襲ってきたらどうするかって？　やいシャボン玉、おまえなんかくたばっちまいやがれ、このスズメバチみたいなヌケサク野郎めが！　そう叫んで、たださされるがままにするんです。

チョキン！

さあ気分はどうだいこれであんたは世界を征服したことになるんだぜ神父さん！

われながらよくできた話だった。ウォルターなんかペンを走らせるのに熱中するあまりもうすこしで机の端から落っこちそうになったくらいだ。やつらはティドリーのことも聞きたがったけどそんなときは話をそらしてシャボン玉や庭師なんかのもっと笑える話題のほうにもっていった。ぼくは庭師の話をまくしたてた。あいつはボイラーハウスの裏にわんさか死体を隠してるんですよと教えてやったけどやつらが実際に捜査したかはわからない。もしかしたらスコットランドヤードのファビアン警部を送りこんだかもしれない。こいつもわれながらよくできた話だと思ってぼくはさらにその先をつづけた。あのへんじゃ若者がよく謎の失踪をとげるんですけどもちろん犯人はあの庭師でね、あいつは熊手で死体を切り刻んではボイラーの後ろに積みあげるんです。でもぼくはどっかでヘマしてしまったらしく医者どもはもう庭師の話なんか聞きたくもないっていう顔でティドリーのことばかり訊いてきやがった。ああサリヴァン神父さんならとってもいい人ですよ。ルバ族に捕まって料理鍋に投げこまれたのは気の毒でしたけど。ところで矯正学校のことは好きだったかね？　ええとってても好きでした。とくに木曜日はね。木曜だけは夕食にソーセージが二本出るんです。きみはミサのときにサリヴァン神父の助手をしてたって話だがそれはほんとうかねええほんとうです。サリヴァン神父のことは好きだったかな？　ええもちろん。ものすごく敬虔な方で、よく聖テレサにお祈りを捧げてました。よろしいきょうのところはこれくらいにしておこうと医者はいった。日によってはべつの修理工場に連れていかれて巨大な椅子にすわらされ電線がそこらじゅうから伸びているヘルメットをかぶせられることもあった。ぼくはそいつが気に入っていた。あんなにすわり心地のいい椅子なんてめったにあるもんじゃない。しかもまわりではしゃちこばった青臭い学生たちがクリップボードを片手にあんぐり口をあけてこっちを見ている。やつらの顔にはこう書いてあった。**こいつが椅子から飛びだしてぼくのことを切り刻んだりしないといいんだけど！**

だけどぼくはそんな学生たちに注意なんか払っちゃいなかった。巨大な椅子にすわって時の支配者アダム・エターノになりきるのに忙しかったからだ。学生たちが勝手にいろんなメモをとっているあいだにぼくは超空間を旅する。やあこんにちはエジプトのみなさん、ぼくはピラミッドやなんかに向かって声をかける。きょうはアダムがこれないので代わりにぼくがきました——集合住宅のフランシーです。ちっぽけな帽子をかぶった人もいれば体にヘビを巻きつけた人たちもいる。彼らは口々に叫ぶ。おお、われらがフランシー！　さもなきゃローマ時代へとおもむく。やいライオン、そのキリスト教徒たちに手を出すな。するとキリスト教徒たちはおおありがとうありがとうフランシーとくりかえす。いいんですよ、みなさん、たいしたことじゃありません。ぼくはそう言い残すとカウボーイたちの様子を見に行くためにふたたび旅路につく。

あいつらはおまえをどこに連れていくんだと例の老いぼれが片方の眉をつりあげて訊いてきた。見られてないと思ったら大間違いだぞ。老いぼれは病室の反対側に目をやる。そこではほかの患者たちがしきりにうなずいている。やつらがぼくをどこに連れていくかって？　未来飛行士ダン・デアみたいに時空の荒野を旅させてくれるのさ。そう答えると老いぼれはまじまじとこっちの顔をのぞきこんだ。なんだと？　と訊き返してくるんでもう一度おなじ話をしてやったけど老いぼれはその説明が気に入らなかったらしい。ぼくのジャンパーをぐいとつかんでわしにはわかってたんだという。おまえがいけ好かんアホ野郎だってことは最初に一目見た瞬間からわかってたんだ。わしのことをたぶらかそうたってそうはいかんぞ。おまえなんぞ消えちまえばいいんだ、このロクデナシめが！　おまえよりよっぽどましな人間がいくらだっているんだからな！

太い木の幹が何本ものびてきて老いぼれをぼくから引きはがした。ぼくは体のほこりを払ってやつらに不平をぶつけてやった。まったくひどい話じゃないですか。襲われることなしには、歩きまわることさえできないってんですからね。

それからしばらくして老いぼれがまたやってきていった。まったく、ひどい話だよな！　襲われりなんて、ほんとひどい話だ。

襲われりい、襲われりい!

そうともさ——という声が聞こえた。またあの老いぼれだ。やつらはおまえに治療をほどこすって話だぞ。あいつらに連れてかれて頭に穴をあけられりゃもう口答えもできんだろうさ。やつらがなにをするか知っとるか? 脳みそをほじくりだすんだ。わしは知っとる! ここにゃもうずいぶん長いこといるからな。最後にその治療を受けたやつがどうなったかも見てるんだ。いちんちじゅう窓の前に立って紙切れを食べてたよ。おまえ紙切れは好きか? ほうそれなら好きになったほうがいいぞ。あいつはすっかりおつむが弱くなっちまって病室の奥にいる枝みたいな髪の野郎に大声で叫びかけちゃあ、ニタニタしながら両手をこすりあわせてたっけ。

その話を聞いてぼくは大笑いしてしまった。脳みそをほじくりだすだなんて、バカも休み休みいえってんだ。でもそんなふうに笑ってられたのもある日目を覚ましたときにウォルターがベッドのそばでコソコソぼくの話をしてるのを耳にするまでだった。声は小さかったけどはっきりと聞こえた。**結局それがいちばん彼のためなんですよ!** ウォルターになにをいったって無駄なのはわかってた。ぼくは病室を飛びだしてまっすぐに医局へ走っていった。なかではなんかの会議をやってたけどかまってなんかいられなかった。ぼくはやつらに向かって叫んだ。ぼくに触れようったってそうはいかないぞ！　指一本さわらせるもんか！　こんなとこ、いますぐに出てってやる！

ぼくは逃げようとしたけど無駄なあがきだった。さあフランシスという声が聞こえたと思ったときには尻に注射針をつきたてられていたのだこんどの注射はよっぽどぶっとかったらしくてやつらに階段を運ばれているときもぼくはウンウンうなることしかできなかった。

ほらいまがチャンスだぞといって医者が注射器を光にかざす。はいわかってますと答えてウォルターがぼくを見るんでふと目をやるとウォルターの手にはなんと棚をつくるときに使うドリルが握られている。

すこし頭の向きを変えてくれるかいフランシス？

ドルルルルルルルルルルルルルルルルルル。

よし。これでずっとよくなったとウォルターが低い声でいう。先生、脱脂綿をとっていただけませんか。

そのときドアをノックする音がしてジョーがひょいと顔を突きだした。

フランシーはいますか？　おいおいなにしてんだよフランシーさっさと馬に乗るんだ。急いでずらからなきゃまずいぞ！

ポニーがいななく。

オーケー、ジョー、と答えてぼくは白いシーツをぱっとはぐ。

おまえそんなことを考えてたのかよとジョーがいいドアの外から例のブロンドの子の笑い声が聞こえてくる。

ジョー、とぼくは叫ぶ。ジョー！

ではきさまが時の支配者というわけかとローマ人がいう。きさまは死ぬんだ、覚悟するんだな。

ぼくは足に縄をかけられて逆さ吊りにされてしまう。

ジョーがまた大声で呼ぶけど部屋のなかはからっぽだ。

ぼくは海の静けさに耳をかたむける。

下に目をやるとミセス・コノリーがこっちを見ている。ぶらぶらと揺れているぼくを見つめながら腕を組んでにこにこ笑っている。さっさと下りていらっしゃいと声をかけられてぼくはいわれたとおり下りる。ほかのおばさんたちが店の奥からぼくのことを見ている。ごきげんいかがフランシーとミセス・コノリーがいう。

ええ元気ですよとぼくは答える。

ミセス・コノリーは腕を組む。あらまあ、とミセス・コノリーがいいほかのおばさんたちが微笑む。

あなたをびっくりさせるものがあるのよフランシー。あなたにあげるものがあるの――そんなこと予想もしてなかったでしょ？

ええミセス・コノリーぜんぜん考えもしてませんでした。

ほうらやっぱりね！　でもほんとに用意してあるのよ。どんな気持ちがする？

とっても嬉しいです。

あらあらこの子ったらほんとうにかわいいわね。

わたしのためにちょっとだけ歌をうたってくれる？　ねえみなさんこの子に歌をうたってもらいましょうよ。

おばさんたちが声をそろえる。さあ歌ってちょうだいよフランシス。

ほんのちょっと歌ってくれるだけでとっておきの賞品があなたのものになるのよ！　とミセス・コノリーがいう。

彼女は背中の後ろになにかを隠している。

さてさて――なにを歌ってもらいましょうか。わたしのいちばん好きな曲はどうかしら？　わたしがあの曲をどんなに好きかはあなたも知ってるわよね。でしょう？

ええミセス・コノリー。

ぼくは両膝をくっつけて立ったまま恥ずかしくってうつむいてしまう。人から見たらすごろく盤に描いてある絵みたいだったにちがいない。

さあさ！　とミセス・コノリーが声をかける。みなさん静かに！　いいわよフランシス、はじめてちょうだい！

ぼくは修道女に教わったアイリッシュ・ダンスのステップをいくつか踏んで店のなかをスキップしてまわりながら歌いはじめる。

ぼくはちっちゃな子ブタちゃん　どうぞ贔屓に願います
耳はピンクでちっちゃくて　いつもピョコピョコ動いてて

しっぽはくるんと輪をかいて　これまたピョコピョコ動いてる
いつも町じゅう駆けまわり　人生ちょっぴり楽しんで
だけどコロコロ太ったら　ぼくはすっかり食べごろで
いつも町じゅう駆けていた　楽しい日々ともさようなら！

歌い終える頃には体が熱くなってすっかり息があがっていたありがとうありがとうと声を上げてミセス・コノリーとおばさんたちが盛大に拍手している。ロンドン・パレイディアム劇場に行ったってこんなにすてきな歌は聞けないわよ！

するとそのときミセス・コノリーが片手を差しあげた。シーッ！　といったかと思うとミセス・コノリーの手にはいつのまにか赤く輝く大きなリンゴが握られている。

まあ！　ほかのおばさんたちが息をのむ。

リンゴはミセス・コノリーの手のひらのまんなかにのっている。

さあ、ほら、どう、すごい、でしょ！　ミセス・コノリーが目を輝かす。

とってもおいしそうです、とぼくは答える。

一口食べてみたい？

ええミセス・コノリー。ぼくは何度も何度もうなずく。口のなかはもうリンゴの味でいっぱいだ。

みなさんはどうお思いになる？　この子にちょっぴりだけかじらせてあげてもいいかしら？

するとおばさんたちはウーンどうかしらといって首をひねり、カンカンガクガクの議論をはじめてしまう。

ええいいわ。ようやくおばさんたちがいう——ただしその子がそのリンゴをブタみたいにくわえてみせればだけど！

ミセス・コノリーはリンゴを服の袖でこすりながらいう。どうフランシス——このリンゴをブタみたいにくわえてみせるつもりはある？

ありますともとぼくが答えるとミセス・コノリーは膝をついてゴムのマットの上にリンゴをゆっくりと転がす。ぼくはそれを歯でくわえようとするけどよつんばいになっているものだからこれがどうしてなかなかむずかしい。こんどこそくわえたと思うたびにまたもや転がっていってしまいぼくが失敗するたびにおばさんたちが歓声を上げる。まあ！　また落としたわよ！　やがておばさんたちは手拍子をうちながら声援を送りはじめる。さあフランシーあなたならできるわ！　でもぼくにはどうしてもできない。とてもじゃないけどむずかしすぎる。手を片方だけ使ってもいいですか？　手じゃなくって前足でしょ、とおばさんたちがいう。悪いけど、それは認められないわね。ルール違反だもの。ぼくはいったい何回リンゴを落っことしたかわからない。十回か、さもなきゃ十一回くらいだろうか。最後になって哀れに感じたミセス・コノリーがリンゴを手渡してくれる。

ああなんてかわいそうな子ブタちゃんなんでしょ。あなたはリンゴをくわえることもできないの？

心配しないでフランシー！　とおばさんたちがいう。それはもうあなたのものよ！　さあ——お食べなさい！

みんなが見ている前で食べるのはいやだったけどほかにどうしようもない。おばさんたちはしきりに声をかけてくる。さあ、もう一口がぶっと！

芯しかなくなるまで食べてしまうとやっとのことで声援がやんだ。そのとき窓のところに行って外をのぞいていたミセス・コノリーがおばさんたちに大声で呼びかける。**あの人たちがくるわよ！**

その声を合図におばさんたちはきょうの天気がどうとか物価が高くてやっていられないとかいった話をはじめる。いったい誰がくるんだろうと考えながらぼくは手に持ったリンゴの芯がだんだん茶色くなっていくのを見つめている。やがてふと目を上げたぼくの目に母さんブタと父さんブタの姿が飛びこんでくる。ふたりが店に入ってくるとおばさんたちは急に話をやめてしまう。ミセス・コノリーは母さんに微笑みかけ、咳払いをしてからティッシュで鼻をふくと、近くにいたおばさんたちのほうへ身を寄せてささやきかける――一分もしないうちにこのふたりは喧嘩をはじめるわよ！

おばさんたちはふたりを上から下まで眺めまわしながら待っている。その顔がいっている――どうしたっていうのよ！　なにかいったらどう？　あたしたちは喧嘩が見たいんですからね！

でも喧嘩は起こらない。母さんブタも父さんブタもなにもいわずにその場に突っ立ったままローストポークみたいに赤くなっている。恐くって口を開くことも誰かに目をやることもできないのだ。ああ、なにやってるのよ！　さっさと喧嘩をはじめたらどうなの！　ミセス・コノリーはそう考えながら、手にしたティッシュを丸めている。

ぼくたちは息を殺して身がまえていたけどいくら待ってもなにも起こらない――結局、喧嘩なんてはじまりゃしないんだ！

たしかになにも起こらなかった。喧嘩がはじまったのはぼくら三人が店の外へ出てからだ。母さんブタはいまにも泣きそうになっていた。

なんであなたはなにもしなかったの？　なにかいってくれてもよかったじゃない、と母さんが大声でいう。

おれがか？　父さんブタがそっけなく答える。なんでいつもおれなんだ？

かすれた声でまくしたてる父さんブタの顔が真っ赤になりつづいてこんどは真っ白になってしまう。やがてふたりはそろってぼくのほうに目を向ける。

なんだっておまえはあのリンゴを食べたりしたんだこのマヌケなチビブタめ！　とふたりがいう。ぼくはすっかりどもってしまう。なんと答えたらいいのかわからない。なぜあんなリンゴを食べたりしたんだろう。チャーチ・ヒルを歩いていくぼくらをひとめ見ようと町じゅうの人が家から出てきている。やあブタ公ども元気かね、とドクター・ローチが声をかけてくる。きょうもなかなかいい天気じゃないか！

ドクター・ローチは車のドアをロックするとホテルのなかに入っていく。まったくあのブタの親子ときたらほんとにたいしたもんだよ！

あまりにたくさんの人たちが手を振ったり声をかけてきたりするんでタワー酒場に着く頃にはぼくらはすっかりくたびれ果てている。客はぼくたち三人だけでほかには誰もいない。店には黒ビールの匂いがしみついていて男子便所からはいやな臭いが漂ってくる。もう何年も客がぜんぜんきていないらしい。バーの親父は見なくてもぼくたちが誰だかわかっていて顔も上げずにふきんで手をふいてからさてとブタさんなんにしましょうかと訊く。

父さんブタが注文するとバーの親父は酒を注ぎ、きょうはほんとに冷えこむねえという。まったくだと父さんブタがぽつりと答え、それっきり誰も口を開かない。店の壁には鼻の頭に黒ビールの罎をのせた髭もじゃのアザラシの写真が貼ってありぼくはずっとそれを眺めてる。母さんは目を上げるのが怖いのか胸に顎をうずめたままだ。父さんブタが小指を立てるたびにバーの親父が酒を注ぐ。父さんブタが便所から帰ってきたときには外はすっかり暗くなっている。父さんブタが腰をおろしそこなってスツールをガタガタ鳴らすとバーの親父がいう。もう家に連れて帰ったほうがいいぞ。

ええと母さんが答える。ぼくらが立ちあがって父さんを外へ連れだすまでバーの親父はずっとこっちを見つめている。さあおまえもちゃんと手伝いなさいと母さんがいって父さんの片腕を肩にかけたのでぼくは反対の腕を自分の肩にかけて歩きはじめるけど父さんはずるずる足を引きずるだけでふたつの小さな目にいたってはピンク色のまぶたの裏に隠れてしまってる。町のみんなは腕を組んでドアの前に立っている。そら見てみろよあいつらがダイヤモンド広場を渡ってくぞ。やいやい！　元気にしてんのか！　ブタ公！　ブタ公！　ヤッホッホー！

おいおい見ろよほんと最高じゃないか。母ブタ、父ブタ、それに赤んぼブタときたもんだ。三匹の子ブタが息を切らしてご帰宅だぞ！

おれを許してくれるかいと訊くんでもちろんだよ父さんと答えようとするといつのまにかぼくは逆さに吊り下げられていてローマ人の兵士が剣を片手にやってきたんでその顔を見るとなんとレッディーだった。レッディーは煙草の吸いさしを弾き飛ばしてなにかいうんだけどなにをいっているのかわからずにいるとやつは振りあげた剣をいっきに振りおろしてぼくをまっぷたつにした。まっぷたつにされたふたりのぼくはおたがいに相手の姿を見ることはできるんだけど両方とも倉庫の肉みたいに上からぶらさげられたままだ。

そのとき影のなかからなんとジョーが現われたと思ったらジョーはぼくを見ないでそのまま歩き去って肉屋の倉庫から明かりの射すドアの外へと出ていってしまった。

目を覚ますとそばにウォルターがいて大丈夫すぐによくなるからなフランシーといい看護婦が錠剤をいくつか飲ませてくれた。ねえ先生、病室にいる変な爺さんが、先生はぼくの頭に穴をあけるんだっていうんです。あの老いぼれはぼくの話を盗み聞きしていたのにちがいない。ふとドアに目をやるとやつが稲妻みたいにさっと逃げていくのが見えた。錠剤を飲んでからはもう時の支配者やなんかの夢は見なくなった。ときどきどこかの部屋に連れていかれてインクの染みがついた紙を見せられた。これをどう思うかねと先生が訊く。もうメモ用紙に使えないことだけはたしかですねとぼくは答える。なぜ使えないんだねと訊き返しながら先生は眼鏡を押しあげる。だってすっかり汚れちゃってるじゃないですか、見ればわかるでしょう？　フムフム。医者の学校じゃきっとこういうことを教えているんだろう。さあ、みなさん、まずは眼鏡を押しあげて！　それから先生のあとにつづけて復唱しましょう――フムフム!

しばらくのあいだは体にハリネズミの針をつめこまれたみたいで七転八倒していたんだけどやがて錠剤の効果が現われてきたんである日例の老いぼれが外の運動場にいるのを見つけてあとを尾けていき大声で呼びかけた。**やいやい、このくたばりぞこないのクソ野郎!** けれど老いぼれはぜんぜん聞こえないふりをしてものすごい早足で炊事場の裏へ逃げていく。ぼくが反対側から先回りして待ち伏せしてやると老いぼれはぼくを見てびっくり仰天だった。このクソじじい、いますぐおまえの頭に穴をあけてやるぜ! ぼくはそういってやつに手をかけたけどほんとになにかするつもりはなかったのに老いぼれはいきなりカヴァンの人間のことをまくしたてはじめた。**あいつらはみんな、人のためならポケットに残ってる最後の半ペニー硬貨だって喜んでくれてやるだろうさ。この病院に入ってた患者んなかで最高の人間はみんなカヴァンのやつらだった!** そういうとやつはでっかく見開いた目でぼくに訴えかけてきた。**おまえはわしのことを殴ったりせんだろう?** もちろんぼくは殴ったりしなかった。殴るどころかなにかするつもりなんてぜんぜんありゃしなかった。ぼくはその場を離れて藤のバスケットをつくったり絵を描いたりしにいった。病院のやつらにやれといわれているのだ。ただし、ぼくがつくったものを人がバスケットと呼んでくれるかどうかはわからない。なかなかいいバスケットができたじゃないかといって髪の毛が一本も生えていない男が隣から話しかけてきた。つづいてそいつはなぜかいきなり女の話をはじめた。あいつら女がなにをするかわかるか? 庭の小道をずんずん奥まで引っぱっていって木の陰にひきずりこむんだ。それからあいつら女はあなたが電話をしてきてくれた日のことを憶えてるかって訊くんでおれが笑うとあんたも笑ってついには母さんまでもが笑いだしてぼくたちは全員で大笑いした。あれはほんとにいい日だったな！　あいつら女はおまえのもんだぜ！

そうだろうな、とぼくはいう。やつがつくってるバスケットはすごくよくできてる。それにひきかえぼくのバスケットはひどい。いろんなところから小枝が突きだしてる。ぼくらがミサに行くと神父が聖体を掲げたとたんやつはいきなり立ちあがって声をかぎりに叫ぶ——なああんたにもわかったろ——**逃げるんだ！**　その女を連れてネット裏に隠れろ！　こいつはすごいぞ今年のチームはほんと最高だ！

この薬を飲むのを忘れちゃいけないぞとウォルターがいう。これさえ飲めば悪い夢を見ることはないからな。その口ぶりは刑務所の門の前で看守が服役囚と握手をしてさよならをいうのに似ていた。笑みを浮かべた看守は自分の仕事に深い満足を覚えながら刑務所のなかに戻るけれどそれは釈放されたばかりの服役囚がつぎの日にまたもや人を切り刻んでまわったってニュースを聞くまでの話だ。いいやそんなもんにはぜんぜん似てないなぜって人を切り刻むつもりなんかぼくにはこれっぽちもないからだ。ぼくは家に帰ってカヴァンの老いぼれともバスケットとも頭の穴なんかとも無縁の生活を送るのだ。もうここでの馬鹿騒ぎにはうんざりだった。なのにぼくはウォルターと握手をした瞬間に自分の立場を忘れてしまいヤンキーみたいな低い声で口走ってしまうあばよ先生これでおれたちもさよならだな。でももちろんすぐさま態度をあらためたっていうのもウォルターの顔にやっぱりこいつは病室に閉じこめといたほうがいいかもしれないぞって表情が浮かんでいたからでそんなことになったらさらに錠剤を飲まされてこんどこそほんとにドリルのご厄介になるかもしれない。そいつばかりはごめんだよウォルター。じゃあさようならフランシー、とはいってもまたすぐ会うことになるわけだがね。ウォルターの話によるとやつらは月に一回くらいのわりでぼくの家にきて様子を診るんだという。これからしばらくはいろんな人がきみの家におじゃますることになるだろう。どんな具合か見るためにね。なんですって？　またブタの学校に行けっていうんですか？　そんなのクソこきやがれですよ先生。いえその、もうごめんだってことです先生。ああそういうことじゃないんだとウォルターはいう。あそこに戻るわけじゃない。ゆっくり時間をかけて治していくことが大切だってことだよフランシス。それなら先生これで失礼しますと挨拶し、ぼくはバスに乗って丘をくだっていった。ウィーッ！　とぼくは叫ぶ。この牛たちを連れてミズーリへ出発だ！　すると不機嫌な顔した婆さんが読みかけの『ウーマンズ・ウィークリー』の向こうからこっちをにらんできた。

ちょいと婆さんその髭は剃ったほうがいいぜとぼくは叫んだ。そのときの婆さんの顔ときたら！　でもこっちはへっちゃらだ！　ウィィィーっと丘をくだっていくおっさんあんたのチンポを見せてくれよ**こいつはすごいやもっとやれ**。

ほんと最初は自分の目が信じられなかった。ニシンはどこだ？　てんで見あたらなくなっている。ハエは？　一匹も飛んでいない。そのうえタイルときたら――ピカピカで自分の顔が映るくらいだ。しかも艶出し剤の匂いまでするじゃないか！　家のなかはすっかり磨きあげられて、ぼくが掃除する百万倍もきれいになっている！　表に飛びだして通りを歩いていくと、耳と耳のあいだに縄跳びみたいな笑みをぶらさげてミセス・コノリーがやってきた。あらまあフランシスおうちのなかはもう見た？　ええもちろん見ましたよと答えると、ミセス・コノリーはぼくの腕に手をおいて頭のことはもう心配しなくていいのよフランシスといった。これからはあたしがちょくちょく行って掃除してあげますからね。

どうもありがとうございますと答えるとミセス・コノリーはなにを思ったかこんなことをいいはじめた。ああ、あなたのことはきっと神様も見ていてくれているはずよもうみんないなくなってしまってあなたには神様しかいないんですものねこのおばさんはなぜこんなことといわなくちゃならないんだろうとぼくは思ったいったいなんだってこんなことをいう必要があるんだ？

ぼくはミセス・コノリーをしばらく見つめてからきっぱりいってやったというのは嘘でなにもいわずにただもう一度お礼をくりかえした親切にしてくださってありがとうございますミセス・コノリー。あらいいのよ隣人としてあたりまえのことでしょう？　そう答えたもののミセス・コノリーはウンコがしたいのを必死に我慢してるような顔をしていた。まえに一度ミセス・コノリーとほかのおばさんたちが集合住宅に住んでるミセス・クリアリーに話しかけているのを見たことがある。ミセス・クリアリーはちょうど病院から退院してきたところで怪奇映画にでも出てきそうな赤んぼを連れていた。手のかわりに鉤爪がついているのだ。ミセス・コノリーはあらまあこの子にも神様のお恵みがありますようにといって毛布のなかの赤んぼをくすぐった。まあほんとになんてかわいいんでしょううちのシーラがむかし着てた服を持って今晩うかがいしますわほんとにきっとうかがいますからね。するとミセス・クリアリーはありがとうございますああほんとうにありがとうございますと何度も何度もくりかえしたんでいったい何回ありがとうございますといったかわからないくらいだった。それを聞くとミセス・コノリーはあらほんとになんでもないんですよそれくらいはするのが当然ですものと答えたもののミセス・クリアリーが行ってしまうとこんどはこういった。ほんとミセス・クリアリーもかわいそうにあのままじゃ最後にはどうなるかすこしでもわかってるのかしら、きのうだってあのうちの子供がふたり夜の八時まで通りで遊んでるのよしかも裸も同然の格好で！

かわいそうに、服を買ってあげるお金もないのよ、とほかのおばさんたちがいう。

おばさんたちはその場に立ったままミセス・クリアリーが通りを遠ざかっていくのを見つめていた。やがてミセス・コノリーが口を開いた。こんなことといっちゃ神様の罰が当たるけどあんなもの病院から連れ帰ったりしたらうちのショーンがなんていうか考えただけでもぞっとするわ！

おばさんたちはその場に突っ立ったまま三つの頭をしきりにうなずかせた。

おい！　おい！　ぼくを見かけて酔っ払い男が叫びかけてくる。ダイヤモンド酒場の入口で小銭を数えていたやつは、走ってこっちにやってきた。半ペニー硬貨があと三枚ありゃ足りるんだ。

悪いけど、フランシー・ブレイディー銀行はもう閉店したんだ。えっ？　酔っ払い男はまぶしそうに目をしばたたいた。

もう営業してないんだよと答えてぼくはそのまま歩き去った。

行っちまえ行っちまえとぼくの背中に向かってやつは叫んだこのクソッたれ野郎めがぁぁぁぁぁ！


ぼくは艶出し剤の匂いがすっかり気に入ってしまい自分でも何回かわからないくらい家のなかをぐるぐる歩きまわった。マントルピースの上には花やなんかが飾ってある。流しも自分の顔が映るくらいにピカピカだ。すごいぞ、とぼくは思った。流しがニシンでいっぱいになっちまうなんてことはもう永遠にありゃしない！　そうとも！　これからはすべてがすっかり変わるんだ！

そこでつぎにぼくは身なりをととのえることにして洋服屋のウインドーをのぞいてみるとクリフ・リチャードが着てるみたいな白いジャケットとストリング・タイつきのシャツが飾ってあった。ぼくは自分の姿を鏡に映してみた。タイはジョン・ウェインがしてるのとほんとそっくりだったけどジョン・ウェインやなんかはもうどうだっていい。そんなのはもうぜんぶ終わったことだ。いまじゃすべてが変わって新しいものにとってかわられていくんだ。ぼくはジャケットのほこりをはらうとカフェをめざして歩きはじめた。

店に入っていってジョーやみんなに声をかけよう。彼らがもしそうしてほしいならいっしょの席にすわったってかまわないしジョーやみんなが聞きたいっていうなら修理工場であったことやなんかを一から十までぜんぶ話したっていい。やあフィリップ――音楽教室のほうの調子はどうだい？

うん悪くないよとやつは答える。

そしたらぼくはにっこり笑って**おまえがそばにきたとたん！**と歌う。

あの曲ならラジオで何度も聞いたのでいまではすっかり覚えているからだ。

それから席を立ってジュークボックスまで歩いていく。ぼくはジュークボックスに寄りかかってボックスの横を指でたたいてリズムをとりながらどの曲を入れようか考える。ブロンドの女の子かもうひとりの子がこっちを見ていたらにっこり笑いかけるかウィンクする。ぼくの選んだ曲が流れはじめる。ぼくは煙草を一箱買う。そうすれば席に戻ったときにポンと一本振りだして女の子にあげられるからだ。席に腰をおろしたら煙草の煙が渦を巻いて天井にたちのぼっていくなかで考えごとをしたり外の通り行き交う人たちを眺める。流れてる曲の歌詞やギターのフレーズに合わせて口を動かしてもいい。**おれの体に震えが走った！**

でもそんなこと考えたのはまったくの無駄だった。ぼくはカフェのドアをいきおいよく押しあけて店に入っていった。みんなはエルヴィス・プレスリーのポスターが貼ってある窓際の席にすわってるだろうと思っていたのにナイロンの上着を着て新聞を読んでる店の主人がいるだけで客はひとりもいなかった。聞こえるのはコーヒーマシンがたてる甲高い音と誰かが厨房でフライパンをカタカタいわせている音だけだ。いらっしゃいと店の親父が顔も上げずに声をかけてきた。は？　ぼくは思わず返した。向こうの声が最初はよく聞こえなかったのだ。でもすぐに気をとりなおして答えた。いやいいんです友だちがいないかと思ってちょっとのぞいてみただけですから。でも、店の親父にもぼくの声など聞こえちゃいなかったと思う。ぼくは店のドアを閉めてまた通りを歩きはじめた。カーニバルにも行ってみたけどジョーたちの姿はそこにもなかった。それどころか人っ子ひとり見あたらない。見世物小屋の多くは看板を下ろしているか、もうどこかに移動してなくなっている。このまえとおんなじジム・リーヴスの曲がくりかえしくりかえしかかっているけれどレコード盤がすっかり傷だらけになっているせいでほとんどなんの曲かもわからない。ぼくは真夜中近くまでほっつき歩いたもののぜんぜん誰にも行き合わなかった。ただひとり、タワー酒場から閉めだされた酔っ払い男を見かけただけだ。やつは店のなかに戻ろうとしてドアをガンガン叩きながら町じゅうに響きわたるくらいの声で叫んでいた。ぼくはきびすを返すとやつに見つからないうちに家に帰ったけど眠りはせずに窓のそばにすわってただ外を眺めていた。

つぎの日ぼくはレッディーの店に行った。そんな服着ていったいどういうつもりだ？　どっかにお出かけか？　きさまなんぞ消えうせちまってくれてぜんぜんかまわないんだぞ。でもぼくは消えうせたりはせずに修理工場であったことやなんかをすべてつつみ隠さず説明しはじめ一度口を開いたらもうどうにも止めることができず最後にはレッディーのほうが音《ね》をあげてしまった。さあそんならぼやぼやしてねえであの手押し車を押してホテルをまわってきなもらえるもんはなんでももらってくるんだいまごろは残飯がどっさりたまってるはずだ。わかりましたミスター・レッディーまた雇ってくれてありがとうございます。雇ってもらえねえやつだって何千人もいるんだぞといってレッディーは店のなかに戻っていった。ぼくは口笛を吹きつつ手押し車を押しながら残飯王フランシー・ブレイディーのご帰還だぞとばかりに通りを歩いていった。やあこんにちはと声をかける。ああフランシー元気かね。きょうもなかなか悪くない天気だな。ええほんと、神様に感謝しなくっちゃ。おやおやフランシー、そんなら家に帰ってきたんだな？　ええそうなんですよ。チャリンチャリン。なんとまあこいつはびっくりだ、われらがフランシーじゃないか！　こんにちは奥さん！　ひき肉を一ポンドいかがです？　おやまあ、元気でしたか、べっぴんさん？

いま自転車に乗って通ってったのは誰？　あの子、なんていってたのかしら——別便さ？


つぎの日はまた例のジャケットでめかしこんでカフェに行ってみた。店に顔を出していればいつかはぜったいジョーたちに会えるのがわかっていたからだ。ぼくは彼らがいつもすわる席に腰をおろしてジュークボックスで曲をかけた。煙草を一本吸い、さらにもう一本吸う。渦を巻いて立ちのぼる煙ごしに外の通りを眺めるのはほんとうに気分がよかった。それからまたジュークボックスで曲をかけまくったけどみんながやってくる気配はまったくない。ぼくは煙草を何本も吸った。たぶん二十本か三十本は吸ったんじゃないだろうか。そのつぎの日もカフェに行っておんなじことをくりかえした。そしてさらにつぎの日も。家に帰る頃にはすっかり暗くなっていた。店の親父は掃除をしていた。彼はイタリア人だった。

そだね、最近まるでカンコドリだ。この時期すっかり人いないね。

まったくですねとぼくはいった。この町、冬のあいだよくないね、と店の親父がいう。ぼくは訊

いた。ジョーや女の子たちやフィリップはどうして店にこないんです？　あ
一瞬、店の親父は意味がわからずとまどっていたけど、やがて大きな笑みを浮かべてみせた。あ、ジョーゼフね！――それとフィリップ！　はいはいはい！

店の親父はやたらと首を横にふりながら座席の下にはさまったキットカットの包み紙をブラシでつつきだした。

いいや、もうずいぶん長いこと顔見ないね。どっか行っちまった。いいお得意さんだったけどね。わたしも淋しいよ。

どっかに行ったって、いったいなんのことです？

知らないよ。どっか行っちまった、知ってるのはそれだけさ。

ぼくは煙草に火をつけようとした。でも箱には一本も残っちゃいなかった。ぼくが煙草はあるか訊いてみると、店の親父はないと答えた。うちじゃ煙草売ってない頼むよもう看板だね。

でも、ぼくはしつこく頼まずにはいられなかった。

いまいったろ！　煙草、うちじゃ売ってない！　頼むよ！　店の親父はドアを開けた。

一本でもいいんですとぼくはいった**六ペンス払いますよ**。

頼むから帰ってくれ！

ジョーかブロンドの女の子か誰かに道でばったり会うんじゃないかと思うとどうしても白いジャケットを脱ぎたくなかった。するとレッディーのやつがなんのかんのと言いがかりをつけてくる

——いったいなんなんだその服はとかなんとか。でもぼくはいってやったなんでぼくの着てるものをとやかくいったりするんです残飯を集めてくりゃそれでいいはずでしょ仕事さえきちんとやってればカウボーイ・ハットをかぶってたって文句はないはずじゃないですか！　ああクソッたれが勝手にしろ！　しまいにレッディーは煙草の吸い殻をドブに投げ捨てていった。ならきっちりやることをやってもらおうじゃないか前にもいったがそもそもおまえを雇ったのが運のつきだったんだ！

心配しないでくださいよ、とぼくはいった。これからはいままでの二倍働きますから。残飯集めから戻ってきたぼくを見たら文句なんかいえなくなってますって！

それからのぼくはレッディーに命じられるまえにすべての仕事をやってのけた。掃除をして水をまいて肉を斧で叩き割ってノコギリで切って袋詰めにする。これをやらなきゃいかんなとレッディーが考える頃にはもう何時間もまえにどの仕事もすべてきっちり終わってるって寸法だ。ぼくはすっかり汗まみれになるまで働いた。仕事が終わるとこんどはジョーを探しに出かける時間だったカフェの親父はああいってたけどどうせでたらめに決まってるあんなやつとっととイタリアに帰っちまえばいいんだ。何度か彼らを見かけた気がしたもののたんに髪がブロンドだっていうだけでぜんぜん知らない娘だった。毎晩ぼくは臓物プールのわきにある中庭に手押し車を戻して錠をかけた。

ただひとつだけレッディーが正しかったことがある。ごみ箱の中身を手押し車にぶちまけるときにシチューの残りかなんかを頭からかぶってしまい白いジャケットを台なしにしてしまったのだ。ジョーの家に行くまえに一度うちに帰って汚れを落としたほうがいいだろうかとぼくは思ったというのも誰もいない通りをぶらぶらしたりただひたすら待ったりするのはもううんざりだったのでジョーの家に行ってみようと心に決めていたからだ。でもぼくは考えなおした。なんで汚れを落としたりする必要がある？——ジャケットがすこし汚れてたからってジョーが気にするとでも思ってるのか？　おまえはいったい誰の話をしてるんだよフランシー？——相手はジョー・パーセルじゃないか！　まったくもう、あいつはおまえの友だちだろ？　そうとも親友じゃないか！
ジャケットのことを気にするなんて、いったいぼくはどうしちまったんだ？　そんなつまらないことをくよくよ考えたりして。修理工場にいたときにどうにかなっちまったんだろうか。そうつぶやいてからぼくはジョーの家をめざして歩きはじめた。

居間に明かりがついているのが見えるからたぶんジョーは本でも読んでるんだろうけど読み終わったらそのあとでいっしょにレコードを聴いたっていい、なあジョーどんなレコードがほしい？ぼくが買ってやるよ。クリフ・リチャード！　ぼくが知ってる歌手はクリフ・リチャードだけだ。でもジョーならもっと知ってるだろうしぼくにだってすぐに覚えられるはずだ。**おまえがそばにきたとたん！**と口ずさみながら髪をうしろになであげる。ぼくはジャケットについたシチューのかすをできるだけこすり落とすと賭けで大儲けしたみたいに満面の笑みを浮かべてドアをノックしたこんにちはパーセルさんジョーがいないかと思ってきてみたんですけど。ミスター・パーセルはまじまじとぼくを見つめると一瞬びくっと後ろを振り返った。**なんだって？**　しかたがないんでぼくはおんなじことをもう一度くりかえした。するとミスター・パーセルはこっちが冗談かなにかをいったかのように微笑んでおでこを掻き、通りの反対側を歩いてる誰かに声をかけようとでもするみたいにぼくの後ろへ目をやった。それからミスター・パーセルはいった。ジョーなら寄宿学校に行っているよバンドランの聖ビンセンシオ・カレッジに入ってもうかれこれ六カ月になる。ああそうでしたよねうっかり忘れてましたよといおうと思ったものの言葉が口から出てこなかった。夜中にスイッチを切らずに寝てしまったときにテレビがたてるようなブルルルという音が頭のなかで鳴り響きはじめたのだ。ぼくがなにもいえずにいるとドアがほんのかすかにカチャッという音をたてて閉まった。こういうドアはどれも閉まるときにカチャッと音がする。そのとき雨が降りはじめた。

その場に突っ立って排水溝に水があふれていくのを眺めながらこれからどうしようと考えていると通りの反対側をミセス・コノリーとミセス・ニュージェントが歩いてきた。ミセス・コノリーが手にした傘に入れてもらっているおかげでミセス・ニュージェントは濡れずにすんでいる。ホテルのある角にさしかかったところでミセス・コノリーが口に手をあてるのが見えた。ミセス・ニュージェントはしきりにうなずいている。あらほんと。教えていただかなくてもわかってますわミセス・コノリー! **もちろんわかってますとも!**

ふたりがその場で別れてしまうとそのあとにはもう見るべきものはなにも残っちゃいなかった。降りしきる雨が町じゅうを洗い流し居間の暖炉では火が燃えさかり揚げ物の匂いが漂いテレビの画面の光がカーテンにちらちら反射している。

川に行ってみると水が土手からあふれそうなくらい膨れあがり面と向かって魚とにらめっこができるほどだった。すっかり濡れそぼったぼくは寒さのあまり震えながら土手沿いに生えている草を抜いてぼくから去っていってしまった人の数をかぞえた。

1　父さん
2　母さん
3　アロおじさん
4　ジョー

ジョーの名前を口にしたとたん急に笑いがこみあげてきてぼくは腹をかかえて笑ってしまった。まったくなんてこった！　ジョーはもういない！　ジョーまでぼくを見捨てちまったとは！　これまでで最高のできごとだった。

ミセス・コノリーの家に着いたときにも雨はまだ降っていた。雨粒が口のなかにまでしたたりこんでくる。ミセス・コノリーがドアを開けるとベーコンの匂いが漂ってきた。それからこれはフライドポテトの匂いだろうか。暖炉の前に家族みんなが集まってスコーンを食べているのが見える。誰かスコーンがもっとほしい人はいる？　という声がする。**はい！**　ぼくならお皿に山盛りだって食べられます！　と思ったけど口にはしなかった。ぼくはミセス・コノリーに用があってきたんであってそんなことを話しにきたわけじゃないからだ。ニュージェントの家みたいに、ここのうちの玄関にも晴雨計がおいてあった。でも針が**おだやかな天気**を指しているところを見ると、どうやらたいした晴雨計じゃないらしい。ミセス・コノリーはぼくに微笑みかけてエプロンで手をふくとあらフランシーじゃないのと声をかけてきた。それから**いったいなんの用なの？**というように眉をつりあげる。話の途中でドアを閉じられたりしないようにぼくはドアの隙間に足を片方つっこんだ。雨がますますひどくなってきて目のなかに流れこみぼくがすっかりいらいらしはじめているとミセス・コノリーがなにかご用かしらフランシーというんでいやただちょっと父さんのことで話がしたいと思ってと答えるとああお父さんのことはほんとにご愁傷さまだったわねあの方の魂に神のお慈悲がありますように。ミセス・コノリーはそういいながら指をいじくりはじめて下を向いてしまったんでぼくはいやいやそんなお慈悲とかいったこととはぜんぜんちがうんですよミセス・コノリーぼくがいいたいのは他人のことには勝手に首をつっこんでほしいってことなんですというとミセス・コノリーはぼくの顔をまじまじと見つめて舌をもつらせはじめた。た、他人のことに首をつっこむ？　いったいなんだってそんな。あなたはなにがいいたいの？　そんなことわかってるはずじゃありませんかといってやるとミセス・コノリーはいつかのミセス・ニュージェントみたいに心にもない涙を浮かべてあなたのお父さんにあたしほどよくしてあげた人なんかいないのよフランシー誰もやろうとしないんでお葬式の段取りだってすべてわたしがひとりでやって家のなかもすっかりきれいにしたんですもの主人なんかおまえはなんだってそんなことまでしてるんだっていったくらいなのよそれもこれもあなたのお父さんのことをかわいそうに思ったからこそじゃないあなたの家であたしがいったいどれくらい働いたことか。そこまでいうとミセス・コノリーがしゃくりあげはじめたんですかさずぼくはいってやった掃除してくれなんて誰も頼んじゃいないじゃないですかそれがこの町の人たちの悪いとこなんだどうして他人のことに首をつっこまずにはいられないんだろう**勝手に自分のことだけやってりゃいいっていうのに！**

　ぼくがついつい声を荒らげるといつのまにか髭をはやした見知らぬ男が立っていてなにをいうかと思ったらおれがなにかしでかさんうちにいますぐこの家から立ち去るんだざもないとこっちにだって考えがあるからなといった。ぼくはコノリーに向かってもうこれからはうちに近づいたりしないでくださいよ近所であんたを見かけたらただじゃすみませんからね嘘じゃありませんよといってやった。すると髭面がいきなり殴りかかってきたんでぼくは必死に相手の手首をつかむと力のかぎりねじりあげていうべきことをいうまで離さなかったとにかくなんとしてもこれだけはいっておかなきゃならないぼくの目の前に姿を見せたりするんじゃないぞコノリーあんたにゃぜんぜん関係ないことなんだしこれまでだってぜんぜん関係なかったんだそれからもうひとつ**もうひとつだけいっとくぞ！**　ミセス・コノリーは鼻をぐずぐずいわせてお願いだからやめてちょうだいと涙ながらに訴えかけた。髭面のほうは痛みのあまりもうはんぶん腰をかがめている。こんなマヌケなざまをさらしてるやつは見たことがない。たれた前髪が目に入ってしまってたばっちまえとすごむべきか離してくれと頼むべきかもわからずにただ黙ってるだけだ。結局、髭面はなんにもいわなかった。大見得を切ってしまった手前、恥ずかしさに顔を真っ赤にしてウスノロみたいにただ突っ立っている。いいかこれだけはいっとくぞコノリーぼくはあんたのリンゴなんかほしくない！　聞いてるか？——**ぼくはあんたのリンゴなんてほしくないんだ！　あんたのクソみたいなリンゴなんかぜったいにいらないからな！**

ぼくは髭面の手首を離すとよく覚えておくんですねと言い捨てて茫然と突っ立ったままのふたりを残してその場をあとにした。あんなやつらにかかずらうのはもうまっぴらごめんだった。ぼくはずんずん町を歩いていった。でもどこに行こうとしているかは自分でもはっきりわかっていたわけじゃない。ともかくコノリーとの件は片がついたけれどいったいこれからなにをしよう？　これといったことも思い浮かばなかったのでぼくは煙草を買い、一本とりだして火をつけると立ったまま吸った。そのとき突然、映画館わきの路地からジョーがぼくを呼ぶ声が聞こえてきた。ジョー！ぼくは煙草を落として叫んだジョーきみなのかい？　フランシーちょっとこっちにこいよと声がするでもいざ路地に行ってみるとジョーの姿はどこにも見あたらなかった。代わりにニュージェントのうちの車が歩道に水をはねちらかして走ってくるのが目に入った。ミスター・ニュージェントが片手にパイプを持ったまま身を乗りだしてフロントガラスを拭いている。運転しているのはミセス・ニュージェントだ。あの女が車を運転できるなんて思ってもみなかった。やがて車は速度を落としてパーセル家の前で停まった。ぼくは後ろから近づいていくと通りの反対側に駐まった大型トラックの陰に隠れて様子をうかがった。ミセス・ニュージェントが座席の後ろから箱かなにかをとりだして車をおり、ミスター・ニュージェントが呼び鈴を押した。

フィリップはいなかった。どこに行っちまったんだろう？　やがてミスター・ニュージェントの肩ごしにパーセル夫妻の顔が見えたあらわざわざきていただけるなんて思ってもみませんでしたわ。挨拶をかわし終えるとニュージェントが箱を差しだしたんでこんどはさっきよりもよく見えたきれいに包装してあるのがわかるたんなる箱じゃないプレゼントだ。ぼくがもう一度目を上げると玄関のドアは閉まり居間に明かりがともっていた。ミスター・ニュージェントがグラスを配りながら誰かの冗談に頭をのけぞらすのが見えた。いやはやまったくですな。声は聞こえないけど顔の表情でそういっているのがわかる。背後の壊れた樋《とい》を雨水がゴボゴボと流れていく音だけしか聞こえなくてぼくはとうとう我慢できなくなってしまった。ぼくが玄関のドアを開けるとミスター・パーセルは眠そうに目をこすっていた。なにをしていたのか知らないがパジャマの上にガウンをはおっている。**いまごろ誰だね**とニュージェントの声がする。誰かが居間の明かりを消したけど誰が消したのかはわからない。家のなかからはなんの音も聞こえてこなかった。ぼくはミスター・パーセルに訊いたこいつはなんのパーティーなんです？　パーティーってなんのことだね？　このパーティーですよ、プレゼントまで用意してたじゃないですか。パーティーだなんて、なんのことやらさっぱりわからないがね。いいですかパーセルさんたわごとはやめてくださいぼくが知りたいのはこいつがなにかジョーと関係があるかどうかってことだけなんですジョーが帰ってくるんでパーティーをやるんでしょう？　けれどミスター・パーセルはそれでも口を割らずパーティーだなんてなにをいってるんだねきみはちょっとおかしいんじゃないのか？　ははあなるほどぼくみたいなやつにはなにも教えられないってわけかと考えているとミセス・パーセルの声が聞こえてきた。誰なのいったい誰なの夜中の一時だっていうのにいったいなにごと？　そこでぼくはいってやった。こっちの邪魔ばっかりしてなにも話してくれないような人たちにはもうほとほとうんざりなんですぼくはパーティーのことが知りたかっただけなのにそれでも教えてもらえないっていうんならそれはそれでけっこうですよパーセルさんなんてったってここはあなたのうちなんですからねでも嘘までつくことはないじゃないですか。**わたしは嘘などついとらん！**とミスター・パーセルは怒鳴った。だけどぼくはそんなことなんかもう聞きたくなかったいいえついてますね悪いですけどぼくにはわかってるんです。だけどパーセルさん昔はそんな嘘なんてつかなかったじゃないですかぼくが遊びにくれば昔ならいってくれたでしょう？　やあフランシーじゃないかジョーならすぐくるからいっしょに遊びに行ってくればいいってね。あの頃は嘘なんかついたりしなかったじゃないですかそうでしょう？

ミスター・パーセルの表情がいきなり変わって痛みに襲われたように歪んだぼくはそれを見たとたんミスター・パーセルのことが好きになったそこに立っているのは昔とおなじミスター・パーセルだったミスター・パーセルはぼくになにかいいたいのにどうしたらそれを口にできるのかわからずにいるのだ。だけどそんなこと問題じゃなかったっていうのもぼくにはミスター・パーセルがなにをいいたいのかよくわかっていたからだ。あの女がくるまではすべてがうまくいっていたのにってていいたいんでしょうパーセルさん？　ミセス・ニュージェントがあっちこっちに首をつっこんで面倒を引き起こしたりするまえは問題なんてなにひとつなかったですもんね。あの女があなたにプレゼントを持ってきたのもそれが理由なんでしょう？――そうじゃありませんかパーセルさん？

ぼくはミスター・パーセルの目をまっすぐに見つめていった。そうじゃありませんか？

なんとも悲しそうな目をしてミスター・パーセルはつぶやいた――フランシー。

ぼくにはわかっていたミスター・パーセルはもっとなにかいいたいのにミセス・ニュージェントが居間で耳をすましてるのがわかっているもんだからなにもいえないのだ。

そのことならちゃんとわかってますよと伝えたくてぼくは唇にそっと人差し指をあててみせた。ミスター・パーセルは頭痛がするとでもいうように目をこすっただけだったけどぼくを見つめるその目を見れば悪いなフランシーといっているのがわかった。ぼくは微笑んだ。ミスター・パーセルはやっぱりいい人だ。すべてがこんなふうになってしまうのをパーセル家の人たちはすこしも望んじゃいなかったってことは最初からわかっていたのだ。

ニュージェント家のやつらがこの町に越してきたりしなければ、もしやつらがぼくらのことをほっといてくれさえしたら、それだけでよかったんだ。

ぼくは家には帰らずに一晩じゅう外をうろつきまわりながらこれからなにをしようか考えた。ほんのちょっとだけニワトリ小屋で寝た。おれたちのおがくず王国で寝ているこいつはいったい誰なんだと何千もの目がこっちを見ていたんでやあヒヨコぼくだよフランシーだよと声をかけようと思ったけどすっかりくたびれ果てていてそれさえできなかった。

目を覚ますと信じられないことにハエのやつがぼくの体にとまっていやがった。そこのシチューから手を離しなと叫んでバシッとマヌケ野郎を三匹たたき落とした。ジャケットの襟にたかってた二匹は黒い染みになっていた。なあみんな、これを見ろよ。ぼくのいうみんなっていうのはハエのことだった。

まだ手元に十シリング残っていたのでぼくはカーニバルに行って射的をやることにした。標的のまんなかに三回連続で当てさえすれば金魚がもらえるって寸法だ。金魚のやつらはぐるぐると泳ぎまわりながら骨ばった口をぼくらはここだよぼくらはここだよと動かしていた。ぼくは銃の台尻をしっかり肩に当てて引き金をひいた。パン！　一発目ははずれだったけど最初は誰だってそんなもんだ。射的場の親父がこっちを見ている気がした。たいした腕前じゃないなとでも考えているんだろう。ぼくは振り返ってにらみつけてやったけど親父はもうこっちに背を向けてどっかの女の人に話しかけていた。よしもうだいじょうぶだ、とぼくは声を出していった。さあ行くぞ、三連続でどまんなかに当ててやる。それにしてもニュージェントのやつは金魚を手に入れるのにどのくらいかかったんだろう。きっとずいぶん金を注ぎこんだのにちがいない。さあ行くぞと声を上げたけどこんどもまたはずれだった。いったいなにがいけないんだろう。五十点のところには当たったもののそんなんじゃ意味がない。ぼくは射的場の親父に声をかけた。この銃はなんか細工がしてあるんじゃないのかい？

それがやつらのやり口だってことはわかってた。銃身をちょっぴり曲げてあるもんだからどうがんばったってまんなかには当てられないようになっているのだ。おじさん、フィリップには細工をしてないちゃんとしたやつを渡したんだろ、とぼくはいった。**なんだって？**といって親父は笑いはじめた。ぼくはレッディーのところへ行ってもう十シリング貸してもらおうと思ったけどやっぱり考えなおした。なんだってそんなことをする必要がある？　金魚なんか持っていかなくたってジョー・パーセルは気にするもんか。おまえはなんだってそんなことに血まなこになってるんだ、フランシー――**たかが金魚だろ？**

射的場の親父は大きく広げた手をカウンターについてぼくのことを見つめていた。さあどうする、もう一回やるかい？

ぼくは笑いだしてしまった。いいや、やるもんか。あんたもあんたの金魚もクソくらえってんだ。あんたなんかフィリップ・ニュージェントとつるんでるのがお似合いだよ。

金魚のことを心配するなんて頭がヤワになっちまってたんだろう。ぼくがバンドランのオンボロ学校までジョーに会いに行ったら、あいつはなんていうか？　よう、フランシー――金魚を持ってきてくれると思ってたのに！

そうとも。金魚なんておととといきやがれだ！　ぼくとジョーにはやるべきことがたくさんある。金魚のことなんか気にかけてる暇なんかあるもんか。

金魚だって？　とぼくらはいう。クソくらえだ！

ぼくは修道院の付属学校へ行って納屋から自転車をかっぱらった。女の子たちはいつもここを自転車置き場に使っているのだ。ぼくは煙草に火をつけるとサドルに飛び乗って自分に問いかけた。ならジョン・ウェインごっこやなんかはもう終わりってわけか？　答えはすぐにわかるさ！　そうとも！　煙草をぷかぷか吸ってから排水溝の向こうに投げ飛ばした。ペダルをこがずに車輪のチキチキという音を聞きながらチャーチ・ヒルを滑りおりていく。**さあ、この牛たちを連れてミズーリへ出発だ！**

リンリンリン！　リンリンリン！

風に向かって煙草の煙を吐きだし口笛を吹き鳴らす——うちの親父はゴミ屋でござるゴミ屋の帽子をかぶってござる！　ようタンポポ、みんな元気かい、くたばっちまいな！　棒をひと振りしただけで頭がいくつもスパッと切れる失礼ですがいったいなにをなさっているんですスパッ、スパッ、スパッ、スパッ、アアーッいったいなにが起こってるんだ？　ぼくらの頭はどこに行っちまったんだ？　ヒーッ、ヤップ！　と叫んでぼくはふたたび旅路を急ぐ。紅茶の葉を下水溝に捨てていた婆さんが声をかけてくるねえ坊やなにか新しいニュースを聞いちゃいないかい？　新しいニュースってどんなことが知りたいんです？　ああ、もう！　といって婆さんは自分の背中を掻く。ははあ共産主義者どものことですかとぼくはいう。あいつらのことなんかぼくの知ったこっちゃありませんよ。なにいってんだいハゲのミスター・フルシチョフがボタンを押したらそんな口なんかきいてられなくなるよ。あの男はもちろん押すだろうからね。間違いありゃしないよ！

婆さんは片目をつぶってみせた。あんたは押さないと思ってるんだね？

婆さんはひとりでいきなり笑いだしたああそうともさ押すに決まってるよでも和平交渉しなかったことを悔やんだってもう遅いんだ泣きっ面でじたばたしたって無駄ってもんさ。あたしゃこの先の店に行ってみんなにいってやったんだよロザリオのお祈りを唱えろってさ来週のいまごろ祈ろうったってもう遅いんだから。あいつらはフルシチョフなんか恐くないっていってたけどさ、いまじゃすっかり怯えちまってるよ！ **冗談ごとなんかじゃないんだよ坊や！** さあなかに入んなふたりでロザリオの祈りを唱えようじゃないかそしたら旅をつづけるまえにお茶を一杯ごちそうしてやるからさ！

いいですともと答えてぼくは婆さんといっしょにひざまずいた。おお主よわが唇を開かせたまえ我らを災いより救いこの世界を破滅から救いたまわらんことを。婆さんは目を閉じたままでぼくのことについてはなにも口にせずぼくはといえばティドリーの手伝いをしてたときとおんなじでただモゴモゴと意味のないことをつぶやきつづけた。神とキリストと聖霊の名にかけてアーメンと婆さんは唱えるあんたはほんとに信心深い子だねさあやかんをかけてくるからそこにすわって待っといで。ええおばさんとぼくは答えてでっかい家だなあと心のなかで思う。コンロの上には黒いやかんがのっていて部屋の隅には長椅子みたいなベッドがおいてあってその下から中国人みたいな目をした猫がこっちをにらみつけている。きさまはここでなにをしてやがんだ誰が入ってきていいといった早いとこ失せちまいなここは**おれの**家なんだ！　さあどうぞと婆さんがいいぼくはこいつはすごいやこんなにおいしそうなパンは見たことないといってがぶりと噛みつくと、お茶がさらにドクドクとカップへ注がれる。さあさあたんとおあがりまだまだどっさりあるんだからね食べ終わったらもうちょっと強いやつをやろうじゃないかあんたが飲めるんならの話だけどさ。婆さんはクスクス笑いながら階段の下へ行って茶色い紙袋に入った壜を持って戻ってくる。ちょっぴりだけ垂らしてやるよという婆さんの言葉を聞いたとたん猫はすっかり機嫌をそこねてしまう。最初の一杯はすぐに飲んでしまいぼくらはさらに飲みつづける。これからどこへ行くんだいと訊くのでバンドランですと答える。**バンドランだって？**と婆さんはいう。**あそこじゃノミが宣教師を食ってるって話じゃないか！**

もう一杯やりなよ坊や、ジェムソン飲むのははじめてじゃないんだろ。

やがて婆さんは窓を開け放つと声をかぎりに叫んだ。やれるもんならやってごらんフルシチョフのハゲ野郎！　ＪＦＫが相手になるよ！

話によると婆さんには娘が六人とイングランドへ行ってるパッキーという一人息子がいるらしかった。パッキーの成功ぶりはたいしたもんですよね、とぼくはいった。たしかすっかり出世してるんでしょう？　そうともさ、うちのパッキーは成功して裕福な暮らしをしてるよ。でも、なんで**あんたが**そんなこと知ってるんだい？　部下が十人いるってことじゃないですかとぼくがいうと婆さんはすっかり有頂天になって体をあちこちのものにぶつけながらさらにウィスキーを取りにいった。

じつはこれからジョー・パーセルに会いに行くんですよ。へえジョー・パーセルねえ、その子はあんたの友だちかい？　いい友だちほど大切なものはないからね。ぼくは婆さんに水たまりの氷のところでジョーにはじめて会った日のことを話した。あんたは運のいい子だね、そんな友だちを持ってる人間は世界じゅう見渡したってそうそういるもんじゃないよ。わかってますってとぼくは答えた。ならしっかりがんばんなよあたしにもそんな友だちがいればいいんだけどねえあそこのドアんとこに立ってるむっつり屋みたいなやつじゃなくってさ。誰ですって？　ぼくは思わず声を上げた。振り返ってみると膝まであるゴム長靴をはいた農夫が帽子をしきりにいじりながら突っ立っていた。ほんといけねえみたいだなと農夫はいったもうだめだって噂でもちきりさ来週のいまごろにゃここいらの牧草地にゃ雄牛一匹残ってないだろうとよ男も女も子供も家畜もこの町の生きもんはぜんぶ死んじまうって話だ！

農夫が現われたのはかえって幸運だったっていうのも外に目をやるとすっかり暗くなってきてたからでぼくはなんてこったもう行かなきゃと叫んだ。農夫はぽかんと口をあけたままぼくと婆さんを見ていた。じゃあごきげんようおばあさんと声をかけたけど後ろから聞こえてきたのは返事じゃなかった**ああそうだよあたしはウィスキーを飲んでるよあんただろうがフルシチョフのハゲだろうが誰もあたしをとめられやしないからね！**

ぼくは三回か四回くらい用水路に落っこちそうになって気をつけろと声を上げたけどあたりには人なんかてんで見当たらなかったからこんなところじゃフルシチョフもたいしてやることなんかないってもんだボタンなんか押すだけ無駄さと叫んでからウィーッと声を上げて丘を下っていくとふ

たたび開けた場所に出た。雌牛たちが用水路の向こうからこっちを見つめていた。どこに行くんだいフランシー。他人のことに鼻をつっこんでないで自分のことだけ考えてな雌牛どもめ。用心しろよタンポポ、フランシーさまのお通りだぞ！　ずいぶんウィスキーをきこしめしてたんでぼくは笑いをとめることができず顔に風を受け小石をそこらじゅうに跳ね飛ばしながら叫んだ世界の終わりだなんてなにいってやがんだこいつは世界のはじまりさ、終わりなんかであるもんか。

そうだろうジョー？

ジョーは答える。そうとも！　フランシー。

バンドランもフルシチョフがやるべきことなどなにもないようなところで目につくものといったら大通りのまんなかで格闘している二枚の新聞紙と港に舫《もや》ってあるボートが一艚だけ、カーニバルの敷地にも車輪のなくなったキャラバン以外はなにも見当たらずフェンスに痩せこけた雑種犬が一匹つないであるきりだった。建物はどれも灰色で陰鬱で湿っていて冬の寒さにしかめっ面をしていた。エーンエーンもうぼくたちには誰も滞在してくれないよお。ふたりがロザリオの祈りを唱えたのはどこだろうとぼくは思った。海岸の潮だまりに唾をたらしてみる。潮だまりでは蜘蛛の巣みたいな触手が揺れていて珊瑚色が刻一刻と変化している。これからの人生をジャガイモと塩だけで生きていく覚悟はできてるかい、アニー？　あなたったら女の子にそんなものしか約束できないのべニー・ブレイディー？

ふたりはキャンドルウィック刺繡をしたベッドカバーの上に横たわってる。ダンスホールから家へと帰ってゆく人たちの声が聞こえ、やがて空が白んでくる。窓の外から聞こえてくるのはシーッという波の音だけだ。ぼくは宿屋の名前も知っている。潮騒荘だ。どこにあるかは知らないけどそんなこと問題じゃない。リンリンリン！　われらがミスター酔っ払いが宿屋を見つけるのにさほどの時間はかからないと思います、閣下。恐縮ですが、少々ご助力をお願いしたいのですが。いいとも、いったいなにをしてほしいというのかね？

ぼくはアルジャーノン・カラザーズ。チクチクチク、ウィーッと浜辺を飛ばしてく。車輪のスポークに小石が当たってカタカタ音をたてる。フラーンシスウ、そろそろなんか食べる時間だぞ。

ぼくはホテルに入っていって腰をおろした。柔らかな木琴の調べが流れていて、どこか遠くからナイフやフォークのガチャガチャいう音が響いてくる。さてとなんにしますと女の子が訊くのでぼくはぜんぶと答えた。ぜんぶってどういう意味？　ベーコンも目玉焼きもソーセージも豆料理もお茶もぜんぶってことだよ。女の子は小さなノートにペンを走らせる。ずいぶんおなかが空いているみたいね。そうとも、と答え、襟にナプキンをつっこむ。生きたままのメンドリだって食べられるくらいさ。

店の向こう端のテーブルに眼鏡をかけた禿げ頭のビジネスマンがすわっていた。あれはきっとハンプティ・ダンプティの弟にちがいない。この町で捜査の陣頭指揮をとっているんだろう。犯人ならぼく知ってるよ！　やつらがあんたの兄さんを突き落とすのを見たんだ！　ついそう教えたくなる。でもそのビジネスマンは捜査の指揮なんかとっちゃいない。ただ『アイリッシュ・タイムズ』を読んでるだけだ。ぼくがすわってるところからでも一面の記事が見える。〈キューバ危機――新たなる恐怖〉。新たなる恐怖だって？　笑わせてくれるじゃないか。ぼくなんかこれほど気分がいいのははじめてだ。すぐに外へ出て共産主義者どもをすべて撃ち殺すんだフランシー！　もしいま命じられたらぼくはこう答えていただろう。いいともさ、兄弟。

ぼくはハンプティに声をかけた。ぼくほどうってつけの人間はいませんって！　やつらに道理ってもんをちょいと叩きこんでやりますよ。ええそうですとも！　まかせといてください！　ハンプティは眼鏡を押しあげてじっとぼくを見下ろした。自慢のジャケットにはシチューの染みやなんかがついていたし体からは残飯の臭いが漂っているんでぼくはちょっと危ないやつに見えたかもしれない。ハンプティが臭いに気づいているかどうかはわからなかったけどぼくが自分でもわかるくらいだからたぶん気づいていただろう。でもなんでぼくが気にする必要がある？　残飯だって？　それがいまの話となんの関係があるっていうんだ？　残飯なんぞクソくらえってんだ！

グリーン・ランタンかヒューマン・トーチみたいに宙を飛んでいってハンプティのテーブルにすっくと立ちはだかりたかった。オーケー、ハンプティ、あんたの兄さんの話をしようじゃないか！こっちは共産主義者どもの噂が真実かどうか知りたいんだ。それもいますぐにな！

でもそんなことをするのはまだ早い。ハンプティに心臓発作でも起こされたらたまったもんじゃないからだ。ぼくは襟にナプキンをたくしこみながらいった。ええでもあいつらときたらロクデナシもいいとこですからね、性根の腐ったケモノですよ。けれどハンプティはこっちのいうことなんか聞こえないふりをしている。でも今回は相手が相手ですからね。ええそうです、まったくそのとおり。こんどばっかりはあいつらもやりすぎたってわけですよ！　なんたって相手がジョン・F・ケネディなんだから。ここでぼくはジョン・ウェインみたいに、ジョン・エイフ・ケネディ、と発音してみせた。そうとも！　まったくだぜ！

ハンプティはいまいましそうに新聞を振って眼鏡を押しあげると頼むから静かにしてくれんかね新聞を読んでいることくらい見ればわかるだろうといった。

そこへ女の子が朝食を運んできたんでハンプティは新聞をたたみ、さてどうするかと見ていると唇をなめた。アッ！　とか声を上げてもうすっかりご機嫌らしい。ぼくは料理を指さして笑ってやった。ほんとうまそうじゃないですかこりゃこたえられないや。でもハンプティはなにもいわずにフォークをカチャカチャいわせながらムシャムシャひたすら食べている。

それからぼくは叫んだ。この店だ！　ここだったんだ！

鼻先でベーコンをぶらぶらさせたままハンプティがこっちを見た。

ここがなんだって？

ふたりがハネムーンを過ごしたとこですよ、決まってるじゃないですか！

ハネムーンとは、どういう意味だね？　いったい誰のハネムーンのことなんだ？

ハンプティはこっちのいってることがまるでわかっちゃいなかったんで最初っからぜんぶ説明してやらなきゃならなかった。

やつはぼくを見つめたままそうだったのかいと相づちをうったけどほんとはこっちの話なんかほとんど聞いてないのは見えみえだった。とまあ、そういうわけなんですよ。これであとはふたりが泊まった宿屋を探すだけです。潮騒荘っていう名前なんですけど、ご存じありませんか？

いいや、この町のことなどなにも知らんねここには仕事できてるだけなんだ。

はいはいわかりましたよそんなに頭へ血をのぼらせることないじゃないですかハンプティ。ぼくはそういってやろうとしたけどそんな暇なんかありゃしなかった。ハンプティはいきなり立ちあがって口を拭くと料理を半分皿に残したままなにやらブツブツつぶやきながら立ち去ってしまったのだ。まったく親切なやつじゃないか。そこへ店の女の子がやってきたんでぼくはおんなじ質問をしてみた。彼女もやっぱり知らなかったけど調べてみてくれるという。まだしばらくはここにいるんでしょといって女の子は皿に山積みになった料理に目をやった。ああそうさと答えてぼくは皿にフォークをつきたてた。最後にすこしだけ残った目玉焼きを平らげたところへ女の子が支配人を連れて戻ってきた。どこか行きたいところがあるって話だねわたしはバンドランのことなら隅から隅まで知っているよ。潮騒荘はどこにあるんですかとぼくは訊いた。なんてこった、たしかにそんな名前の宿屋は聞いたことがないな。そういって支配人は顔をしわくちゃにすると顎を掻いて考えこんだ。しかしだいじょうぶだよ、なんとか調べてあげよう。ぼくがさらにお茶を何杯か飲んで待っていると支配人は百歳くらいに見える爺さんを連れてきた。この人はドニゴール県内の山ならすべて知っているんだと支配人がいう。ぼくを見る爺さんの顔にはこう書いてあった——わしは有名人なんじゃよ！

そうとも！　と爺さんはいった。わしはドニゴールにある山なら**ぜんぶ**知っとるんだ！　山のことを知ってるってのは、ほんといいもんだよ。でも爺さんがどんなに山のことを知ってようがぼくにはどうだってよかった。こっちが知りたいのは宿屋のことなのだ。しかしぼくが潮騒荘の名前を口にすると爺さんの顔はぱっと輝いた。ああ！　知らんはずがあるもんかね。郵便局から帰ってくるときに毎日そばを通ってるんだからな。ほらみなさい！　と支配人がにっこりと微笑んだ。わたしのいったとおりだろう？　するとその後ろからウェイトレスの女の子が手品師の助手みたいにつけくわえた。あたしのことも忘れちゃだめよ。

足を引きひき遊歩道を歩いていく爺さんはちょっとばかりブタの学校の庭師に似ていたというのもこの爺さんもあの庭師といっしょでマイケル・コリンズのことばっかり話していたからだ。ただし爺さんにいわせるとマイケル・コリンズは国を裏切った史上最悪のゲス野郎らしい。まったくほんとですよねとぼくは相づちをうった。ならデ・バレラ大統領はどうなんです？　そう訊いたとたん爺さんはまたもやなにやらまくしたてはじめたもののぼくはひとことも聞いちゃいなかった。すっかりそわそわしていてもたってもいられなくなってしまい考えられることといったら潮騒荘のことだけでそれというのも潮騒荘こそがすべてのはじまった場所だったからだ。いまだにアイルランド自由国を擁護してるようなやつもいるけどな、と爺さんがいった。わしならあいつら全員の頭に弾丸を二発ずつおみまいしてやるね。さてとおまえさんが探してたのはあそこだよと爺さんは自分の杖で通りのいちばん向こうを指してみせた。ちょいと歩かにゃならんがおまえさんは健康そうだから心臓発作を起こすようなこともあるまいて。ぼくは興奮のあまりもうすこしで爺さんを手すりごしに海へ突き落としそうになった。通りに並んだ家の前を数えきれないくらい何度も何度も行ったりきたりした。窓からなかをのぞきこみ、またさっと目をそらす。それから駐車してある車の陰に行ってジャケットにこびりついたシチューをこそげ落とした。どうしても取れないのでこんどは折れたアイスキャンディーの棒を使ってやってみる。ぼくは心のなかで思った。こいつは幸先がいいぞ。あの日ジョーといっしょに氷を割ったときに使ったのもアイスキャンディーの棒だったじゃないか。そうだったそうだった。ぼくはだんだんほんとうにそうだった気がしてきた。外から見えるのは真鍮の植木鉢と大きな観葉植物と大きなゴムの木と暗がりにずらりとかかっている馬やヨットの絵だけだったけどそんなことはどうでもいい問題なのはどの家もしかめっ面をしたままでこっちがなにをしても誰も出てこないことだった。ぼくたちを見ておくれよと家どもがいう。ぼくたちよりいい家なんてありゃしないよ。罪深き者なんかはぜったいに泊まりにこないしね。きさまら、どうしてやるか見てやがれ、家どもめ。ぼくは時空の支配者なんだぞ。そういってぼくは指をぱちんと鳴らした。するとどうだい！　そこらじゅうを大勢の子供たちが走りまわりはじめたじゃないか。ぼくを見てぼくを見てと叫んだり階段の手すりを滑ったりみんなやりたい放題だ！　もう一度ぱちんと指を鳴らすとカーニバルの空中ブランコやメリーゴーラウンドが現われて町じゅうをつつみこみ、きらきら光る音楽のリボンをかけたプレゼントにする。海よ！　とぼくは叫ぶ。でっかい波が轟音をたてて堤防にぶつかり、白い泡となって砕け散る。浜辺のあちこちから喜びに満ちた笑い声が聞こえてくる。山ほどのボートが水平線へ向かって進んでいく。灯台のまわりはたくさんの人たちでいっぱいだ！　さあさあ、パンチをいかがです。いえ、けっこうですよ。まあそうおっしゃらずに、一杯やってくださいよ！　いいや、いらないったらいらないよ、この生意気なチビのゲス野郎どもめが！

ベーコンエッグを焼く匂いが開いた窓から漂ってくる。静脈の浮いたおばさんたちが足を引いて歩きながらこんなにすてきな休日ははじめてよねという。ええほんとうだわ時の支配者フランシー・ブレイディーに感謝しなくっちゃ。そんな魔法が使えたらさぞよかったろう。

ぼくは呼び鈴を鳴らすべく、意を決して飛びかかった。そうしないと建物の前を行ったりきたりしているうちにほんとうの夏がやってきてしまうのがわかっていたからだ。いいえちがうわ、うちは二十七番地じゃなくて十七番地よ。おっとっと失礼しました。自分でもなんでおっとっと失礼しましたなんていってしまったのかわからないこれじゃまるでトゥーツ氏か『ビーノ』に載ってるリトル・モーみたいじゃないか。それからぼくは十一軒か十二軒か十三軒の家を訪ね歩いたけどほんとはいちいち訪ねまわる必要なんかぜんぜんありゃしなかった。最初に通りかかったときにきちんと注意していれば看板が目に入っていたはずなのだ。錨と水夫の絵のついた看板が下がり、ドアのすぐ上には〈潮騒荘――空室あります〉って書いてある。ぼくは逃げだしそうになってしまったけどもちろん逃げずに身なりを整えると咳払いをしてジャケットについたハエの染みやシチューの跡をできるだけこそげ落としてからドアを開けるとそこには女主人が立っていた。チェーンのついた眼鏡やなんかをした彼女は、ぼくが思っていたとおりの人だった。

いったん口を開くや女主人はまったく手に負えなくなってしまった。そうですともいまでこそ当時の面影はなくなってしまいましたけど昔は常時二十人から三十人の方がお泊まりになっていたものなのよ。でもさすがにお客の全員を憶えてはいないですよねとぼくは訊いてみた。あにはからんやですよ、こんな歳になってしまったけれどわたしは人の顔はぜったいに忘れないの。こと顔に関してはもうたいへんな記憶力があるのよ。この家の前に一度でも立ったことのある方ならすべて憶えてますとも。そういって女主人は昔の話をそもそもの最初っからとうとうとまくしたてた。でもなんといってもいちばんお客が多かったのはカトリックの聖体大会があった年でしょうね。ほんとうにびっくりするくらい。この国にあんなにたくさんの人がいるなんて思いもしなかったわ。駅のプラットホームがすっかり人で埋めつくされてしまうほどでね。それにもちろん戦争が終わったあとにはイングランドからもたくさんの方がお見えになったわ。しかも面倒を起こすような人はひとりもいなくてね、宿代もきちんきちんと払ってくださるし、不平なんかもまるでもらされなかったし。まったく、誰もが誰もそうとはかぎりませんからね！

そのお茶はお気に召したかしらと訊くので、ぼくはもちろんですよと答えた。

ならもうすこしいかが？　ええいただきます。

あの頃は有名人の方もいらっしゃったものなのよ。ええ、そうですとも。あなた、ジョーゼフ・ロックさんのことは聞いたことある？　女主人は唇をすぼめてぼくを見つめた。そんな名前なんかてんで知らなかったけどぼくはカップの縁ごしに目を見開いてみせた——まさかあのジョーゼフ・ロックですか？

そうなの！　ここへは三回もいらしゃったんですから。

あの方はわたくしたちのために談話室で歌をうたってくださってね。それはもうすてきな夕べだったわ。デリーから毎年きてくださってた校長先生がいて、マケニフさんとおっしゃるんだけど、その方がピアノを弾くの。トム・ムーアの曲でね。トム・ムーアは知ってる？

ニワトリ小屋で働いているトム・ムーアなら知っていたけど女主人がいってるのはそのトム・ムーアじゃないはずだ。でも知っていますと答えてもまるっきり嘘ってわけじゃない。ええ知ってますとも、とぼくはいった。

あの日の夕べのことは生涯忘れられないでしょうね。

そういうと女主人はまたもや昔話をまくしたてはじめた。よく泊まりにきてた俳優がひとりいて、詩の朗読や歌を披露してくれたらしい。たとえば〈黄色い小さな神様の緑の目〉とかをというんで、こっちも相づちをうってやる。ええ、わかりますよ、〈サム・マッギーを茶毘《だび》にふして〉なんかもでしょう？

その曲のことはアロおじさんのパーティーの夜に聴いて憶えていたのだ。

よく知ってるじゃないの！　女主人はすっかり喜んでこんどはビスケットまで出してきた。

そうなの、うちには芸能界の方もたくさんいらっしゃったものなのよ。それも頻繁にね。

ぼくは椅子のはじっこにすわって口をはさむチャンスをうかがった。父さんが彼女のために歌をうたったときの話を訊こうと思ったのだ。ぼくはチャンスを待つのに忙しくてお茶のことなんかすっかり忘れてしまっていた。やがて女主人はわたしの写真コレクションを見せてあげましょうかといいだした。一晩でもこのうちの屋根の下で過ごしてくださった人ならほとんど全員の写真が残っているの。その写真というのがすごい数で、いったい何枚くらいあるのかさえわからない。たぶん千枚はありそうだった。セピア色の顔をした写真の男たちはみんなゆったりしたダボダボのズボンをはいている。女の子たちは積み藁の横にすわり、額に手をかざして海を眺めている。ピクニックの写真もあった。ぼくはつぎつぎに写真を見ていったけど母さんと父さんの写真は一枚も見当たらなかった。

ああこれこれこの方はひと月まるまる滞在なさったの。これこれこの方っていうのはダブリンに住んでる判事で、女主人の親戚にあたるってことだった。でも父さんの写真はまだ出てこない。ぜんぶに目を通してしまうと女主人は写真をきちんとそろえながら目を上げた。で、あなたのお父さまの名前はなんていったんでしたっけ。もう一度教えてくださる？

ブレイディーですとぼくは答えた。

ブレイディーねえと女主人はいった。音楽家のルーシャス・ブレイディーなら憶えているんですけどねピアニストで歌もとってもお上手だったわお父さまが歌ってくださったのはなんて曲だったかしら？

〈大理石の宮殿に住んでいる夢を見たの〉です。

ええ、その曲ならたしかに知っていますとも。でもどうもピンとこないわね。父さんはその曲を歌ったんだって話してました、とぼくはいった。それに、おばさんがマットの下に鍵を隠しといてくれたって！　なんですって？　女主人はびっくりした声を上げた。いいえわたしはそんなこと一度だってしたことはありませんよ！　ただの一度もね！　女主人はおんなじことをいやになるくらい何度もくりかえした。

でもこんな婆さんがなにをいおうが知ったこっちゃない。最後に笑うのは誰か見てやろうじゃないか。女主人はもう何人かブレイディーの名前を挙げたけど、ぼくはそのたびにちがいますとくりかえした。いいえ、それは父さんじゃありません。

もう一度フルネームを教えてくれる？　バーナード・ブレイディーですとぼくは答えた。女主人はその名前を何回かつぶやきながら頭をひねっていたけどぼくが**ベニー**と口にしたとたんあんぐりと口を開けた。さっきまでとは顔つきがぜんぜん変わっている。どちらに住んでるの、と訊くんでぼくが答えると、なにやらぶつぶついいながら写真をかき集めはじめた。ぼくはいった――父さんはここへきたときのことや美しいものの話なんかをしょっちゅうしてるんです。でも女主人は突然なにも話したくなくなってしまったらしくさあさあこれを片づけたほうがいいようねだけどいったいどこから手をつけていいものやらといった。でも、父さんのことを話してくれるっていったじゃありませんか。

すると女主人は答えた。でも思い出せないのよ。わたしの記憶力も昔ほどではなくなってしまったのね。女主人は笑ってごまかそうとした。すっかり歳をとっちゃったみたいねハハハ。写真はもうすべて箱やアルバムに戻されている。なんで話してくれないんですとぼくは食い下がった。さっきは話してくれるっていったのに。女主人は首を振っただけだった。話してくださいよどうしても聞きたいんですとぼくが頼んでもいいえもう勘弁してちょうだいという。ぼくが聞きたいのはふたりが窓のそばに横になって海の音に耳をすませていたときのことだけだった。この宿屋には海の音なんかてんで聞こえてこなかったけどそんなことはどうだっていい。話をつづけてくださいよ話してくれるって約束したじゃありませんかというと女主人は声を張りあげた。**ちょっとわたしに触ったりしないでちょうだい！**　奥さんの前であんなことをする男の話なんか、なにをしろっていうの？　あんな恥知らず、ブタのほうがよっぽどましよ。かわいそうなマギヴニー神父はハエも殺せないような人なのに、あんなふうに侮辱するなんて。あの方はここへ二十年以上もきてくださってたのよ！　ベルファストの孤児院で骨身を惜しまず働いてこられたっていうのに、あの男のあんな罵詈雑言に耐えなきゃならない謂《いわ》れはありませんよ！　奥さんもかわいそうなもんだわ。ハネムーンのあいだじゅう、あの男が素面《しらふ》だったことは一度たりともなかったんですからね！

それから女主人は**ごめんなさいね**と謝ったんだけど向こうがそういったときにはもうこっちは玄関のホールにいたしそんなことはいまさらどうでもよかったんでぼくは静かに玄関のドアを閉めた。通りを歩いているとさっきの支配人がひょっこりやってきた。やあ探していた宿屋は見つかったかね。ええ見つかりましたともと答えてぼくが親指を突きだしてみせると支配人はバンドランの町をゆっくり楽しみなさいというんでええもちろんそうしますよと背中に向かって答えてから強い風が吹くなかを店に行って煙草を買ってから浜辺に出て何本か吸いながら目をやるとボロ雑巾みたいに汚れた灰色の海にボートが何艘か浮かんでいてああ三艘あるなと思いながらさらに煙草を吸ったけどなかには半分くらいしか吸わない煙草もあったし一本まるまる吸った煙草もあった。煙草のパックに何本残っているか数えてみる。一、二、三、と三本残ってる。町に行ってみると自分の仕事にせっせと精を出している人たちもいれば買い物をしている女の人もいるし腰まである長靴をはいてマンホールの脇に立ってる町会議員もいるしカフェの前には修道院付属学校の女の子たちもいてぼくは髪がすっかりくしゃくしゃになってしまったので櫛を買った。でも問題なのはぼくが櫛を買った店じゃなくてその隣にあるもう一軒の店のほうでさっき通ったときには見逃していたらしいけど間違いなく楽器屋だった。ドアには犬の絵がかかっていて、蓄音機のラッパを見つめながら自分のご主人さまの声を聞いている。わたしはここだこのなかから出しておくれワン公とご主人がいう。どうやってとワン公が訊く。わたしにわかるわけがないだろうとにかくどうにかするんだおまえはわたしの愛犬だろう？　ウインドーのなかにはなんでもそろってる。音楽に関係のあるものならなんでもござれだ。銀色のサクソフォンもあるし、トランペットもある。レコードが山のように積んであって頬を赤くした女の人が髪をなびかせながら編みかけのマフラーみたいな五線譜を口から吹きだしている。女の人はみんなにいっしょに歌ってほしがっている。いいとも。歌ってあげようじゃないか。ぼくが店のなかに入っていくとカウンターの奥に音楽家がいてひとりハミングをしながらタワー酒場に入りびたりになるまえの父さんみたいに五線譜に音符を書きこんでいた。チョッキのポケットから大きな金時計の鎖をたらしてたりするもんだから電信技手がカンザス州の保安官にツツーツーツーと電信を送ってるとこみたいに見える。ぼくは音楽家にいった――あなたがどんな人なのかぼく知ってますよ。

ほういったいわたしのなにを知ってるというんだね？

あなたは世界中のすべての歌を知ってるんだ。ひとつ残らずぜんぶね。

ぜんぶというわけにはいかないがねといって音楽家は微笑んだ。しかしまあけっこうな数を知ってるよ。ぼくは店のなかを歩きまわった。蓄音機が、ざっと見ただけでも二十台はある。種類もいろいろで、ラッパの大きなのもあれば小さなのもあった。どんなものでもお好み次第っていうわけだ。そのときトクトクという音が聞こえてきたんで振り返ってみるとわれらが音楽家先生がお茶をいれている。一杯どうだい、きみも飲まないかね？　この音楽家はなんていいことをいってくれるんだろう。その言葉を聞いたとたんぼくはすっかり幸せな気分になってしまいもうすこしで泣きだすところだった。しかもそれだけじゃない！　ふと目をやるとどこからともなくケーキが現われてるじゃないか。それもなんとバタフライケーキだ！　なんてこった、いったいどうしてわかったっていうんです？　音楽家はただ微笑んでさあお上がりと勧めるとカップにトクトクとお茶を注ぎながら飲みたいだけ飲みなさいといった。どうしてわかったのかはわからないままだったけどそんなことはどうだってよかった。気がつくとぼくは父さんや母さんのことやジャガイモと塩のことや歌のことや岩の上でロザリオの祈りを唱えたことなんかをすべて残らず話していた。するときみのお父さんはトランペットを吹くのかい？　ええと答えてぼくは父さんがどんな曲を吹けるか教えてやった。音楽家はそのうちのひとつを耳にすると、その曲でソロがとれたっていうんならお父さんはさぞかしトランペットが上手かったんだな！　といった。ぼくは指についたクリームをなめながらもちろんですともと答えた。窓ガラスの向こうでは町が夜明けの光みたいな色に染まっていた。天井からは音符の形をしたモビールがいくつもぶらさがっていて互いにぶつかりながらチリンチリンと音をたてている。ぼくは山積みになったレコードを一枚一枚見ていった。でも用心しないと手のなかでこなごなになってしまいそうだ。**気をつけろよ、フランシー**といってぼくは声を上げて笑った。**心配すんなって、だいじょうぶさ！**

ジョン・マコーマックならぼくも知っていた。マコーマックの曲がラジオでかかると父さんは人差し指で空を切って指揮者の真似をしたもんだ。ぼくはもう一度笑った。ところがそのときべつのものが目に入って思わず気を失いそうになってしまった。なんでなのかはわからないというのもそれとおんなじものならこれまでに何度も見たことがあったからだ。自分の脚がいきなりおがくず人形の脚になってしまった気がした。遠くに青い雲の浮かんだ空のもと靄《もや》のたちこめた緑の山を悲しそうな目をしたロバが荷車を引きながらトコトコとおりてくる。その写真の上には大きな黒い文字で**アイルランドの緑の宝石**と書いてある。ぼくは何度も何度もページをめくって曲の名前にぜんぶ目を通してから音楽家にお金を払おうとして硬貨をあたりにまきちらしてしまい気がつくとフィリップやジョーのことをすべて話していて言葉が騎兵隊の突撃みたいに口からほとばしり出てくるんだけどいったいどっからそんな言葉が出てくるのかは自分でもさっぱりわからなかった。もうこれで終わりかなと思っていると丘の向こうからさらにたくさんのやつらが現われてヤッホーちょっと待てこの話も聞いてくれと突進してくるのだ。そのあいだじゅう音楽家はこっちの話に耳をかたむけてくれてその目に浮かんだ表情を見ればこのフランシー・ブレイディーとやらがジョー・パーセルの話なんぞさっさとやめてくれりゃあいいんだがなんてちっとも思ってなくてほんとにぼくの話を聞きたがっているのがわかった。それが証拠に音楽家はとてつもなくすばらしいことを教えてくれた。しかしもちろんいまじゃそれよりずっといい楽譜集が出ているよ。きみのすぐ後ろを見てごらん。そっちのほうがずっといい。それは『アイルランド名歌集』ってタイトルだった。表紙にはロバや荷車のかわりにショールを羽織ったおばあさんが立っていて半分開いたドアから山の向こうに沈んでいく太陽を見つめている。こっちのほうがさっきのやつよりいいんですねとぼくは訊いた。ああ、ずっといいよ。じゃあこれ買わせてください！　ぼくはすっかり興奮してまたもやあたりに硬貨をぶちまけてしまった。音楽家にはそれがひどくおかしかったらしい。彼にはそいつをぼくに売る気なんてぜんぜんなかったのだ。なんと**ただでくれる**っていう。お父さんがトランペットの名手だなんて子に会えることなどめったにないからね。きみが歌好きだっていうだけでもうじゅうぶんさ、そうだろう？　そういって音楽家は新しい曲をハミングしながら楽譜集を包んでくれた。そいつを手渡してもらうときもぼくはただただ相手を見つめるだけだった。こいつをジョーに見せるのが待ちきれませんよ！　とぼくはいった。でも音楽家のほうはてんで落ち着いたもんだった。誰かが店の窓を叩いて町じゅうの子供たちが宇宙人に食われてるぞと叫んだってこの人ならけっしてあわてたりしないだろう。そうかい、すぐに行くから待っててくれ、しかしそのまえに店の戸締まりをしないとな、とかいうにちがいない。あの音楽家はぼくがこれまでに会ったなかでいちばんいい人だと思いながら楽譜集を何度も見返してこいつを手渡したらジョーはどんな顔をするだろうと考えていたら寄宿学校へ行く道がわからなくなってしまい何度か道を間違えながらもこの楽譜集をどう思いますかってみんなに訊くとみんなはすごくいい楽譜集じゃないかっていうんでぼくはええそうですともと答えた。ぼくはこいつをジョー・パーセルにあげるんです。これにくらべたら『アイルランドの緑の宝石』なんかクズみたいなもんですよ。

田園地帯をリボンみたいにくねくねと伸びているこの黒い道をたどっていけばジョーの学校に着くはずだ。ジョーはなんていうだろう。なんてこった、フランシーじゃないか。おまえならやってくれると思ってたよ！　ヘイ、ジョー！　ぼくは叫ぶ。鞍をつけな！　馬に乗るんだ！　イーッ、ホー！

　ぼくは母さんみたいにイカレちまっていた。こっちへビューンと行ったかと思うとこんどはあっちへビューン。これをするぞいいやあれをするんだ。それからまたもやビューンとすっ飛んでいく。ぼくにはわかってた――ぼくはジョーのことや昔のことをもうすこし考えていたいんだ。ところがどっこい、こんどはいきなり笑いたくなってくる。空には粉絵の具で描いたみたいなでっかい渦巻き雲が浮かんでてぼくの尻のポケットには楽譜集がつっこんである。そうこうしてるうちに野原の向こうに学校が見えてきた。建物の窓が黄色く光ってる――またもや窓が百個ある建物だ。でもこんどの建物はまえのやつとはちがう。あの窓のどれかにジョーがいるのだ。そう考えたとたんぼくは月をヘディングできるくらい高く飛びあがっていた。この町の代表選手フランシー・ブレイディー、ゴールまであと四十ヤード三十ヤード二十ヤード十ヤードおっとロングシュートを放ちましたキーパー取れません、やりましたフランシー・ブレイディーがゴールを決めましたフランシーが一点獲得ですゴールネットにみごと月が突きささりました！

一時間以上もてくてく歩いてようやく学校が見えてきたちょうどそのときのこと、ぼくが角を曲がったとたん、あろうことか建物の明かりがぜんぶ消えてしまった。パチン！　とばかりにいきなり真っ暗になっちまったのだ。おいおい——いったいどういうつもりなんだ？　なんだって明かりを消しちまうんだよ？　つけといたままにしといてくれってば！　どうやってジョー・パーセルを探せばいいかわからないじゃないか！　おい！　聞いてんのか！

そのときぼくは突然ひらめいた。こいつはミセス・ニュージェントとなにか関係がある。あの女はぼくがジョーに会いに行くってことを聞きつけて裏でなにかたくらんでいるのだ。ぼくのことを暗闇でこっそり待ち伏せできるように学校の神父に明かりをすべて切らせたんだろう。ぼくがジョーを探してアホみたいに学校じゅうを駆けずりまわって疲れきった頃にやつらを後ろに従えて影からひょっこり顔を出し、笑みを浮かべていうのだ。どうやらジョーを見つけることはできなかったみたいね、そうでしょ？　残念だったわねえフランシスそれを聞いてぼくはもはやこれまでだジョーを見つけだすことはもうできないと悟る。けれどそこまで考えたところでぼくはしゃかりきになってすべてを笑い飛ばした。いったいなんだってこんな馬鹿なことを考えてるんだろう。ぼくはいった。**いいや、ちがうね。これぱっかりはミセス・ニュージェントにだって邪魔できるもんか！**

これまでにもいろんなことを考えたもんだけど、ここまでトンマなことを考えたのははじめてだった。

ぼくは建物の裏にまわって残飯が山になったゴミ置き場につっこみそうになった。まったくいやしくも自他ともに認める残飯王なんだから気づいてて当然だったんだ！　ぼくがいるのは厨房の裏だった。グルルルと犬がうなった。

びっくりして思わずクソッと叫んでしまったけどなんとか無事に通り抜けることができた。トイレの水を流すシャーッという音がする。シャーッシャーッ、おれたちにはおまえのことが見えてんだぜフランシー。ぼくは楽譜集がちゃんとあるかしょっちゅう尻のポケットに手をやって確かめた。最後にたどりついた部屋には腋の下の汗くさい臭いが染みついていてサッカーのスパイクがずらりと並んでいた。クソッなんてこったこれじゃ最初っから探しなおしじゃないか。ダダーン！　壁を向いて手をつくんだ。動くんじゃないぞ！　ライフルをかまえた六人の兵士がどこからともなく現われてぼくに命令した。さっさと壁のほうを向け。とうとう捕まえたぞミスター・ブレイディー！というのは嘘で、そんなことなんか起こりゃしなかった。たんに神父や田舎もんどもがいびきをかいていていただけだいったい生徒たちはどこにいるんだろう？　すくなくともここじゃないここには空っぽのベッドがひとつと薬の壜の並んだ戸棚があるだけだ。ちょいとこいつを見てみようかなと考えてぼくは茶色い壜から色とりどりの錠剤をごっそり手のひらにぶちまけた。ごくりと飲みこむと薬が喉をすべり落ちていく。いったいなんの薬だったんだろう。知ったことかい。ヒャッホー、廊下の向こうで誰かが叫んでいる気がするぞそこを左に曲がったらつぎは右に行くんだフランシー心配するなってジョーならすぐに見つかるさ。誰とも知れない声の主にお礼をいおうと思って振り返ったけど誰もいない。すると錠剤が声をかけてきた。おいおいおれだよフランシー。なんだおまえか錠剤め！　ところでなフランシーおれはあんたの脚をスポンジに変えちまわなきゃならないんだと錠剤がいう。タイルを踏む音がビチャビチャと響く。階段の下においてあるこのバカでっかい鐘はいったいなんなんだ？　ぼくは声に出して呼びかける――そのなかに隠れてるんなら出てきたほうがいいですよミセス・ニュージェント。あなたがそこにいるのはわかってるんだ騙そうったってそうはいきませんからね。

そういったとたんに笑いがこみあげてきてこらえきれなくなった。ちょっと普通の笑いじゃなくて田舎もんがなんでもないのに笑ってるのといっしょでジョークを聞いてからずいぶんたつっていうのに鼻水をだらだらたらしながらまだ笑ってるみたいなもんだった。なにをすべきなのかはわかってるぞこの鐘をガーンと鳴らしてどうなるか見てみればいいんだ。そしたら世界じゅうの寄宿学校の田舎もんどもは耳がぜんぜん聞こえないやつにいたるまで全員目を覚ますにちがいない。さあいくぞ、一、二の――くたばりやがれ！　もしほんとにそんなことをしていたらやつらはかんかんになって怒ったうえにジョーを放校にしていたかもしれない。だめだねこのフランシーがそんなにやすやすとおまえの手になんかのるもんか錠剤め。いいかよく聞けよ、錠剤――もっと行儀よくしてるんだ！

気だけはたしかになったもののぼくはまだ笑っていた。こいつばっかりはどうしてもとめられない。ウームいったいジョーのやつはここでどんないたずらをたくらんでるんだろう。結び合わせたシーツを共同寝室の窓から垂らして外へ出てボート小屋で開かれる真夜中の大宴会に出かけるつもりにちがいないきっとそうだ間違いなんかあるもんか！　おまえはほんと悪いやつだよパーセル！

生まれついての無法者だ！　そうともさ！　どっかに秘密の通路でもあるのかもしれない。階段の手すりのノブを倒したとたんウァァァァァァァァァァァァと落っこちて真っ暗な廊下に出るとそこは蜘蛛の巣だらけで死んだ生徒たちの骨がごろごろ転がっているのだ。

階段をのぼっていってギーギーいう木のドアを開けると、十字架に磔になったわれらが主が暗闇からいきなりぬっと現われた——やあなにかしてやれることはあるかね？　イエスさまぼくはジョー・パーセルを探しているんです。この階段をいちばん上までのぼってゆくがよい。そうですかイエスさまありがとうございます。

いったいなんなんだこれは。ぼくは思わず声を上げた。田舎もんどもが百人も眠ってる！　だけど寝てられんのもいまのうちだぞ。ぼくとジョーが行動を開始したら、そんなのんきにしてられないからな！

ダダーン！

パチッ——と明かりがついて部屋じゅうを煌々と照らしだしたとたんやつらはみんなまぶしそうに目を細めて毛布を体に巻きつけはじめた。おいおいなんだよ誰が電気をつけたんだ？　ぼくはつい口走りそうになった。もちろんぼくさ——アルジャーノン・カラザーズだ！

そう考えたらまたもや笑いがこみあげてきて腹をかかえてしまいやつらがこっちを見つめている様子しか目に入らなかった。やつらは監督生のほうを向いて口々にあいつは誰だよなんとかしろよそれがおまえの役目だろといっているのに監督生はなんにもしないでほかのやつらとおんなじように毛布を体に巻きつけたままだった。

ぼくは筒みたいに丸めた楽譜集でバシンと膝を叩いた。**ジョー！　どこにいるんだい？　ぼくならここだぜ！　鞍を用意しな！　馬に乗るんだ！**

ぼくは声をかぎりにそう叫ぶとジョーに聞こえなかったときのことを考えておんなじことをもう一度叫んだ。叫び終わるとこれまでの心配はそよ風に吹かれる絹のスカーフみたいにどこかへ飛んでいってしまいあとはジョーが現われるのを待ってふたりでここを出てくだけだったそしたらもう二度と戻ってくるもんか。そう考えるとすっかり気分がよくなってぼくはまたもや叫んだ。ジョー！　ヤンマ、ヤンマ、ヤンマ、ヤンマ！　ヤンマ、ヤンマ、ヤンマ、ヤンマ！　イーッ、ハッ！　この牛たちを連れてミズーリへ出発だ！

馬に乗って山へ行こうぜジョーそして何日も追跡をつづけるんだ。夜にはコヨーテの遠吠えが聞こえてくるだろう。コヨーテが月に向かって長々と吠えるのはそうすると気分がよくなるからで自分をいらいらさせるものがあるとやつらはなんでもかんでも吠えたてる。そこでぼくもやってみた。アウゥゥゥゥ！　アウゥゥゥゥ！　目を閉じて大平原に向かって声をかぎりに吠えたてた。

しばらくして顔を上げるとそこには神父が立っていた。おやおやフォックス神父じゃないか、とはいっても名前がほんとにフォックスというわけじゃない。鼻がひどく長くて狐《フォックス》にそっくりでフームこいつを騙してちょいとからかうにはどうしたらいいかなって顔をしているだけだった。こんにちはフォックス神父、ジョー・パーセルを探してるんですけど。**なにをしてるだと？** そう叫ぶとフォックス神父は気のいい狐なんかじゃてんでなくなってしまい顔がどす黒くなって目からはこいつをからかってやろうなんて色は消えうせ今やそこに浮かんでる表情といえばもうひとことでもなにかいってみろそしたらわたしはこのカラーをはぎとってきさまを床に叩きのめしてやるぞ神に誓って絶対だそんなことしないなんて考えてるんだったら泣きを見ることになるからな。フォックス神父、まったくあなたって人には驚かされますよ！　すこしは言葉を慎んだらどうなんです！アルジャーノン・カラザーズだったらほんとうにそういっていたことだろう。でもぼくはいわなかった。

かわりにただこう訊いてみた。ジョーを探しているんですけどご存じありませんか？神父は半分自分に半分田舎もんどもに言い聞かせるように信じられん**まったくもって**信じられんといった。神父が首を振るとそれを見ていた田舎もんどもが自分たちまで首を振る。ドアがバタンと閉まる騒々しい音がつづけざまにして階段をバタバタと駆けのぼってくる足音が響いてきた。神父がもうふたり入ってきて誰がいっしょかと思えばなんとジョー・パーセルだった。

ジョー！　ぼくは叫んだ。**やったぜ《ファック》！**

そんなふうに叫んだりすべきじゃなかったのはわかってたんだけど、ぼくは叫んでしまった。フォックスが手をのばして捕まえようとするんでぼくはひょいと身をかわした。するとさらにまた摑みかかってきたけどそんなの無駄ってもんで、こっちが脇へ一歩よって体をかわすとフォックスはひとり無様にたたらを踏んだ。こうなったらあとはジョーのところまで歩いていくだけだったから実際ほんとにそうしようとしたもののつぎの瞬間ジョーの後ろに立ってるやつが目に入ったんだけど驚くなかれなんとそれはあのフィリップ・ニュージェントだった。まえより背が高くなりちょっとだけ男っぽくなってるけど間違いない。あいかわらず前髪を目もとまでたらしてやがる。やつはまえには見せたことのないような目つきでぼくのことをまっすぐに見つめていた。やつの姿を見たとたんにすべてが悪いほうへと傾きだしたっていうのもやつがいっしょにいることなんかこっちは考えてもいなかったからだ。どんな話をするかはぜんぶ考えてあったのにそれがなんだったか思い出せずにいると神父がジョーをこっちに引っぱってきたけどジョーの目つきを見たとたんぼくはむかついて吐き気がしてきたこいつはジョーなんかじゃない。フィリップはあいかわらず腕を組んだままドアのところに立っている。この騒ぎがおさまったときにやつがみんなになんていうかはわかってた。あいつはぼくたちの仲間になりたくて自分の母親を裏切ったんだぜ。それから笑いながらこうつけくわえるだろう。考えてもみろよぼくらの仲間になれるって本気で考えてたんだからな!

ジョーがぼくにいった。いったいどうしてほしいんだ?

いいや、そうじゃない。ほんとはこういったんだ。**おまえ、**いったいどうしてほしいんだ?

ぼくがなにをいったところで無駄だったろう。いっしょに馬を走らせたかったんだよジョー昔の懐かしい日々のことを話し合いたかったんだよ百千万億兆ドル手に入れたらふたりでなにをするか話したかったんだよ山に行って敵を追跡したかったんだよぼくにはわからないよジョー、そんなこといってもてんで意味がないのはわかってたしきちんと話せないのもわかってたんでぼくはなにもいわずにその場に立ったままやつのことを見つめつづけた。

ジョーはもう一度訊いた。おれにどうしてほしいっていうんだよ？　おまえ、耳はちゃんとついてんだろ？

それから、さらにいった。ちゃんと聞いてんのか？　おまえ、おれに**どうして**ほしいんだ？

ぼくはジョーがそんなことを訊くなんて思ってもいなかったしそんなことをジョーが訊かなきゃならない理由もわからなかったけどジョーはほんとうにそう訊いたんだ間違いないジョーがそう口にするのを聞いたとたんぼくは自分の中身がどんどん流れだしていくのがわかったけどそれをどうしても止めることができなくてなんとか止めようとすればするほどますます流れだしてしまいこのままだと最後には煙草の巻紙みたいに天井を漂いはじめそうになるジョー頼むからぼくといっしょにきてくれといいたいだけなのに啞の人間は胃のなかに穴があいてるっていうけど今のぼくがまさしくそれで世界じゅうでいちばん啞なのはぼくだぼくには口にすべき言葉がただのひとつも残ってなんかいないんだ。いまのぼくが持っているものといえばたったひとつだけでそれは楽譜集だった。楽譜集はすっかりねじれてしまいあちこちに汗の染みができていたけどぼくはだいじょうぶだよフランシーなにもかもがうまくいくよと自分に言い聞かせると皺をちょっとのばしてからどうにかしてジョーに手渡そうとしたけどちょうどそのとき神父がぼくたちふたりのあいだに割って入って叫んだ。**いいか、もうたくさんだ！　こいつはきみの友だちなのかちがうのか、どっちなんだね、パ**

ーセル？

　ぼくはジョーを見てお願いだよジョーといいかけたけど彼はぼくのほうを見ずにただこういっただけだったぼくは疲れたからベッドに戻りたいんですだって朝の三時なんですよ。

　それからジョーは首を横に振って答えた――ちがいます、友だちじゃありません。

　そのままジョーは立ち去ってしまい途中で彼がフィリップになにか話しかけるとフィリップは微笑んだ。ぼくはそのまましばらく楽譜集をねじっていたけどやがて神父が近づいてきてきみはもう帰ったほうがいいと思うがねミスター・ブレイディーといった。ええ、ええ神父さんと答えると彼らはぼくを門のところまで連れていってわたしたちが警察を呼ばなくてきみは幸運だったんだぞというんでええそう思いますと答えてぼくは暗闇のなかを歩きはじめたどこかに自転車が置いてあるはずだったけどどこだったかはわからなかった。でもそんなことはどうでもよかったぼくはただ歩きつづけた歩きたい気分だったあれはジョーじゃないとぼくは声に出していった誰だかはわからないけどとにかくジョーじゃないそれだけはたしかだ。ジョーはどこかに行ってしまったやつらがぼくから遠ざけるために連れ去ってしまったんだいまのぼくに見えるのは薄い唇だけでその唇がそうよわたしたちがやったのよあなたにできることなどなにもないわあの子を取り戻そうとしたって無駄よそうでしょうフランシス・ピッグあんたはブタよちっちゃな子ブタよというんでぼくはええそうですミセス・ニュージェントと答えた。

町に戻るとみんなは世界の終わりがくるぞと叫びながら通りを右往左往していた。最初に出会ったのは手押し車に聖母マリアの像を乗せてやってくるミッキー・トレイナーだった世界の終わりがくるって話を聞いてないのかとミッキーはいったきのうの夜のニュースでやってたんだもうすべて終わりなんだええ知ってますよとぼくは答えたそんなことならとっくに知ってます教えてもらう必要なんかありゃしませんよ！

最悪の結果になろうがおれたちの知ったことかいとミッキーはいったおれたちのことはマリアさまが守ってくださるマリアさまはうちの娘に話しかけてくださったんだ奇跡とともに現われてくださるんだ。いっしょにきておまえもマリアさまのお言葉を聞くがいい最近じゃ自分の不滅の魂は自分で面倒を見なくちゃならないんだからな！

ミッキーはぼくの肩をつかんでいった――おれのためだと思っていっしょにきてくれないかフランシーおれはおまえの親父さんを知ってたんだ。

ええそりゃ知ってたでしょうよ父さんはテレビのことであんたのとこへ行こうとしてたんですからねでも行かなかったんだだからぼくは行かなきゃならないんですよニュージェントの家でタコを見るんです。そうかいだったらおれはもう行くよおまえも気をつけてなといってミッキーは手押し車を押して行ってしまった。

ぼくはその後ろ姿に向かって叫んだ。もうあんたにもあれを修理することはできないでしょうよミッキー違いますか？

ミッキーは振り返らなかったけどやつには修理できないのがぼくにはわかってたというのもどっ

ちにしろ父さんが蹴りつけたせいでもうてんでどうにもならなくなっていたからだ。あのテレビは完全にオシャカだった。あんなもんいまじゃ石炭置き場の場所ふさぎになっているだけなんだからほんとうならとっくにゴミ捨て場に放りだしてしまうべきだったんだ。そのまま歩いていると通りの向こうからこんどは酔っ払い男がやってきた。いっしょにタワー酒場に行かないかと声をかけるとやつは首を横に振った。みんないったいどうしちまったんだいと訊くとやつはトレイナーの娘の話を聞いてないのかといった。聞いたけどトレイナーの娘のことなんかぼくの知ったこっちゃないさタワーに行こうぜと答えてぼくは五ポンド札を抜き出した。いいやだめだねと酔っ払い男は答えたおれにはおれの用事があるんだ神父さんが会いにきてくださるのさ面倒ごとはもうまっぴらごめんだね。おまえといっしょだと面倒ごとばっかりだからもういいかげんうんざりさおれはドミニク神父に会いに行かなきゃならないんだ神父はおれに仕事をくれるっていうんでね。ちょいとそこをどいてくれないかといって酔っ払い男はぼくを押しのけるとぼろぼろのコートをはためかせながら立ち去った。行っちまえ、このネクラのアホ野郎めが！　ぼくはやつの背中に向かって叫んだ。あの頃は自分だって喜んでたくせしやがって！

ぼくは店に入って煙草を一箱買ってジャケットの染みを落とすための洗剤をなにか探したけど売っているのはシャンプーだけだというのでぼくはそれでいいですと答えた。外へ出ると通りの向こう側を花でいっぱいの洗面器をかかえたミセス・コノリーが歩いてくるのが目に入った。手を振ってみたけどミセス・コノリーは顔を真っ赤にしてうつむいてしまいぼくのことになんかぜんぜん気づいていないふりをした。スピーカーがガチャガチャと音をたててからハウリングを起こしたかと思うとやがて賛美歌が流れはじめた。〈父祖の信仰〉だ。しばらく耳をすましていたけどあんまり馬鹿みたいな曲なんでやめてしまった。ぼくはパン屋の前に立って自分でつくった賛美歌を歌った。昔なじみのティドリー神父といっしょだった頃に考えたやつで、マット・タルボットを歌ったものだ。まあ聞いてくれよ、とぼくはいった。こいつが本物の賛美歌ってもんさ！

おいらはすっごく板が好き
寒かろうともだいじょうぶ　霜や雨さえ怖くない
それとおいらは猫が好き　夜にはニシンを出してやる
だけどいちばん好きなのは　やっぱりなにより鎖だな

ぼくはさらに何番かつづけて歌った。ほかのやつらがマットにどんな仕打ちをしたかを歌った部分だ——おれたちに一杯おごってほしいってのか、マット？　おとといきやがれってんだ！

そこでぼくは腹をかかえて笑ってしまい、塀の上にすわったまま道ゆく人たちに叫びかけた。マット・タルボットを大統領に！

それからぼくはさらに歌った。髪を後ろになでつけてアイスキャンディーの棒をマイクにシャウトする。

そうさ、一番大切なのは金！

二番目はショウ！

その曲を歌い終わってしまうと、ぼくはさらに歌った。

おまえがそばにきたとたん
おれの体に震えが走った！

ぼくはさらに歌い、最後に叫んだ。

こちらはラジオ・リュクサンブール、司会はわたくしフランシー・ブレイディーでした！

やがてぼくは歌うのに飽きてしまいクソッたれと吐き捨てた。歌なんかもう知ったことかい。ぼくがカフェに入っていくと店の親父がなんだあんたかなにがほしいねと訊くんでソーセージとベーコンと豆料理と目玉焼きをぜんぶと答えた。悪いが閉店だすまないがもう終わりだよ。ぼくはテイトーのポテトチップスを一袋買って隠れ家に行った。シャンプーを使ってジャケットの染みを取ろうとしたけどぜんぜんだめでボトルの半分くらい使ったのに結局はさらに汚くなっただけだったのでぼくは眠ってしまった。

つぎの朝目を覚ますと屠畜場に行ったけど早すぎたもんだからレッディーがくるまで二時間も待たなくちゃならずいったいいつからここにいるんだと訊くんでもうだいぶまえからですミスター・レッディーと答えた。もうそろそろ顔を見せる頃だろうとは思ってたがいったいぜんたいどこに行ってやがったんだ！　ああちょっとぶらぶら歩きまわってたんですよ。ちょっとぶらぶらだと？こんどぶらぶらするときには自分の時間を使ってやるんだなブレイディーさもなきゃおれが蹴飛ばして道をごろごろ転がしてやるからそう思え。だいじょうぶですよ心配する必要なんかありませんってもうそんなことは終わったんです近いうちになにもかも終わっちまうんですからね。レッディーはエプロンをつけながらいったホテルじゃ残飯を半トンもかかえて待ってるんだぞそれもこれもおまえが集めに行かなかったせいなんだぞやつらはかんかんに怒ってるんだいいか今日じゅうにすべてなんとかしないと承知しないからな。ええわかりましたよミスター・レッディー。

それからぼくたちは屠畜をはじめて夕食の時間まで働きつづけた。仕事を終えるとレッディーはエプロンで手を拭いておれは晩飯に帰るからおまえは手押し車を用意して残飯集めに行ってこいといいつけた。それからホテルのやつらには忘れずにいっておくんだぞ来週はきちんと時間どおりに集めにきますからってな。まかせといてくださいよミスター・レッディー。レッディーがいなくなってしまうとぼくは釘からぶらさがっている家畜銃をひったくり引き出しから肉切り包丁とナイフを取りだした。残飯だかブタの餌だかが入ったバケツがドアのわきにおいてあったのでぼくは用意した家畜銃やなんかをそこへつっこんでキーキー音をたてる手押し車を押して出発した。そんならトレイナーんとこの娘さんはまたマリアさまと話をしたっていうんだね、え？　町は聖母マリアがダイヤモンド広場に現われるって噂でもちきりだった。ぼくはふたりのおばさんがその話をしているのを耳にした。こりゃあちょいと自慢できるよ聖母さまはどこの町にでもきてくださるってわけじゃないからねえと片方のおばさんがいう。ほんとまったくそのとおりだよともうひとりのほうが相づちをうつんでぼくは天使がやってくるっていうんですかと訊いてみた。そりゃまだわからないけどマリアさまがあたしたちを世界の終わりから救ってくださるんだったらそんなことどっちだってかまうこっちゃないだろ？　まったくそのとおりですよね奥さんほんとまったくそのとおり。どこに逃げようが終わりのときはもうすぐそこにきてるんですからね。

ドクター・ローチの家の前を通りかかると窓ガラスにボール紙でつくった大きな青い文字が飾ってあった。〈アヴェ・マリア――わたしたちの町へようこそ〉。アルファベットをばらばらにしたら〈ここはロクデナシのドクター・ローチの家です〉と綴り変えられるかと思って数えてみたけど文字が足らなかったしたとえ足りたとしてもそもそも必要な文字がてんでそろっていなかった。

こんどからは時間どおりに取りにこいとレッディーのやつにいっとけさもないとおまえんとこにゃ二度と残飯はやらないってなと料理人はいうとぼくのことを盗人でも見るような目でにらみつけた。ええちゃんといっときますよと答えてぼくはシャベルで残飯を手押し車のなかに放りこみはじめた。口笛を吹きながらシャベルをふるって文句をつけられないように残飯がきれいになくなったのを確認する。それからぼくはまた旅をつづけた。いまやみんながみんな敬虔な気持ちになっていた。町をあげての一大行事ってわけらしい。田舎もんどもは女の人に会うといちいち帽子をとって挨拶し、乳母車が通りかかるとなかをのぞきこんでいる。ここは世界じゅうでいちばん信心深い町なんですって横断幕でも垂らしとけってなもんだ。

ダイヤモンド広場には気のきいた祭壇ができていた。アルスター銀行のまんまえに置かれたその祭壇の上には天使が三人飛んでいる。

この町がこんなにいかして見えたのははじめてだった。世界じゅうでこんなに輝いていて幸せな町はほかにないって感じだった。


ぼくはブリキのバケツを振りふり裏へまわった。隣の家のカーテンがさっと開くのが見えたんで口笛を吹きながら声をかけるこんにちはお隣さんぼくフランシーですミセス・ニュージェントに特別なお届けものを持ってきたんです。すると女の人は窓から引っこんでしまったんでミセス・ニュージェントの家のドアをノックすると普段着の青いワンピースを着た彼女が出てきた。こんにちはミセス・ニュージェントご主人はいらっしゃいますかミスター・レッディーからことづけをいいつかってきたんですけど。ミセス・ニュージェントは真っ青になってしまいその場に突っ立ったまま悪いけど主人なら仕事に行っていて今はいないのとモゴモゴいうんでぼくはああそれならいいんですと答えるとすばやくどんと突き飛ばして家のなかへ押し戻したんで彼女は後ろによろけてなにかにぶつかった。ぼくは鍵をひねってドアをロックした。ミセス・ニュージェントは白い仮面みたいな顔をして口を小文字のOみたいに開いていている胃のなかに穴があいた啞がどんな気持ちかこれであんたにもわかったでしょうよミセス・ニュージェント。唖の人間は大声で叫びたくたって叫べないんですよなぜって叫びかたを知らないんですからね。ミセス・ニュージェントがよろめきながら電話かドアを求めて歩きだしたちょうどそのときスコーンの匂いがしてフィリップの写真が目に入ったんでぼくは彼女をつかまえて揺さぶり何度も何度も蹴りつけてやった。彼女はうめいてお願いやめてとかいったけどうめこうがお願いやめてといおうが知ったこっちゃない。ぼくは彼女の首をつかんでいった――あんたは悪いことをふたつやったんだミセス・ニュージェント。あんたはぼくに母さんを裏切らせたうえにぼくからジョーを奪った。なんでそんなことをしたんだよミセス・ニュージェント？　答えはなかったけどそんなもん聞きたくもなかったから壁に何度も叩きつけてやると口の端から血を流しながら手を伸ばしてきたんでぼくは家畜銃を取りだして撃鉄を起こした。片手で彼女を床から持ちあげ家畜銃を頭に押し当てて引き金を引くと**ボジョッ**って音がした。金魚鉢のなかに金魚を落としたときみたいな音だった。もし誰かにどうやってブタを殺すのかって訊いたらきっと喉を横に掻っ切るんだと教えられるだろうけどほんとうはそうじゃない実際には縦に切り裂くんだ。やがてミセス・ニュージェントは顎を突きだして横たわったまま動かなくなったんでぼくは彼女を切り開いて胃のなかに手をつっこむと二階の部屋の壁じゅうに**ブタ**と書きなぐった。

残飯ならいくらでもあったんでそれを上からかぶせてミセス・ニュージェントがすっかり見えなくなるまで覆ったというのも手押し車の底にミセス・ニュージェントを隠してるところを見つかっ

たらみんなにいい顔をされないのはわかっていたからでそれがすむとぼくは手押し車の把手を持ちあげてふたたび旅路についた。チャーチ・ヒルにはあいかわらず賛美歌が流れていて祈禱書を手にした人たちでいっぱいだった。そこへ例の自転車に乗った男がハンドルにレインコートをひっかけてやってきた。こんどはひどく親しげですっかり幸せそうな顔をして聖母マリアさまがご降臨なさるそうじゃないかという。ずいぶん顔を見なかったがいまでも税金を徴収してるのかね？　いいえそんなもんはやめちまいましたよ今は手押し車を押してまわってるんです。きみも聖母さまがこの町にいらっしゃるなんて考えてもみなかったろ？　そういうと男はすべてをお膳立てしたのがぼくだとでもいうようにまじまじと見つめてきた。ええ、思ってもいませんでしたよ、とぼくは答えた。でも町の人たちにとっちゃこれほど嬉しいことはないでしょうね。嬉しいどころの騒ぎじゃないさといって男はポケットから煙草を取りだすとプカプカとふかしながらなにか面白い話でもあるかねと訊くんでぼくはなんにもありませんよと答えてじゃあ失礼しますよもう仕事に戻らなきゃなりませんからというと男は悪人暇なしってわけかというんでまったくそのとおりですよ手押し車の底のミセス・ニュージェント以外はみんな暇なんてありませんからねと答えた。でも男はぼくの言葉なんか聞いちゃいなかった。

手押し車をちょっとだけその場において煙草を買うためになかへ入ると砂糖の棚の前におばさんたちが集まっていたけどミセス・コノリーだけはいなかった。ぼくは煙草を買うとおばさんたちに声をかけてミセス・コノリーがいなくて残念ですよぼくがこのあいだいったことで話がしたかったんですけどねもちろんちょっとからかっただけに決まってるじゃないですか！　といった。わざわざ押しかけていってあんなことという必要なんかあるわけないでしょう？　ぼくとミセス・コノリーは昔からの友だちなんですからね！　ぼくはダンスを踊ってミセス・コノリーから賞品をもらったことだってあるんですよ！　とってもおいしいリンゴをね！　ぼくが煙草に火をつけて煙を吐きだすとおばさんたちはハハハと笑ってええそうですともあなたは自分の頭のことを心配する必要なんかないのよフランシー自分のしたことを後悔するなんて誰にだってあることですものそうじゃありませんみなさんといった。そうそうとくにミセス・ニュージェントはねと答えてぼくは煙を吐きながら笑った。するとおばさんたちは聞き返した――なんですって？　でもぼくはいった――いやいや、なんでもありませんよ。

おばさんたちのひとりがハンドバッグの肩紐に小指を絡ませながらいった。マリアさまがいらっしゃるっていうこんな特別なときに人に恨みを持ったりしてもしかたないものね。いやほんとそのとおりですよ、とぼくはいった。それ以上真実を言い当ててる言葉はほかにありませんね。

じゃあみなさんもう仕事に戻らなきゃならないんで失礼します悪人暇なしですからねまったくほんとよねフランシーと三つ首女は昔みたいに声を上げて笑った。ぼくは煙草を吸い終わってしまい店のなかは煙でいっぱいだったあっというまに一本吸ってしまったんでぼくはもう一本とりだして火をつけた。フランシー・ブレイディー――わたしは一日に煙草を百本吸っています！　嘘偽りはありません！　フランシー・ブレイディーは確言いたします！　っていうのは嘘で、そんなにたくさん吸うのはミセス・ニュージェントを運んでまわってるときだけだ。ぼくは小指を立てて映画の主人公みたいに煙草をふかした。ではみなさん――ごきげんよう、とぼくがいうとおばさんたちはまたまた笑いはじめた。ご主人様のアルジャーノン・カラザーズとニュージェント手押し車のお通りだい。オーケー、ヌージ、さっさと乗るんだ。フランシー・ブレイディー・デッドウッド駅馬車の出発だぞ。酔っ払い男が一輪の手押し車にまたべつの聖人を乗せて通りかかったけどぼくを見るとあわてて逃げていった。

待ちやがれこの盗人野郎！　その聖人を持って戻ってこい！と叫んでぼくはまたもや笑いはじめた。その男をとめてくれ！　そいつは聖人を売って飲み代にしようって腹なんだ！　ぼくは歩きながらうちの親父はゴミ屋でござるゴミ屋の帽子をかぶってござると口笛を吹きならした。いったいどこから歌が浮かんでくるのかわからなかった。そうさ一番大切なのは金。ぼくはちっちゃな子ブタちゃんどうぞ贔屓に願います。ただいまお聴きいただきました『ベイビー・ピッグ・ショウ』はレイディオウ・リュクｰセンｰブルクがお送りいたしました！

こんにちはご主人。いいお天気ですね。ご注文はなんにいたします？　ステーキ用の羊肉を二ポンドですか？

それともミセス・ニュージェントを半ポンド？

申しわけないですけどね、みなさん。ミセス・ニュージェントは売り物じゃないんですよ！　彼女は親友のフランシー・ブレイディーと旅の最中なんでね。メアリーのお菓子屋の前を通りかかったんでなかに入ってハーブキャンディーを一袋買った。店に入って顔なじみのメアリーに声をかけるねえ懐かしいあの頃のことを忘れちゃいないだろうメアリー？　カムデン・タウンに行ってもう二十年になるんだからな！　まったくたいしたもんさ！　ちょいとなかに入って一曲ピアノを弾いてくれないか？

ぼくは煙草に火をつけてまくしたてつづけたけどメアリーは銀色の小さなシャベルで袋にキャンディーをつめるばかりでなにもいわず最後に袋をくるっとひねって口をしめたんで最高のハーブキャンディーがつまったデコボコの袋がさあできあがりだ。それからメアリーは窓辺のところに戻って腰をおろし広場を眺めはじめた。ねえ見なよメアリー！　ハーブキャンディーは昔とまったく変わっちゃいない！　でもそう声をかけてもメアリーはやっぱりなにもいわずにただ微笑んでいるだけだった。まああれが笑みと呼べるならの話だけど。ぼくにはメアリーが誰のことを考えているのかわかっていた。もちろんアロおじさんのことを考えているのだそうだそうにちがいない。心配しなくてもいいよメアリーとぼくはいった。きみの悩みなんかもうすっかり解決さ——時の支配者フランシー・ブレイディーがついてるんだからね！

でもそういったとたんになんだか自分がマヌケに思えてきたんでなにかぜんぜんべつのことをいおうと頭をひねったんだけどなんにも思いつかなかったのでキャンディーの袋をポケットに突っこんで外に出るとベルがチリンチリンと音をたてて後ろでドアが閉まった。メアリーはすわったまま灰を見つめていたときの母さんみたいな顔をしていた人の顔ってやつはおかしなもんでひどくゆっくりと変わっていくからなかなか気づかないけどある日ふと目をやると自分の知っていたはずの人間がいなくなっている。代わりにそこにすわっているのは半分幽霊みたいな人間でそいつが口にするセリフときたらただひとつ——この世の美しいものなんてどれもこれもすべて嘘なんだ。そんなものは結局なんの役にも立ちゃしないんだからね。

もしかしたらそれが真実かもしれないけどそれでもぼくは子供たちがいる小道に行ってみたこれがぼくの最後のチャンスかもしれないとぼくはいった。やっぱり子供たちはいた。輸送用の木箱の上におもちゃのティーセットをのせてでっかい靴であたりをドシンドシン歩いている。ぼくも仲間に入れてくれるかいと訊くと、なかのひとりがいった。仲間に入ってどうすんだよあんたはもう子供じゃないだろとっととどっか行っちまえ！　水たまりにアイスキャンディーの棒でつくった筏《いかだ》を浮かべてるチビがいた。ぼくはそいつに話しかけた。もし百千万億兆ドル手に入れたらおまえならなにをする？

チビはぼくを見てすぐさま答えた。フラッシュ・バーを百万個買うよ。そりゃいいや、ぼくは笑ってその場をあとにした。チビは棒切れで水たまりをかきまわしながら自分で勝手につくった曲を口笛で吹いていた。

いったいぜんたいどこへ行ってやがったんだ。ぼくが屠畜場の庭に戻るとレッディーが怒鳴りつけてきた。ああ、ちょいとぶらついてたんですよ、とぼくは答えた。ほう、これからぶらつくときは自分の時間にぶらつくんだな、おれは店のほうに行かなきゃならんからここは頼んだぞ。わかりました、とぼくはいった。そいつはこっちにとっても好都合ってもんだ。ぼくは手押し車を臓物プールのわきにおくと石灰はどこにしまってあるんですかとレッディーに訊いた。消えうせやがれ、グラウス！　ぼくが叫ぶとグラウス・アームストロングは長い腸を引きずりながら門の外へと走って逃げていった。シャベルを手に取って石灰の袋を切り裂いていると暖かい涙が目にあふれてきたというのもぼくはメアリーになにもしてやれなかったからだ。

ミスター・〝マルタン・レディラブド・フレイク煙草〟・ニュージェントが今晩家に帰ってきたらさぞかしおかしいことになるだろう。ブルブル今夜は冷えるなまったく！　いま帰ったよお茶でもいれてもらえるかい？　おやおやうちの家内ときたらずいぶんと忙しいらしいな返事もしないじゃないか。部屋にはスコーンの匂いが漂っていて黒と白のタイルは顔が映るくらいピカピカに磨きあげてある。ああそうか家内のやつ買い物にでもでかけたんだな気にすることもないだろうテレビでも見るか。おお『ザ・ニュース』をやってるな。ニュース。ウーム、それにしてもフィリップのやつが寄宿学校に行ってしまってから家のなかが妙に静かだな。ウーム、家内のやつが天国に召されてしまってから家のなかが妙に静かだなってこれからはつぶやくことになるんだろうけどミスター・ニュージェントはまだそのことを知らない。今夜の食事はなんだろう――ベーコンエッグか、さもなきゃ家内お得意の特製ステーキとキドニーパイか！　けれどかわいそうなミスター・ニュージェントは当分そんな食事にはありつけない。ああほんと、悲しいったらありゃしない。と、そこでニュースが終わってしまう。ウーム。チクタク。家内のやつはどこへ行ったんだろう。ほんとにいったいどこへ行ったんだ？　もしもしお隣さんうちの家内を見かけませんでしたか？　いいえ、神に誓って見かけてなんかいませんわ。おやまあそうですかとミスター・ヌージはいう。チクタクチクタク台所を歩きまわるがもう静けさも心地よくは感じられず透明女のミセス・ニュージェントはどこに行ったんだとおなじ疑問を何度もくりかえすばかり。チクタクチクタクもうマルタン・レディラブド・フレイク煙草なんぞどうだっていい妻はどこだ！　われらがミスター・ニュージェントはいまや目を真っ赤にしている！　マルタン・レディラブド――これぞ最高のエーンエンエンエン！　そんなコマーシャルをテレビでやったらさぞ見苦しいこったろう。あいつは二階にいるんだろうか？　家内は二階へ行って眠ってしまったんだとお思いですかお隣さん？　ええきっとそうですわそうであってもおかしくはないでしょう？　いっしょに上へ行って調べてみません？　ええそうしましょうとミスター・ニュージェントがいってふたりは階段を一段抜かしでのぼっていくとドアを開けたとたん部屋の壁が目に入ってああなんてこったミスター・ニュージェントは立っていられなくなってしまいお隣さんは見ちゃだめ見ちゃだめですよ！

でも奥さんはいないようですよハハハ警察に連絡すればきっとどこにいるかわかるはずです電話してみましょうあたしがかけてみますわミスター・ニュージェント。電話に汗まみれの指紋をべたべたつけながらもしもしソーセージ巡査部長ですか、じゃなくって警察署ですか？

口笛を吹きながら目を上げるとこの町では一度も見たことのない警官を四、五人引き連れたソーセージが屠畜場の庭をこちらへとやってくるのが見えた。警官のひとりは品定めでもするようにぼくをじろじろと見て**おまえはただじゃすまないぞ坊主！**と視線で伝えようとしたけどぼくは口笛を吹いたままブタの皮を剝ぎつづけた。自分でもなんの口笛を吹いているのかわからなかったけどたぶん『原子力潜水艦シービュー号』のテーマ曲だったんじゃないかと思う。レッディーがドアのところに立ってぼろ切れで手を拭いていると思ったらやがて真っ青な顔をしてぼくのことを見た。ソーセージの声が聞こえた。**けさあの子が家の裏手にまわっていくのを隣人が目撃しているんですよ。**

それをきいたとたんレッディーはすっかり頭に血がのぼっちまったらしい。巡査部長がとめる間もなくぼくにつかみかかるとぐいと押したんでぼくは後ろによろめいて冷蔵庫のドアにぶつかってしまったき**きさまなんぞいくらでも罰を受けりゃいいんだ！　そもそもきさまなんぞにこの店の敷居をまたがせたのが間違いだったんだお母さんのことがかわいそうだと思うから雇ってやったのに**といってレッディーは体を震わせてその場に突っ立ったまま拳を握ったり開いたりしている。やつはもう一度ぼくを突き飛ばそうとしたけどぼくは反対にその腕をつかんで相手の目をにらみつけたんで向こうもこっちがなにをいおうとしているかはわかったにちがいない。ようブタ切り刻み大学のミスター・レッディーぼくを突き飛ばすつもりなら気をつけたほうがいいぞバンコクだなんてバンコクに行ったことなんか一度もないくせしやがって口をきくときには気をつけろよ父さんが母さんをコマしたなんて抜かしやがったらおまえもニュージェントとおんなじ目にあわせてやるからなそうしてほしいかレッディーのブタ野郎——きさまほんとにそうしてほしいのかよ！

つづけてぼくが面と向かって笑いだすとやつはひどくショックを受けた顔をしたんでまるでこう口走るんじゃないかと思ったくらいだった。ああフランシーおれが悪かったよそんなことというつもりじゃなかったんだちょいと口がすべっただけださ。

ぼくになにがいえるはずがある？　こんなイカレた場所で！　ミスター・ニュージェントはすっかりぶるぶる体を震わせていてぼくに目を向けることさえできないらしい。彼女はどこだとソーセージがいい、猪首の田舎もんがふたりがかりで両脇からぼくを押さえつけた。これじゃ逃げようもないどころか筋肉を動かすことさえできないくらいだ。ならついにこの世の終わりがきたってわけですねとぼくはいった。聖母さまが助けにきてくれればいいのにってぼくも思ってたんですよ！

彼女はどこなんだ？とまたソーセージがいった。

やっぱりなんたってマルタン・レディラブド・フレイクですよね！　ミスター・ニュージェントに向かってそう叫んだとたん脇腹をガツンと殴られた。それからやつらはここを上から下まで徹底的に探すんだといってほんとにそのとおりにしやがった。連中はすべてをひっくり返した。まったくこいつら田舎もんの警官ときたら！　首根っこの上でベーコンが焼けるんじゃないかってくらいカッカしている。ベーコンは何枚ほしいね？　四枚お願いします。いや――できればベーコン二枚と卵をふたつにしてくれますか？

このでっかい牛肉の塊の後ろに隠してあるんじゃないのか？　うーん、ちがうみたいだな。汚水処理タンクの下はどうだ？　いいや、見当たらないぞ。そうこうしているうちにやつらはだんだんヒステリックになってきて、ミスター・ニュージェントをべつの場所へ連れていった。おまえ彼女になにをしたんだ？　彼女って誰ですとぼくが訊くとやつらはますます不機嫌になった。やつらはぼくを何度も殴り車に乗せて町じゅうを連れまわした。ニワトリ小屋に〈聖母さま　われらが町にようこそ〉という垂れ幕が渡してあったんで聖母さまがニワトリ小屋の屋根に降り立っていうんですかねといってやるとやつらは急ブレーキをかけて道端に車を停めおまえのそのバチ当たりで冒瀆的な舌をいますぐ素手で引っこ抜いてやるからそう思えとソーセージがなりたてた。けれどソーセージはそんなことはせず、やつらはまた車を出してどこへ行くのかと思っていると川だった。彼女はここなのか？　いったい誰のことですとぼくはまた訊き返した。そんなこんなをくりかえしてから最後にやつらはぼくを署に連れ戻ってボコボコ蹴りつけた。蹴りつけてる最中に猪首野郎のひとりがいった——おれにまかせてくれりゃこの野郎をぶち割って腹んなかのクソを残らず絞りだしてやるぜ！

そのひとことでぼくはすっかりキレちまった。ぼくはその男の口真似をしてまくしたてた。腹んなかのクソを残らず絞りだしてやるぜ！　畜生めが！

やつらは何度となくぼくを殴りつけたけど靴下に入れた石鹸を使ったんでこっちの体には痣ひとつつかなかった。でもぼくは腹んなかのクソを残らず絞りだされちまった！

ソーセージがぼくを揺さぶって彼女はどこなんだと訊いた。キャッスルバー・ソーセージは最高の品質をお約束します！　とぼくは叫んだ。フライパンでジュージュー焼けば——ソーセージ巡査部長も思わず納得の美味しさです！

やがてやつらはうんざりしてしまった。こいつを独房に放りこんどけ、明日の朝になったら吐かせてやる。ぼくにはやつらがトランプをやっているのが聞こえた。それ見いファイブカードだじぇ！　とかなんとかいっている。こんびゃんおめぇが出したにゃかじゃしゃいこうの手じゃねぇか！　ぼくは壁に耳を押しつけてひとことも聞き逃さなかった。やつらの声が聞こえてくる――おれならあいつに一秒だって背中を向けたりするもんか！

つぎの日は一度も独房から出してもらえなかったっていうのもやつらはダブリンの刑事がくるのを待っていたからだ。外の通りに人が集まっているのが聞こえるここへきやがれクソ野郎とぼくは鉄格子の隙間から酔っ払い男に向かって叫んだおまえはぼくに二ポンド六シリングの借りがあるんだぞ。するとクソ野郎はほうほうのていで逃げていった。こんにちはミセス・コノリーとぼくは叫んだ見てくださいよやつらにこんなところへ閉じこめられちまったんです！　自転車に乗った例の男にも叫んだ――ブタ通行税を払わなかったらこのていたらくですよ！　まあ当然の報いですけどね！

男はハハハと笑ってもうすこしで自転車に乗ったまま壁に激突しそうになった。つぎに独房の窓のところへやってきたのはミッキー・トレイナーと奇跡の伝導師マクーイーだった。わが子よ、きみのために祈りを捧げてあげよう、とマクーイーがいう。マクーイーは手押し車の後ろに積んだ干草の俵に聖マリア・ゴレッティの像をたてかけていてこの像は奇跡が起こると血を流すんだといった。ここ数日というものこの町では悪いことがつづけて起こってるそうじゃないか。きみはどんな調子だね、わが子よ。わたしがきみの不滅の魂のために祈りを捧げてあげようじゃないか。鉄格子の隙間からゴレッティが手を組んだままぽかんと空を見上げているのが見えた。彼女の美しい眼を見たまえ、とマクーイーがいう。この聖人の美しい目をよく見るんだ。するとゴレッティの両目に赤い赤いルビーみたいな滴が溢れだしてきて白い頬をしたたり落ちた。ほんと悲しいですよねミスター・マクーイーとぼくはいった。なにがだね、とマクーイーが問い返す。哀れな人間たちがこの涙の谷間で自分の家を探してさまよっていることがかね？　いいえちがいますって、あんたみたいなデブのクソ野郎がトマトソースを無駄にしてることがですよ。おおイエスさまマリアさまヨセフさまと唱えながらミッキーが気を失いそうになってなにかをつかんで体を支えようとした。この性悪で邪悪なチビめおまえはお袋さんの心をずたずたにしたうえに葬式にだって出なかったじゃないか！　あんたみたいなカスになにがわかるってんだよトレイナーあんたなんかテレビだってろくすっぽ修理できないじゃないかそんなやつになにがわかるってんだ！　聞いてんのかトレイナー？　くたばりやがれ！　あんたもあんたの娘も聖母マリアもくたばっちまえ！　ぼくはそんなことというつもりはなかったんだけどトレイナーのやつがいわせたんだから仕方ないっていうのにぼくの声が通りじゅうに響き渡ったもんだから集まっていた人たちは独房の窓を見ておおイエスさまマリアさまヨセフさまと唱えて胸の前で十字を切った。すると猪首野郎たちと刑事が入ってきてまたもや蹴りつけてきやがった。あとでまた車に乗って町をまわるからなもう早いとこ口を割ったほうが身のためだぞブレイディーさもなきゃ神に誓ってひどい目にあわせてやるからそう思え。そのあとでぼくはすこしだけ眠った。外の広場でミセス・コノリーたちがぼくのためにロザリオの祈りを唱えているのが聞こえてくる。ふと目をあげると鉄格子の隙間からバッツィーとデヴリンがのぞきこんでいた。お祈りでも唱えたほうがいいぞやつらはおまえを縛り首にするって話だからなとバッツィーがいうおれたちがおまえをどうするかわかるかブタみたいに吊り下げてやるのさ。バッツィーは気のきいたことを抜かしていたけど**きさまおれの妹になにしやがったんだ**と叫びはじめたんでデヴリンがどっかに連れてかなきゃならなかった。ぼくはまったくとんだ厄介払いだとつぶやいて子供たちのひとりにメアリーの店で買ってこさせた『ビーノ』を読んだ。ジャンボ将軍はちょいとした部隊を率いてる。友だちのミスター・プロフェッサーに造らせたちっちゃな小型ロボットたちを腕時計型のコントロールパネルのボタンを押して操るのだ。ぼくはよく考えたもんだった。こんなやつをぼくも持ってたら町じゅうのやつらを操ってやるのにな。やつらを川まで行進させていってカチッ！　とボタンを押し、川っぷちぎりぎりのところで立ちどまらせる。そしてやつらが、フーッまったく危ないとこだったな、もうすこしで川に落っこちるとこだったじゃないか、と口々にいいはじめたところを見はからい、ハイヤーッ！　とばかりにボタンを押してやるのだ——さっさと落っこちやがれ、アイーッ！　するとやつらはみんな水んなかに沈んじまう。

やがてこんどはソーセージがひとりで入ってくると膝の上で帽子をくるくるまわしながら悲しげな目でぼくのことを見つめ世の中にはなんでこうも悲しいことが多いんだろうなフランシーわたしはもうすっかり歳をとっちまってこんなことにはついていけんよといった。その目を見て、ぼくは心のなかで思った。かわいそうに、すこしはソーセージの身にもなってやらないと。わかりましたよソーセージ彼女がいるところを教えてあげようじゃないですかありがとうフランシーそういってくれると思っていたよ。こんなことをつづけるのはもういいかげん終わりにしよう。不幸や悲しみはもうまっぴらだ。ええほんとですよね巡査部長とぼくは答えた。

新しい刑事が車の前に立っていた。ぼくは映画の登場人物から名前をとってスコットランドヤードのファビアンと呼ぶことにした。ふたりの猪首野郎がぼくの背中をがっちり押さえこんでいた。ようやく捜索のめどがついてファビアンの前で恥をかかずにすんだもんだからソーセージは鼻高々だった。もうすぐすべて終わるからなフランシーおまえは正しいことをしているんだぞ。わかってますよ巡査部長とぼくは答えた。角を曲がって小道に入るとソーセージは子供をよけるために車のスピードを落としたんで子供たちがテーブルの上にコミックをおいて売っているのが見えたコミックの大安売りってわけだ。立ったままぼくらの車を見送る子供たちのなかに房飾り少年がいてこっちを指さしている見ろよブレンディーあいつだぜ！

ニワトリ小屋につくとファビアンがおまえたちふたりはもしものときのためにここの前で待っているんだ用心するにこしたことはないからなと命じた。ふたりはわかりましたと答えぼくと巡査部長とファビアンともうふたりの警官はなかに入った。換気扇の鈍い音を聞いているとなんだか悲しくなってくる。ニワトリどもはあいかわらず爪であたりをひっかいているフランシーといっしょのこいつらはいったい何者なんだ？

木切れの山を押しわけて苦労しいしい前に進みながらぼくはやつらに声をかけたもうすぐですよ

この奥をちょっと下に行ったとこですから。小屋のなかはひどく暗いもんだからファビアンは自分がどこにいるかもよくわかっちゃおらず目の前にぶらさがってる電灯にぶつかってしまい電灯が大きく揺れて壁や天井にでっかい影を踊らせた。ニワトリどもはなにが起こっているのかちゃんとわかっているらしくコッコッと声を上げながら興奮しはじめている。誰だこんなもんをここにおいたのはと叫んでぼくはつまずいて転んだふりをした。気をつけるんだここはひどく暗いからなとソーセージの声がしてファビアンがぼくを助け起こしにきたときにはぼくの手には鎖が握られていたずっとまえからパレットの下に置きっぱなしになっていたのだ。鎖をひと振りするとファビアンが叫び声を上げたそれで充分だったぼくは奥の部屋に駆けこんでドアのかんぬきをかけた。無駄にしてる時間はありゃしない鎖をその場に投げ捨てて窓を押し開けるとぼくは外へ出て一目散に走りだした。

こんなにたくさんの警官がいったいどこにいたんだろうって思うくらいの警官がぼくを見つけだそうとあたり一帯をくまなく捜索しはじめた。野原をうろちょろしながらたがいに声をかけあっているのが見える。そっちはどうだ？　森の反対側はもう調べたか？

聞いてて ほんとおかしいったらなかった隠れ家のなかからだとすべてが見渡せる老いぼれのソーセージは二度もぼくのすぐそばに立っていたというのにてんで気づかなかったもしそのことを知ったらソーセージはおのれのあまりの馬鹿さかげんに自分で自分に腹を立てていたことだろう。

やつらはさらにたくさんの警官を送りこんで夜も昼も朝も捜索をつづけ駆りだされた警察犬が川岸でウォフウォフいっている絶体絶命のフランシーに残された時間はあとわずか！　なんていうのは嘘で追いつめられてるのはうんざり顔のファビアンと部下どものほうだったっていうのもやつらが見つけたものはといえば排水溝の底に沈んでた猫の死体だけでそんなもんスコットランドヤードに持って帰るわけにゃいかないからだ。おおよくやったぞファビアン刑事！　ブレイディーを捕まえるかわりにこいつを見つけたってわけか——ウジだらけになった猫の死体をな！　おめでとう！

最後にはきっとあのガキは川に落ちたんだろうってことになって警察の潜水夫が呼ばれて川底をさらいはじめ川藻と泥にまみれたぼくを一目見ようと新聞記者やバッツィーやデヴリンや町の半分以上の人たちが集まってきたけどあにはからんや見つかったのは鉄製のベッドとマットレスが半分だけだった。それからもやつらは何度か戻ってきたものの棒切れで藪をつついてはああもうやめだやめだあいつはどっかに逃げちまったのにちがいないとつぶやいてどっかに消えてしまったんで残されたのはぼくとシーッと声をたてている川だけになってしまった。よう、サカナ！　おまえらは口がきけなくって運がいいよなアホどもめ！　それから大通りに出ていってみたけど罪深き者はひとりも見当たらなかったんでぼくは口笛を吹きながら町へと向かった行動再開だ。ひとりで鼻歌をうたっている老いぼれ農夫のそばに自転車がたてかけてある。車輪をチキチキ鳴らしながらぼくは自転車を走らせて角を曲がるとペダルをこぐのをやめて坂をすべりおりていき家の裏手にある小道に乗り入れたダダーン！　いま帰ったよ！　このありさまを母さんならなんていうだろう？　片づけなきゃならないものが多すぎてどこから手をつけていいかわからないくらいだ。ぼくは眉毛をこすると尻に手をあててその場に立ちつくしてしまった。まったくどうすりゃいいんだ！　しかもこの臭い！　グラウス・アームストロングだけじゃなく町じゅうの薄汚い野良犬たちが住みついてたのにちがいない。どこもかしこも犬のウンコでいっぱいだ！　部屋の隅っこにも落ちてれば、壁にまでなすりつけてある。ぼくはそいつをできるだけ集めるとでっかい山になるまで台所のまんなかに積みあげた。まあ手はじめとしちゃ上出来だ！　さてと――このカビのはえた本はどうしよう！　ぼくはそのうちの一冊を手に取ってみた。なんだいこれは？　『栄光のギリシア』！　ベニーに、一九四九年。

何ページかめくってみると本は手のなかでこなごなになってしまった。ぼくはそこにある本をぜんぶゴミの山の上に放り投げた。部屋の隅に積んである服を片づけていると父さんのアル・カポネ・コートのポケットからハサミムシがごそっと落ちてきた。ほかにもスカートや片方しかなくなった靴なんかが転がっている。ぼくはそいつをぜんぶ放り投げつづけた。おつぎは食器室だ。皿やナイフがそこらじゅうに散乱している。ぼくは両手をこすりあわせた。おやおやなんてこったい、こいつはひと仕事だぞ。しかも二階はまだぜんぜん手つかずのままときてるんだからな！　引き出しは中身を確かめもしないで逆さにして振った。手紙やカレンダーや領収書が落ちてくる。つぎにいよいよ二階に行って簞笥のなかのベッドクロスやなんかを引っぱりだした。わたしたちはどうするんだい？　壁の写真が声をかけてくる。おーっと、ぼくはなんてマヌケなんだろう！　もうすこしでおまえらのことを忘れるところだったよ！

写真の一枚では父さんが唇にマウスピースをあてている。きさまもあっちに行っちまいな。それからイエスの聖心の絵もあった。キリストは二本の指を立てていて、胸のわきでは棘だらけの心臓が燃えている。いっしょに祈りを唱えた頃のことを憶えているかねフランシー？　もちろんだよイエスの聖心、ぼくが忘れるとでも思ってるのかい？　今夜おまえにキリストの呪いの光が振りかかりゃいいんだこのくたばりぞこないの性悪女め——あの言葉も憶えてるかい？

憶えているともとキリストは答え、天国に目を向けたまますっ飛んでいった。こいつはどうしようなんとジョン・F・ケネディの写真じゃないか。わたしのことはどうするのかねとローマ教皇ヨハネス二十三世が問いかけてくる。わたしもゴミの山行きかね？　申しわけないですけどそうしなきゃならないんですよ教皇さまさもないとほかの写真はどうするんだってことになっちゃいますからねもう時間があんまりないんです。テレビはゴミの山のてっぺんにおきたかったんで運ぶのがひと苦労だったけどなんとかやりとげた。はみだした内臓みたいな電線や真空管がまだぶらさがったままだった。レコードは階段の下にしまったままになっていたけどぼくがほしいのは一枚だけだったので残りは放り投げた。レコードプレイヤーのコンセントを差しこんでまだちゃんと動くことをたしかめてから食器室に運んでいって流しのわきにおいた。さてと、仕事にとりかかろうじゃないか。

ぼくは石炭置き場から灯油を持ってくるとそこらじゅうに撒きちらしたけどもちろんいちばん重点的にかけたのはゴミの山だ。灯油の臭いで頭をくらくらさせながらさあいくぞと声をあげたところでぼくは気がついた。

マッチがない！　クソったれマッチが一本もない！　ああクソッなんてこった！

通りに出たとたんぼくは自分の目が信じられなくていったいなにが起こったんだと思わず声を上げてしまった。まるで『風と共に去りぬ』の野戦病院のシーンみたいじゃないか。半分しか脚のない人やそもそもぜんぜんなくて切り株みたいになっている人がぞろぞろしている。トレイナーの娘がふたりの修道女につきそわれてダイヤモンド広場の人ごみをかきわけていく。酔っ払い男が新しいネクタイをして交通整理をしているのも見える。**さあさ聖母マリアさまはこっちだよ、みなの衆！**　町の人たちはマリアさまを待つのに忙しくってぼくがマッチを求めて走りまわっていることになんか気づきもしない。ぼくは店に入っていってありがとうメアリーでももう行かなきゃならないんだと声をかけたけど彼女はただすわったままでなにもいわなかった。

家に戻るとドアに鍵をしめてさっそくマッチに火をつけた。マッチを放り投げるやいなやゴミの山はボワッと音をたてて燃えあがった。

それからぼくはレコードをかけて台所の床に横になって目を閉じた。こうしているとあの頃のように母さんが歌っているみたいな気がしてくる。

昔住んでいた大きな町で
あたしは肉屋の若者《ブッチャー・ボーイ》と知り合った
彼は愛をささやいてあたしの人生を奪ったのに

もうあたしのもとには帰らない

無駄であるのは知りつつも、願わずにはいられない
若くて無垢だったあの頃に戻れたらと
でもあの頃にはけっして戻れない
蔦にサクランボが実らないように

若者は二階に行ってドアを壊し
ロープからぶらさがっている彼女を見つけ
ナイフでロープを切って下におろすと
ポケットのなかに遺書を見つけた

ああ、あたしを大きな深い穴に埋めてほしい
頭と足の上には大理石をおいて
そのまんなかに雉鳩をそなえてほしい
あたしが愛ゆえに死んだ証しに

ぼくは声を上げて泣いたいまやぼくは母さんといっしょにいたからだ。ああ母さんとぼくは呼び

かけた家はすっかり火につつまれてぼくらの上で燃えあがっているそのとき煙でできた拳がガツンとぼくの口を殴りつけたこれで終わりだよ母さんもうこれですべて終わったんだ。

そんなことを考えていたのか！　と声がしたんで目を上げるとそこにいたのは――

ああクソ、なんてこった！　ぼくは叫んだ――ソーセージじゃないか！

おおフランシーいったいぜんたいおまえはなにをするつもりだったんだ！　そういってソーセージは手に持った帽子をもみくしゃにした。

その後ろには片目をつむったファビアンがいてぼくのことを胸糞悪くなるような顔で見ていることんどは逃げようったってそうはいかないからな！

ぼくが目を覚ますたびにベッドのわきにはいつもちがう猪首野郎が立っていた。

どうやらとんでもなくひどい重傷を負っているらしい。それだけは間違いない。ぼくは鏡をのぞいてみた。

なんだこりゃ？

見えるものといったら包帯だけ。これじゃまるで透明人間じゃないか。

アイーッ！　とぼくは叫んだ。さあさあもうやめなさいと看護婦の声がする。**いいかげんにしなさい！**　さもないと雑役夫を呼びますよ。

しばらくするとやつらが松葉杖をくれたんでそれを使ってびっこを引きひき歩いているとガウンを着た例の田舎もんの老いぼれが話しかけてきた。いったいどうしたっていうんだ？　顔じゅう火傷たらけしゃないか！

ぼくは真夜中に孤児院が爆発して炎上した話をしてやった。子供たちは全員逃げたんだけどひとりだけ逃げ遅れたやつがいたんだよ。その子の叫び声を聞いてぼくはいてもたってもいられなくなっちまってねその子が最上階の窓のところに立っているのが見えるんだ助けて助けて！って叫びながらさ。

ならおまえはその子を助けに戻ったのか？　男は目をまるくして話に聞き入っている。

こっちが肩をすくめると男はおいおいなあ頼むから教えてくれよというんでぼくは自分とそのチビが建物の最上階から飛び降りたって話を聞かせてやった。話を聞き終わると男は目に涙をにじませてどうしても煙草を受け取ってくれといってきかず、気がせくあまり煙草をぜんぶ床じゅうにばらまいてしまった。火をつけてくれるときも手の震えをとめることができないありさまだ。ぼくは包帯の隙間から煙草をつきだしてふたつの目玉だけをぎょろぎょろさせながらもくもくと煙を吐きだした。田舎もんの老いぼれはいくらでも煙草をくれそうな勢いだった。**それでどうなったんだ？**と訊いたまま口をぽかんと開けている。

それからしばらくしたある日ファビアンがジョン・ウェインみたいな歩きかたで入ってきたんで

その顔を見るとやつが真剣だってことはすぐにわかった。オーケー野郎どもぐずぐずするなさっさと馬に乗るんだ今すぐ出発するぞわっかりましたぁミスター・ファビアン閣下！

そんなわけでぼくとソーセージとスコットランドヤードのファビアンは出かけることになった前の座席にすわったソーセージはこんどもまた騙されてるんじゃないかと心配で幽霊みたいに真っ青になっていたけどぼくにそんなつもりなんかなかったっていうのもそれこそいけすかないファビアンの思う壺だってわかってたからで、またぼくがなにかしでかしたらやつはそれ見たことかって顔をしてソーセージをとっちめるだろう。レッディーはどこもかしこもすっかり錠をおろしていたけどきょうの朝に屠《ほふ》ったばかりのブタの内臓の山はまだ湯気をたてていた。ここですとぼくがいうとソーセージは、ようし、掘るんだ！　と叫んで股鍬をつきつけてきた。こんなんでどうやって掘れっていうんです巡査部長といってぼくは包帯でぐるぐる巻きになった手をさしあげた。

その手のどこに問題があるっていうんだどうせ痛いふりをしてるだけなんだろう——ソーセージはもうすこしでそういいそうになったけどファビアンが**なにをぐずぐずしてるんだこの田舎もんの**

役立たずめがって顔をして自分を見つめていることに気づくと両手に唾を吐きかけてから股鍬をふるいはじめた。いまやぼくはあの女に石灰をかけたのを後悔していたっていうのも死体がもし見つからなかったらやつらはぼくのいったことを信じないだろうしそうなったらさっさと吐くんだフランシーとかおまえの考えてることなんぞこっちはとっくにお見通しなんだぞとかいったことがまた最初っからぜんぶやり直しになるのがわかっていたからだ。でも心配する必要なんかありゃしなかった。しばらくすると巡査部長がなにかを掘り当てたらしくおやっという顔をして股鍬を持ちあげるとそこには足の一部とミセス・ニュージェントの毛皮のブーツがぶらさがっていた。こんどばかりはファビアンも気のきいた顔なんかしていられなかった。ああこりゃひどい、とうめくと、ファビアンは**ウゲゲゲ！**と自分の足にゲロを撒きちらした。

びっこの検察官はこれはどうだったあれはどうだったとしつこく訊くばかりで審議をてんで進めようって気がないもんだからぼくはそんなことみんなクソくらえだっていってやった。まあ！　ってどよめきが傍聴人のあいだから起こったけどなんでぼくがそんなこと気にするはずがある？　気になんかするもんかあんなやつらは勝手にどよめいてりゃいいんだ。けれどソーセージがもう一度でもそんなことをいってみろひどく厄介なことになるぞというんでぼくはわかりましたとうなずいた。だから検察官がきみはこれをやったのかあれをやったのかと訊くたびにぼくはええやりましたと答えてそれからもずっとおんなじ答えをくりかえしていたけどそれもやつがお金のことを口にするまでのことだった。証人席に立ったぼくに近づいてくると検察官は宣言した。これは血も涙もない、入念に練り上げられた計画的犯行であります——巧妙かつ狡猾に計画され、じっくりと考え抜かれた犯罪なのです。しかしなかでもとくに注目すべきは、これが卑劣で見下げ果てた動機にもとづいた殺人であるという点でありましょう。犯人の目的はいうまでもありません——盗みと略奪だったのです！　それを聞いたとたんぼくはやつに駆け寄ってぶん殴ってやろうと思ったけどソーセージがやめるんだフランシーって顔をしてにらみつけてるのが目に入ったもんだから大声を張りあげるだけで我慢したおまえになにがわかってるっていうんだびっこ野郎めおまえなんて自分がなにを話してるかてんでわかっちゃいないんだぼくはニュージェント家のやつらからものを盗んだことなんか一度だってありゃしないフィリップからコミックを取りあげたことはあったけどあれだって返そうと思ってたんだ嘘じゃない疑うんならジョーに聞いてみろ。あとでソーセージが新聞を見せてくれた。《残虐なブタ殺人事件——法廷で大混乱！》

記事には証人席に立ってるぼくの絵が載っていてその下に**フランシス・ブレイディーはブタ**と書いてあった。

クソッたれめが新聞までもがこんなことといってやがると思っているとさっきは見えなかった部分が目に入った。**フランシス・ブレイディーはブタの屠畜場で働いていた。**

ぼくはソーセージに訊いてみた——やつらはぼくを絞首刑にするんですか？　ぼくは絞首刑になりたいんです。

ソーセージはぼくを見ていった――残念だがなフランシーいまじゃもう絞首刑は廃止になったんだ。絞首刑が廃止ですって？　なんてこった！　この国はいったいどうなっちまうんです？

でもソーセージのいったとおり絞首刑はいまや廃止されてたんで数週間後にぼくらはまた旅に出た後部座席にぼくとソーセージを乗せた車はプスンプスンと音をたてて道を走っていきこれまでとはまたべつの窓がたくさんある建物の前で停まった。けれど今回はホッホーヒーッここで行儀をみっちり叩きこまれるんだなとかいったことはぜんぜんいわれず、ぼくらは母さんや父さんやむかし町であったことなんかを話し合い建物の石段の上でさよならをかわすときにソーセージはこの世には悲しいことがたくさんあるがなフランシーこいつもそのひとつだよといった。

さようなら巡査部長とぼくはいい、ファビアンと猪首野郎たちはじゃあなといった。それから彼らはパトロールカーに乗りこんで走り去ってしまいそれが古い友だちのソーセージ巡査部長をぼくが見た最後だった。

ぼくはやつらに服を脱がされたほらほらさっさとするんだといいながらクソ野郎がふたりがかりで剝ぎとりやがったのだ。それからぼくは背中で紐を結ぶようになっている白い服を着せられた。いったいなんなんだいこりゃ、第十救急病棟か？

やつらのひとりがぼくの脇腹を小突いてそんなへらず口をたたいてもどうなるもんでもありゃしないぞブレイディー婆さんを相手にするのとは話がちがうんだからな。

わかってますよと答えてぼくはそいつから逃げようとした。ぼくを騙せるもんか！　ぼくは叫んだ。罠にかけようったってそうはいかないぞ！　あんたたちはぼくを精神病院に閉じこめるつもりなんだ！

　男が目の下を赤くして拳を握りしめるのが見えた。そこでぼくは声をあげて笑った。だいじょうぶですよ、冗談に決まってるじゃないですか、当たりまえでしょ！

　もうそれもずいぶん昔の話だ。よくは憶えちゃいないけど、いまから二十年か三十年か四十年かまえのことになる。ぼくは長いことずっとひとりぼっちで『ビーノ』を読むか外に生えてる草を眺める以外のことはなにもしないで過ごした。やがてやつらはぼくにこういった——これ以上きみを翼棟の独房に閉じこめておいても意味がない。きみはもうここの患者に無痛屠畜銃を使ったりはしないだろう？

　無痛屠畜銃ですって？　そんな言葉を聞いたらミセス・ニュージェントはあんまり喜ばないと思いますよ、先生、とぼくはいった。ああ、よしよし、それはもう終わったことなんだそのことは忘れなきゃいけないよ来週には独房生活《ソリタリー》が終わるんだぞどんな気分かね、うん？　ぼくは面と向かって笑ってやりたかった。どうやったら孤独《ソリタリー》に終わりがくるっていうんです？　笑わせないでくださいよ。

でもそんなことはいわなかった。ぼくがただひとことそいつはすごいと答えるとそのつぎの週に先生はぼくを籐のバスケットやテディベアをつくってる田舎もんどもに紹介してくれた。なにかほしいものはあるかね、と先生が訊く。ええ、『ビーノ』の特別号とトランペットがほしいです。つぎの日先生はさあもってきてあげたよといった。だからいまじゃぼくはトランペットを持っている。もし知ってる人がここにいたらアル・カポネ・コートを着て部屋を歩きまわってるぼくは父さんそっくりに見えたろう。ホールに集まって歌をうたうときみんなはぼくに一曲歌ってくれとせがんでくる。さあいっちょやってくれ！　おまえは最高のミュージシャンだからな！　おまえくらい歌のうまいガキはいやしない。そこでぼくが歌いはじめるとみんなはすぐさま声援を飛ばしはじめる。いいぞ、その意気だ！　それいけ肉屋の小僧《ブッチャー・ボーイ》！

楽しくやっているようじゃないかと先生がいうのでええと答えてぼくは田舎もんのタンゴを踊ってみせる。尻を突き出し、鼻を押し上げて。

ある日ぼくが厨房の裏の水たまりで氷を割っているとやつらのひとりがやってきた。いったいこんなところで氷なんか割ってどうしようっていうんだい？　百千万億兆ドル当てたらなにをしようか考えていたんだよ。ならおまえは百千万億兆ドル当てようっていうのか？　そうさ、とぼくは答えた。するとそいつはいきなり顔を近づけてささやいた——ならば忠告しとくがな、ここのやつらにはなにもしゃべっちゃだめだぞ。やつらはたっぷり嘘を吹きこんでおまえを落ちこませちまうからな。

アハハ！　心配するなって。ぼくはもう二度と誰かに落ちこませられたりしないさ！

おれだってそうだよ。まったくおまえのいうとおりだ！

やがて男が礼儀正しくおれにもその棒切れを一本くれないかっていうんでぼくたちはオレンジ色の空の下いっしょに氷を割りはじめた。自分が金を手に入れたらなにをするつもりかを男がまくしたてはじめたんで、ぼくは山へ敵を捜索に行く時間だぞと声をかけ、その場をあとにすると、雪についた自分たちの足跡を数えはじめた。男は骨ばったケツが震えるのをとめることができず、ぼくは頬を流れ落ちる涙を押しとどめることができなかった。

終わらない終末論――『ブッチャー・ボーイ』のアイルランド

栩木伸明

『ブッチャー・ボーイ』がフランシー・ブレイディーの目を通して描き出すのは、一九六二年のアイルランドの田舎町である。一方、この小説が出版されたのは一九九二年。フランシーが冒頭でつぶやく、「いまから二十年か三十年か四十年くらいまえ、ぼくがまだほんの子供だったときのこと」というセリフを現実に当てはめるならば、事件が起きてから三十年後に物語が語られているのだとわかる。

本作に充満する一九六二年の空気を嗅ぎ分けてみよう。まず第一に、田舎町の小さな世間を前提とした人間関係の窮屈さに気がつく。生活全般にわたって、カトリック教会の抑圧的な影響も濃厚だ。さらに、東西冷戦時代のキューバ危機を背景にして、核戦争や共産主義にたいする不安感が町を覆っているのも印象的である。一方、当時小学生だったフランシーの心を虜にするテレビやコミックの中で、アイルランドでつくられた作品は何ひとつない。テレビで放映されるのはもっぱらアメリカの連続ドラマや西部劇映画で、コミックもイギリスやアメリカからの輸入品ばかりだった。

フランシー少年のアイルランドを覆う社会的・経済的・文化的な停滞感は、一九九〇年代の前半頃までこの国に居すわっていた。映画『ザ・コミットメンツ』（アラン・パーカー監督、一九九一年、なお、原作の小説は一九八八年刊）に描かれた、ダブリンの路上市場やパーティーの場面などを思い出してもらえれば、慢性的な不景気にあえいでいたこの国の雰囲気がわかるだろう。ぼく自身の経験をひとこと述べるなら、ダブリンにはじめて滞在した一九九四年の夏、午後の時間帯にパブへ入ると、テレビには延々と西部劇が映っていた。アイルランド人は西部劇がよほど好きらしい、とそのときは思ったのだが、何年も後になってから、西部劇は上映権が安いからよく放映されていたのだと聞かされて、深く納得したのを思い出す。ちなみに、本作『ブッチャー・ボーイ』の作中にしばしば登場する名優ジョン・ウェインとそのセリフは、西部劇の人気作品『赤い河』（ハワード・ホークス監督、一九四八年）からのものである。

さて、アイルランドの沈滞した空気は一九九〇年代の中頃を境に大きく変化する。フランシーには、矯正施設で自分が受けたカトリック聖職者による性的虐待を糾弾しようとする発想はなかった。ところがこの時期になると、聖職者たちが学校などで長年おこなっていた虐待事例の数々が遡って暴露され、スキャンダルとしてメディアを賑わすようになるのだ。『マグダレンの祈り』（ピーター・マラン監督、二〇〇二年）という映画を覚えておられるだろうか。この映画は回顧録に基づく実話に取材した作品で、一九九六年まで実在した「マグダレン洗濯所」という名の施設に収容された少女たちにたいして、一九六四年頃におこなわれた虐待の数々が描かれていた。今にしてわかるのは、

『ブッチャー・ボーイ』が出版されたのは、古いアイルランドが新しいアイルランドへと変容しつつある時期だった、ということである。

一九九五年頃に「ケルティック・タイガー」と呼ばれるアイルランドの経済躍進がはじまると、社会の空気は激変した。カトリック教会が掲げる厳格な生命倫理に反するせいで医師の処方箋が必要だったコンドームが市販されるようになったのを皮切りに、国民投票で離婚が認められ、同性愛も合法化された。さらには、強くなった経済の追い風を受けて、アイルランドは移民を送り出す国から受け入れる国へと変化していく。そしてついに二〇一五年、この国は世界ではじめて同性婚を憲法で認めるにいたる。

＊

これから小説の流れに即して、フランシー・ブレイディーの内面と彼が生きた田舎町の小宇宙を覗いてみよう。

本作を読みはじめてまず気づくのは、フランシーの昔語りが食わせ者であるということ。語っている彼はすでに中年男であるはずなのに、話しことばや世界の見方が少年のままなのだ。たとえば彼は人間と動物を区別しないので、少年時代の彼が町でときどき出会った「グラウス・アームストロング」が犬であることを確信するまでのあいだ、読者はしばし考えさせられるだろう。

あるいはまた、彼が何日も歩いて、ついに首都ダブリンへたどり着き、「ダニエル・オコンネル」の「大きな灰色の彫像」を見上げる場面。ダブリンのど真ん中のオコンネル大橋北詰の、オコンネル大通りの起点に据えられた、石とブロンズを組み合わせた巨大なモニュメントの頂上に立っているダニエル・オコンネルを誰だか知らないアイルランド人がいるはずはないのだが、フランシーはあろうことか、アイルランドで抑圧されていたカトリック信徒解放運動の英雄オコンネルの事績をまるで知らないのである。

原文には読点が極端に少なく、その語り口は日本語にもたくみに移されているが、フランシーのおしゃべりには頼りなさがつきまとう。まくし立てたかと思うと、しばしばしどろもどろになるその語りには、成長が妨げられた彼の内面が反映している。〈意識の流れ〉を垂れ流すフランシーの語りには、現実と妄想が入り交じって噴出する。深刻なシーンがコミカルな調子で語られ、残虐な場面がスラップスティックの慣用句で描写される。無表情《デッドパン》のアイリッシュ・ユーモアがちりばめられたモノローグには、読み手をがっちりつかんではなさないグリップの強さがある。それゆえぼくたちは、フランシーが他者にたいして抱く勘違いや、独り合点や、認めたくない現実からの逃避などを丸ごと引き受けたまま、小説を読み進むよう強いられる。試しに問うならば、読者の皆さんはフランシーの父親がいつ亡くなったと理解しておられるだろうか？　フランシーの〈意識の流れ〉を辿り直してみると発見があるかも知れない、とひとこと申し添えておこう。

フランシー・ブレイディは、小説論でいう〈信頼できない語り手〉の典型である。それゆえ読者は否応なしに、フランシーの目や耳を借りて世の中を見るのだが、小説冒頭で彼が「穴に身を隠して」いる理由や、ミセス・ニュージェントとのあいだに何があったのかなどといったことがらは、なかなか見えてこない。とはいえ、フランシーが〈信頼できない語り手〉でいてくれるおかげで、ぼくたち読者は、田舎町にうずまく欺瞞や陰険さをあたかも身をもって体験したかのように感じ、それらにたいして批評的な視点を保つことができるのも事実である。

フランシーの語り声に耳を傾けるうちにぼくたちが知らされるのは、彼の父親ベニーはすぐれたトランペッターだったが今はアルコールに溺れており、母親アニーには自殺願望があって、ときどき「修理工場」（＝精神病院）へ連れて行かれるということ。そして、壊れた夫婦のひとり息子であるフランシーは現実から逃避して、西部劇やコミックの世界を生きているということ。フランシーは、ロンドンの私立学校から転校してきたフィリップ・ニュージェントが気になっている。フィリップの母親のミセス・ニュージェントは、ブレイディー家の人間のことを「ブタ」だと言い放つ。「ブタ」というのは、イギリス人がアイルランド人を侮辱するためにしばしば使った常套的なイメージである。

ニュージェント家はロンドン帰りで、フィリップはレアもののコミックブックをたくさん所有し、ピアノを習っている。父親は禁酒家バッジをつけてパイプをくゆらす、絵に描いたような紳士だ。ようするにこの一家はイングランド風の中流家庭の幸福を謳歌しているのだけれど、じつのところ彼らは、フランシーを含む町のほとんどのひとと同じ、カトリック信徒のアイルランド人である。何のことはない、ニュージェント家も「ブタ」の一員なのだ。にもかかわらずミセス・ニュージェントは、フランシーを「ブタ」呼ばわりする。皮肉な錯誤というほかにない。

だがそれを言うなら、錯誤はフランシーの側にもある。彼は、町を歩くミセス・ニュージェントとフィリップの前に立ちはだかり、「ブタ通行税」を支払わなければ通さないと言い張っていやがらせをする。この行為は彼自身が「ブタ」であることに居直ったことを示しているが、彼は同時に、イギリスへの漠然としたあこがれも隠さない。彼の父親の弟であるアロおじさんはロンドンへ渡って二十年、今では職場に部下が十人もいるという人物である。フランシーは、「ブタ」が暮らすぬかるみから足を洗うことに成功したアロを家族の英雄として限りなく尊敬し、アロの来訪を待ち望む。ところが皮肉にもベニーがフランシーの目の前で、成功者とはほど遠いアロの実像を暴く。アロは寂しくロンドンへ帰り、フランシーのこじれたあこがれは泥にまみれてしまう。深い幻滅に見舞われたフランシーは家出をして、徒歩でダブリン見物に行く。ところがこの行動が母親アニーの病んだ心を刺激して、悲劇を誘い込む結果になる。

アニーは〈肉屋の小僧《ブッチャー・ボーイ》〉のレコードがお気に入りで歌詞をそらんじ、歌に合わせて踊りさえした。だが本作のタイトルにもなっているこの歌は決してほがらかな内容ではない。この歌が語るのは、肉屋の小僧に妊娠させられた娘が不実な小僧を恨み、首を吊って自殺したという悲話だ。自殺願望を抱えたアニーがこの歌を好むのはきわめて不穏である。

作者のマッケイブは、本作のオーディオブックをつくるとき、歌手のカースティ・マッコールに〈肉屋の小僧《ブッチャー・ボーイ》〉を歌ってくれるよう依頼した。その歌唱は現在、YouTubeでも聞くことができるが、事故死した彼女の代表作を集めたコンピレーション・アルバム*From Croydon to Cuba... An Anthology*のライナーノーツに、マッケイブが絶賛を極めたことばを寄せているので、かいつまんで引用しておこう――「彼女のアレンジは切り詰めた、簡素なもので、バラの花になった歌詞が、灰色に風化した花崗岩の墓石を這い上っていくかのような歌いぶりだった。自然の力と情熱が合わさって、雨を伴う突風を日光が射るような歌声だ。この歌はもちろん悲しい歌なのだが、彼女の声は感傷に陥らずに突き抜けて、内気で荒れはてた心の核心へ届く」。

ジェイムズ・ジョイスの中篇小説「死者たち」を読んだ読者なら、作中で〈オクリムの乙女〉という伝承歌が歌われたのを記憶しておられるかもしれない。地主の御曹司の子を生んだ娘が赤ん坊を抱えて館へやってくると、玄関の奥から母親が息子の声色を使って応対し、門前払いを喰わせるという歌だった。この歌は〈肉屋の小僧《ブッチャー・ボーイ》〉と同工異曲の伝承歌である。地主の御曹司と肉屋の小僧では階級が違いすぎると思われるかも知れないけれど、食肉処理場を持つほどの大規模な肉屋は代々家族経営をしてきた老舗が多い。アイルランドで〈ファミリー・ブッチャー〉という看板を掲げている店があれば、地元の名店だ。きつい仕事なのは確かで、万人向けではないけれど、まじめに勤めさえすれば、肉屋の小僧は将来の有望株なのである。

フランシーは、大切なひとたちが自分から次々に去っていくのをミセス・ニュージェントのせいだと思い込み、彼女の留守宅に忍び込んで狼藉を働き、その報いで不良少年を収容する「ブタの学校」へ送られる。ところが、男子修道院が経営するこの矯正施設は内側から腐敗していた。彼はそこで聖職者から性的虐待を受ける。フランシーはできるだけはやく施設から出たい一心で、虐待を利用して相手の歓心を買う戦略に出るのだが、一歩引いたところからこの事態を見るならば、先述した映画『マグダレンの祈り』に登場した娘たちと同様、フランシーの経験も、一九六〇年代アイルランドで苦しんだ者の物語として読むことができる。

「ブタの学校」を出たフランシーはレッディの肉屋で働きはじめる。彼は心を入れ替え、父親を助けて生きていこうと決めるのだ。ところがここにも強烈な皮肉が待ち構えている。アロおじさんを囲むクリスマス・パーティーがはじまろうとした瞬間、警官たちが家へ踏み込んでくる場面を読めば、誰しもきっといたたまれない気分になるだろう。ひとりで幻想に耽り続けていたフランシーの内面世界に、現実そのものが介入してくる瞬間がここに描かれている。

フランシーはこのあと、親友のジョーさえも失うはめになる。そして、ジョーが入学した寄宿学校を訪ねる道中でたどり着いた、両親のハネムーンの宿で昔話を聞く場面も同じくらいいたたまれない。

小説の後半では、大切なひとびとを奪われたフランシーの内面で膨れあがる個人的な終末の予感が、キューバ危機という世界的な終末への不安感と見事なほどに響き合う。キューバ危機とは一九六二年十月、当時冷戦状態にあったアメリカ合衆国とソビエト連邦のあいだの緊張が全面核戦争開始の一歩手前まで高まった事態のことである。当時の情勢に不気味な狂気をまぶした映画『博士の異常な愛情』（スタンリー・キューブリック監督、一九六四年）を思い出すひともいるだろう。

フランシーが住む町では、世界が破滅するかも知れないという恐怖が強まるのと同時に、救いの手をさしのべるために聖母マリアが町の広場に顕現するという噂で持ちきりになる。フランシーの内面では、核戦争の可能性がもたらした終末論とキリスト教的な終末論が、地球征服を企む宇宙人がやってくるハリウッド映画の終末論とごた混ぜにされて、現実と虚構の区別がますますつかなくなっていく。彼がニュージェント家へ行ってあの事件を引き起こしたとき、彼の頭の中にはいくつもの終末論がこんがらかっていたのだ。

ところが終末は決して訪れない。フランシーは生き残り、自分と時代の物語を狂気のうちにつぶやく、語り部になってしまったからだ。

＊

『ブッチャー・ボーイ』は今日、二十世紀アイルランド小説の傑作のひとつと見なされている。拙著（『アイルランド紀行』中公新書、二〇一二年）に記したことの繰り返しになるけれど、本作の意義と位置づけをまとめておこう。

一九九二年にブッカー賞最終候補となり、エア・リンガス文学賞を受賞したこの小説は、センセーショナルな内容ゆえに「ゴシック」あるいは「ホラー」に分類されることがある。この本が出て二年後にアイルランド西部を旅していたとき、田舎町のパブで出合った地元の本好きと激論になったのをなつかしく思い出す。ぼくは読んだばかりの『ブッチャー・ボーイ』を、スティーヴン・キングのホラー小説と並べて論じようとしたのだが、相手は場違いなほどの剣幕で反駁した。彼女の主張は、『ブッチャー・ボーイ』は読者の恐怖心をあおるために書かれたエンターテインメントではなく、遅まきの近代化がはじまりかけた一九六〇年代初頭における、アイルランド人の精神状態をリアルに描いたケーススタディーなのだ、というものだった。旅から帰って小説を読み返したぼくは、自分の不明を恥じた。

本作には家庭内暴力、アルコール依存、劣等感、聖職者の小児性愛、両親の死、さらには殺人までもが描かれている。アイルランドのことがよくわかっていなかったときにはシュールなホラー小説としてしか読めなかったのだけれど、作中にはリアルな社会分析が書き込まれている。ていねいに通読すれば、フランシー少年が惨殺を犯すにいたる経緯と理由が、説明可能な道筋としてたどれるのだ。フランシーは暴力に憑かれた正体不明の怪物ではない。魂が過度の孤独と周囲の無関心に侵された場合には、誰しもフランシーになりうる。彼は時代と社会に追い込まれて、悲劇の主人公を演じてしまった人物なのだ。

著者パトリック・マッケイブの功績は、アイルランドの田舎町に生きた少年の内面だけを描きながら、遅れてはじまり急速に進んだ、アイルランドの近代化がもたらしたさまざまなひずみを、丹念に拾い上げたところにある。小説家はひとびとが抱える病弊を明るみに出し、癒しへとつなぐ地固めをしたのだ。

ぼくがパブで出合ったアイルランド人の本好きは、本作のもくろみを正しく了解していたからこそ、むきになってまで、この小説は「アイルランド人の精神状態をリアルに描いたケーススタディー」なのだと教えてくれたのだろう。

＊

『ブッチャー・ボーイ』はニール・ジョーダン監督によって一九九七年に映画化され、ベルリン国際映画祭では銀熊賞（最優秀監督賞）を受賞した。顕現する聖母マリアの役を、過激な行動で知られるアイルランドのシンガー・ソングライター、シネイド・オコナーが演じ、〈肉屋の小僧《ブッチャー・ボーイ》〉も彼女が歌っていたのが印象的だった。ラストシーンでは、フランシーが精神病院を出て実社会に戻ることが暗示されるが、これはもちろん小説にはない場面である。

映画化の影に隠れてしまった感はあるものの、パトリック・マッケイブは小説刊行と同年の一九九二年に『ブタのフランクがこんにちは』という戯曲を書き、ダブリン演劇祭で初演した。この劇は若いフランシーと年配のフランシーが登場する二人芝居で、フランシーの物語を小説版とは異なる視点から再構成したものである。この作品は初演の後、ダブリンで再演され、アイルランド各地、ロンドン、アメリカ、オーストラリアでもツアー上演された。さらに二〇一二年のゴールウェイ・アーツ・フェスティバルでは、演出家によって改作され、三十人近いキャストが出演し、衣装と舞台装置にも凝った大規模な芝居として上演されている。

パット・マッケイブの挑戦はまだ終わらない。二〇一六年、フランシーが舞台に帰ってきた。ダブリンで初演された『天の木の葉』と題する新作劇は、小説『ブッチャー・ボーイ』の後日談で、ひとり語りをしてから二十五年後のフランシーが六十二歳になり、不治の病を抱えこんでいるという設定である。この作品も二人劇で、老いたフランシーとさまざまな声との掛け合いによって進行してゆく。新旧の妄想がさまざまに去来するところはフランシーの精神が今も病んでいることを暗示するが、その彼を聖母マリアの幻影が見守り続けているのはひとつの救いだろう。

二〇一七年九月のダブリン演劇祭では、『ブタのフランクがこんにちは』と『天の木の葉』が同時上演された。終末の予感を抱えたまま、狂気とともに生き延びているフランシーは、終わることができない終末論をあいかわらず語り続けているらしい。

＊

最後に作者についてひとこと。パトリック・マッケイブは一九五五年、アイルランド共和国北部のモナハン州の田舎町クローニスに生まれた。クローニスは北アイルランドとの国境に近い眠ったような町で、フランシーが暮らす町のモデルである。マッケイブはダブリンの聖パトリック教員養成学校を卒業してから、特別支援学校をふくむ各地の初等・中等学校で教えた。

一九九三年以降は専業作家になり、現在はアイルランド西部スライゴーで暮らしている。本作『ブッチャー・ボーイ』（*The Butcher Boy*, 1992）が出世作で、以後、*The Dead School*（1995）、*Breakfast on Pluto*（1998, ブッカー賞最終候補、ニール・ジョーダン監督による映画『プルートで朝食を』が二〇〇五年公開）、*Mondo Desperado: A Serial Novel*（1999, 架空作家に仮託した連作短篇集）、*Emerald Germs of Ireland*（2001）、*Call Me the Breeze*（2003）、*Winterwood*（2006, Hughes & Hughes 書店主催の Irish Novel of the Year［今日の Irish Book Awards］賞受賞）、*The Holy City*（2009）、*The Stray Sod Country*（2010）、*Hello and Goodbye*（2013, 本作のみ中篇小説二篇を収録）、*The Big Yaroo*（2019）と次々に作品を発表している。

（とちぎ　のぶあき／アイルランド文学・文化）

訳者あとがき

本好きの人であれば誰でも、「これぞ生涯の一冊」と思い定める作品があるだろう。わたしにとってのそれは、ごく幼い頃の『くまのプーさん』にはじまり、『トンデモネズミ大活躍』、『三銃士』、『チップス先生さようなら』、『ライ麦畑でつかまえて』、『芽むしり仔撃ち』と、つねに変遷してきた。もちろん、その日の気分で順位が入れ替わることもあるし、『アンドロメダ病原体』や『白昼の死角』といったエンターテインメント作品に俄然目が向いていた時期もある。しかしこの二十年ほどは、変わることなき「不動の一冊」がその座を守りつづけている。それが本書、『ブッチャー・ボーイ』だ。

ただしこれは、「自分の翻訳した作品なので思い入れがある」といった話ではない。わたしは本書を読んだときに大きな衝撃をうけ、激しく心を揺さぶられた。しかも、その感動はいつまでも消えることがなかった。あれから長い年月がたったいまも、日常のふとした瞬間にこの作品のことを思い出すと、強く胸を締めつけられてしまう。自分にとっての「生涯の一冊」を、たまたま自分の手で翻訳できたこと――大げさかもしれないが、これはちょっとした奇跡だとさえ思う。

本書は『クライング・ゲーム』『インタビュー・ウィズ・ヴァンパイア』などの作品で知られるニール・ジョーダン監督の手で、一九九八年に映画化されている。このとき、映画の日本公開に合わせ、本書の邦訳版が刊行されることになった。わたしが翻訳を依頼されたのはそのときだ。しかし、日本での劇場公開が諸般の事情で中止となったため、すでに翻訳は完成していたにもかかわらず、原作の発売も取りやめになってしまった（ただし、ベルリン映画祭で銀熊賞を受賞した映画版は日本でもビデオが発売となり、高い評価を得ている）。

それが今回、二十年以上の時を経て刊行されることになったのは、訳者としてはまさに「望外の喜び」としかいいようがない。だが、ただ喜んでばかりはいられなかった。若い頃の自分の翻訳に目を通すと、大きな手直しが必要なことがわかったからだ。インターネット検索がまだ本格化していなかった時代に訳したものなので、いま調べるとさまざまな誤訳が見つかった、といった理由もある。しかしいちばんの理由は、そもそもの翻訳方針を大幅に変える必要があったことだ。

本文をお読みいただければわかるが、本書はいわゆる「意識の流れ」の手法で書かれており、主人公フランシーの意識に浮かぶ想念が切れ目なく語られる。そのため、文章にピリオドやコンマがほとんどなく、可読性には大きく欠ける。しかし、本書を最初に翻訳したときは映画とのタイアップが前提にあり、広い読者に向けた文庫として出版される予定だったため、訳文には普通に句読点を補い、なによりも読みやすさを重視していた。しかし今回はそうした前提や制約もないため、訳文も原文に忠実な形に変えることにしたのである。

これは当然、「読みやすい文章を読みにくい文章に変えていく」という作業でもあり、どこまで原文に忠実にすべきかは何度も判断に迷った。句読点をどんどん省いていけば、怒濤のような感情の奔流は効果的に表現できる。だが、読者がおなじ文章を何度も読まなければ意味が取れないほどわかりにくくはしたくない。このバランスがむずかしかった。訳者自身は途中で何度も根を上げてしまい、「あんまり厳密にならなくても、もうこんなところでいいんじゃない？」という気持ちに陥ることもあった。それを厳しく戒めてくれたのが、担当編集者の樽本周馬氏である。氏は原文と訳文を驚くほど入念に照らし合わせ、原文の意図を深く読み解くことで、具体的な翻訳方針を提示してくださった。ここに記して深く感謝したい。

本書は職業や階級に根ざした差別や偏見がテーマのひとつになっているため、差別的な表現や用語（「気狂い病院」「唖」「びっこ」など）が使われている箇所がある。これに関しては、本書冒頭にある出版社の断わり書きで説明されているとおり、言い換えや削除は行なっていない。「差別や偏見が不幸や悲劇を生んでいく」という物語の展開上、これらの描写はどうしても避け得ないものだからだ。本書を最後までお読みいただければ明らかなように、著者に差別を助長しようという意図はない。ただし、本書の舞台となっている六〇年代のアイルランドは、ポリティカル・コレクトネスの意識が広く浸透している現代の日本とは大きく事情が違う。そこで、二、三の点に関して簡単な補足説明をしておきたい。

ひとつは、肉屋という職業への差別と偏見である。主人公のフランシーはやがて自分自身が肉屋で働くことになるのだが、彼自身が肉屋への偏見を持っている。これは明らかに、同様の偏見を持つ親の影響が大きいが（両親はどちらも肉屋を蔑視した発言をする）、そもそもこの作品では、学校の教師までがこうした偏見を共有している。

そこで気づくのは、本書には差別や偏見に対して批判的な意識を持つ人物がまったく登場しないことだ。これは明らかに、当時のアイルランドにおける市民の意識を反映したものと考えていいだろう。肉屋のレッディーに対するフランシーの偏見に満ちた発言などはかなり激烈で、現在の視点からすればとうてい許されるものではない。しかしここにも、おそらく当時の市民意識が反映されている。自分自身が肉屋で働く決心をしたフランシーは、レッディーに対する世間の差別や偏見を過剰に並べたてることで、いずれ世間が自分に向けてくるであろう偏見の目をあらかじめ笑い飛ばし、自分を防御しようとしていると考えられるからだ。

同様のことが、本書における精神疾患に対する偏見の描写にもいえる。作品の冒頭、主人公フランシーの母親は心を病んで入院するが、この病気に対する偏見に異を唱える人物はひとりも登場しない。フランシー自身や父親もおなじ偏見に囚われている。そのためフランシーは、母親の身に起きたことに目を向けまいとして、自分自身を強く抑圧してしまう。結果として、それがのちの悲劇を招く。

社会の基準や価値を自分の規準や価値として受け入れることを内在化というが、ここには明らかに「差別意識の内在化」が見てとれる。本書で描かれている世界では、差別されている者さえもが、その差別を不当と意識していない。本書がポリティカル・コレクトネスという概念の存在しない時代を背景にしているのは、そこに大きなポイントがある。フランシーの悲劇は、差別意識を内在化してしまったがゆえの悲劇なのである。いうまでもなく、重要なのは差別問題から目をそむけずに事実をきちんと把握し、そのうえできちんとした理解を得ることだ。本書のような「差別が現在ほど疑問視されていなかった時代の悲劇」を描いた作品を読むことは、そういう意味でも意義のあることだといえるだろう。

ただし、最後にこれだけは申しあげておきたい。差別や偏見の問題は非常にセンシティブであるため、ここにやや長い説明を入れたが、本書は差別や偏見への反対を声高に叫んだ作品ではないし、世間の良識やきれいごとを並べた小説でもない。そこには純粋な愛や深い悲しみがあると同時に、悪意があり、狂気があり、独善的な欲望がある。深い感動を覚える読者がいる一方で、強い反発を感じる読者もいるだろう。本項はあくまで作品に描かれている世界の背景を説明したにすぎず、作品の読み方そのものを押しつけるものではない。

本書を最初に翻訳した際、わたしは当時食肉処理場に勤務していた父にいろいろと話を聞き、現代における食肉処理プロセスは非常に近代化していることや、作業に求められる技術がたいへんに高度なものであることなどを教えられた（ちなみに、本書に登場する屠畜銃の使用は、当時すでに過去のものとなっていた）。しかしその父もいまは亡く、「本ができたらかならず持っていく」というわたしの約束は、果たされぬまま終わった。二十年の時の流れは、多くのものを変えた。参考資料として購入したアメリカ盤のレーザーディスクは、いまやレーザーディスクというメディア自体が消えてしまったため、ただの壁飾りになっている。私自身、頭髪はすっかり淋しくなり、顔のしわも増えた。ただし、この作品の持つ瑞々しさと感動だけは、当時とまったく変わっていない。原書の刊行からほぼ三十年の時を経てはじめて日本に紹介される本書が、エバーグリーンな一作としていつまでも読み継がれていくことを、心から願ってやまない。

二〇二一年十二月十五日

矢口誠

著者　パトリック・マッケイブ　Patrick McCabe
1955年アイルランド・モナハン州生まれ。ダブリンの聖パトリック教員養成学校卒業後、教師となる。92年『ブッチャー・ボーイ』がブッカー賞最終候補に入り、各国で翻訳されベストセラーとなり、映画化もされた（ニール・ジョーダン監督）。*Breakfast on Pluto*（1998）もブッカー賞最終候補で、ふたたびニール・ジョーダン監督によって映画化された（邦題『プルートで朝食を』）。以後も作品を次々と発表している。

訳者　矢口誠（やぐち まこと）
1962年生まれ。慶應義塾大学国文科卒。翻訳家。主な訳書にファウアー『数学的にありえない』（文藝春秋）、バリンジャー『煙で描いた肖像画』（創元推理文庫）、『レイ・ハリーハウゼン大全』（河出書房新社）、デイヴィス『虚構の男』、ウェストレイク『さらば、シェヘラザード』（ともに国書刊行会）、グレシャム『ナイトメア・アリー』（扶桑社ミステリー）などがある。

ブッチャー・ボーイ

2022年1月15日初版第1刷発行

著者　パトリック・マッケイブ
訳者　矢口誠
発行者　佐藤今朝夫
発行所　株式会社国書刊行会
〒174-0056　東京都板橋区志村1-13-15
電話03-5970-7421　ファックス03-5970-7427
https://www.kokusho.co.jp
装幀　山田英春
装画　sanoooo
印刷製本所　中央精版印刷株式会社
ISBN 978-4-336-07296-2
落丁・乱丁本はお取り替えします。